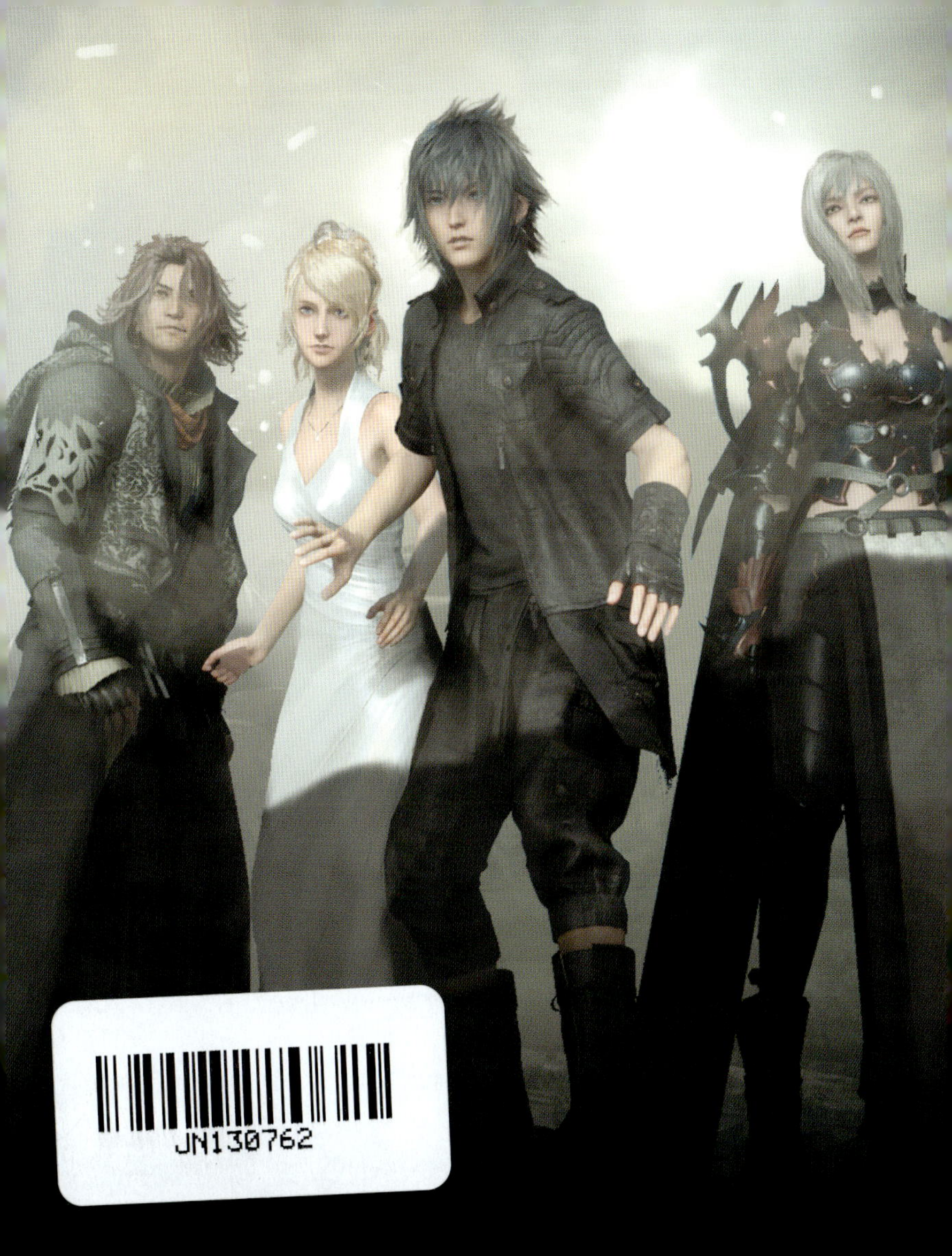

FINAL FANTASY XV
-The Dawn Of The Future-

著者　映島 巡　　原案　『FINAL FANTASY XV』開発チーム

オルティシエへの旅立ち

聖なるクリスタルを擁するルシス王国と、クリスタルを奪い世界の掌握を企むニフルハイム帝国は、長き戦いを続けていた。しかし世界の大半はニフルハイム帝国の手に落ち、ルシスも多くの領地を奪われた。敗北が目前に迫っていたルシスであったが、突如としてニフルハイム帝国より「首都以外のルシスの領地を明け渡すこと」「ルシスのノクティス王子とニフルハイム帝国属領テネブラエの令嬢ルナフレーナを婚姻させること」のふたつを条件に、停戦協定を持ちかけられる。ルシス国王レギスはニフルハイム帝国の真意を計りかねていたものの、当時の戦況では休戦協定を受け入れるほかなかった。

　レギスより命を受けたノクティスは、休戦協定の条件を履行するため、自身の護衛であり友人でもあるグラディオラス、プロンプト、イグニスの3人、そして王から託された愛車レガリアと共に、婚姻が執り行なわれる隣国アコルドの首都、オルティシエへと旅立つ。

王都陥落

オルティシエへ渡るため、港町ガーディナへ向かうノクティスたち。しかし旅の途中でレガリアが故障してしまい、ハンマーヘッドへ立ち寄ることになった。そこでレギスの旧友であり整備士でもあるシドとその孫娘シドニーに出会い、彼らの協力でレガリアは修理が完了。一行は再びガーディナへ向かう。

　ガーディナの船着き場に着くと、ノクティスはうさんくさい男から「船は出ていない」と伝えられる。その言葉通り船は出ておらず、一行は途方に暮れる。しかし、新聞記者を名乗るディーノに取引を持ちかけられ、無事乗船許可を取りつける。

　出航の日の朝、ルシス王国王都インソムニアが陥落したことを知る一行。オルティシエへの渡航を一時中断し、ルシスの守りを担う王都警護隊の隊長コルと落ち合うことになった。

　そしてコルは王の務めについてノクティスに伝える。それは、ルシスの歴代王たちの墓所を訪れ、王の力を授かるということだった。

王の力を授かる旅路

ノクティスは仲間たちのサポートを受けながら王の力を集め、次第に力をつけていく。しかしその旅の途中、彼は突発的な頭痛に悩まされるようになる。頭痛の際にノクティスにはビジョンが見える。それは大昔に飛来したメテオを今なお支える巨神タイタンがいるという、カーテスの大皿であった。頭痛の原因を突き止めるため、カーテスの大皿へ向かう一行。しかし出発の直前、ガーディナで出会ったうさんくさい男、アーデンと再会する。彼の誘いにより、一行はアーデンとカーテスの大皿へ向かうこととなった。

アーデンの案内により、帝国軍の関所も難なく通過し、カーテスの大皿にたどり着いたノクティスはタイタンと対峙する。ノクティスの頭痛の原因は、タイタンがノクティスに対して何かを語りかけようとしていることによるものだった。帝国軍も入り交じった混戦の末、なんとかタイタンを撃退するも、カーテスの大皿が崩壊していく。絶体絶命のノクティスたちだったが、そこをアーデンに救われる。しかし、彼の正体は敵であるはずのニフルハイムの宰相アーデン・イズニアであった。

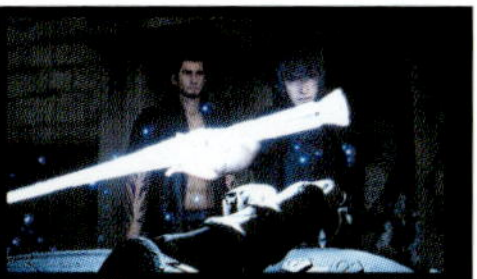

思いがけぬ協力者

窮地を脱した一行だったが、ニフルハイム帝国の領土に置き去りのままのレガリアの回収方法に悩んでいた。そんなときノクティスの前に、二十四使と呼ばれる神の使いであるゲンティアナが現れ、「神凪（かんなぎ）の誓約（うけい）によって六神が目覚めており、王は啓示を受けることで神の力を宿せる。そして帝国軍はその力を恐れノクティスの命を狙っている」と伝える。その言葉を受けたノクティスはレガリア捜索を中断し、フォッシオ洞窟で雷神ラムウの啓示を受けるのだった。

力を得たノクティスは、帝国基地内にレガリアがあることを知り、奪還作戦を開始。ルナフレーナの兄であるニフルハイムの将軍レイヴスと対峙するも、アーデンの介入により激突にはいたらず、奪還は成功に終わった。作戦の成功に喜ぶのも束の間、ノクティスたちに協力していた老人ジャレッドが見せしめに殺されてしまう。帝国軍の戦力を削ぎ、ジャレッドの仇を討つためヴォラレ基地へ潜入する一行。途中、帝国軍の准将アラネアに苦戦を強いられるものの、彼女はなぜか途中で離脱してしまい、事無きを得るのだった。

アーデンが協力する理由

ルナフレーナが待つオルティシエへ渡るため、古い港があるカエムの岬へ向かうノクティスたち。先に到着していたシドニーの話によると船は修理が必要であり、そのためにミスリルという鉱石が必要だという。ミスリルが採れるというヴェスペル湖へ向かおうとする一行だったが、仲間のひとりのグラディオラスが別行動をすることになった。

グラディオラスと別れた3人はヴェスペル湖へ向かうが、帝国軍が占領しており入れない。そんなとき、またもやアーデンが手助けに入る。中に入るための条件として、監視役にヴォラレ基地で相対したアラネアが同行することになったが、それは実質協力であった。無事ミスリルを入手した一行をアーデンは揚陸艇でレスタルムまで送ってくれるという。何故、ノクティスの命を狙っているはずの帝国の人間でありながらアーデンは協力してくれるのか? 疑問は残りながらも、一行は何事もなくレスタルムへと到着した。

ルナフレーナとの別れ

一行はレスタルムでミスリルの加工を依頼するが、その間に発電所に居着いたシガイを退治することになった。ノクティスは名も知らないハンターと一緒にシガイ退治の依頼を遂行し、これを達成。ノクティスが背中を任せられると感じたそのハンターは、成長して戻ってきたグラディオラスだった。ついにすべての準備が整い、一行はオルティシエへと出航する。

オルティシエでは神凪であるルナフレーナにより、水神リヴァイアサンを目覚めさせる誓約の儀が執り行なわれようとしていた。目覚めたリヴァイアサンは、真の王たり得るかを試すため、ノクティスへ襲いかかる。ノクティスはひとり奮闘するも気を失ってしまい、それをルナフレーナが助けようとする。しかし、そこへアーデンが乱入し、ルナフレーナは凶刃によって致命傷を受けてしまう。それでも彼女は最後の力を振り絞り、すべての歴代王の力をノクティスに与えた。王の力に覚醒したノクティスはリヴァイアサンを圧倒。決着はついたものの、力の反動により再び気を失ってしまう。ノクティスは朦朧とした意識の中、ルナフレーナから、ノクティスの力が神々に認められたこと、そして神凪の使命を果たし終えたことを伝えられる。それは、ルナフレーナからノクティスへの別れの挨拶でもあった。

ゲンティアナの正体

　ノクティスは王の力を引き出す光耀の指輪とリヴァイアサンの力を得たものの、気を失っている間にルナフレーナは深い水底へと沈み、イグニスも視力を失うという代償を払う。しかし、悲しみに暮れる間もなく、一行は帝国に奪われたクリスタルを奪還するため、列車で帝国首都グラレアを目指すことになった。

　道中、アーデンの妨害により、一行はプロンプトと離ればなれになってしまう。さらなる襲撃で乗客に危険がおよぶことを避けるため、一度テネブラエへ立ち寄り、乗客を降ろしたノクティスは、帝国軍を退役したアラネアと再会。協力を受ける運びとなる。

　列車がグロブス渓谷に差し掛かった頃、列車にトラブルが発生。修理をする間、襲ってきたアーデンを迎え撃つノクティスの前に、ゲンティアナが現れる。ゲンティアナは吐息でアーデンを凍らせると、自身の本当の姿――シヴァの姿を現し、星の過去について語りはじめた。

アーデンの目的

　星の過去。それはシヴァとイフリートの物語でもあった。かつて人々はイフリートに火を与えられ、「ソルハイム」という文明を興し、ともに繁栄の道を歩んでいた。しかし、文明が高みに達すると人は驕り、神を排斥しようとしたのだ。裏切りにあったイフリートは、人もろとも世界を焼き尽くそうとするも、他の神は人の側に立って戦った。後に魔大戦と呼ばれるその戦いにより、ソルハイムは滅び、傷ついた神々は残った人々に星を守る力を与え、長き眠りについたという。

　シヴァは星の過去と現在、そしてルナフレーナの想いを氷神の啓示としてノクティスに託すと、姿を消した。ノクティスは凍り付いていたアーデンを粉々に砕くが、それでも彼は生きており、プロンプトとクリスタルが帝都グラレアにあることを告げて立ち去る。

　グラレアにたどり着いた一行を待っていたのは、シガイの群れであった。仲間たちと分断されたうえ、武器召喚を封じられたノクティスだったが、光耀の指輪の力を使って帝都を進んでいく。仲間たちと合流し、プロンプトを救助したノクティスはレイヴス、皇帝イドラを討ち、クリスタルへとたどりついた。クリスタルに触れるノクティスの前にアーデンが現れ、自身の目的を語る。それは2000年前、民を救済することでシガイ化した自身を封印したルシス王家への復讐であり、真の王となったノクティスを殺すことで果たされるのだという。その言葉を最後に、ノクティスはクリスタルの中へと引きずり込まれた――。

アーデン・イズニア（アーデン・ルシス・チェラム）

Ardyn Izunia -Ardyn Lucis Caelum-

ニフルハイム帝国の宰相。その正体は2000年前にルシスの初代王になるはずだったが、シガイを体に宿し、資格を失ったアーデン・ルシス・チェラム。かつて自分を封印したルシス王家への復讐のためノクティスを真の王へと導き、それを討つことで王家への復讐を遂げようとする。

ソムヌス・ルシス・チェラム

Somnus Lucis Caelum

ルシス王国の初代王。アーデンの実弟であり、病に冒された兄に代わってルシス初の王となった。現実主義者であるがゆえ「シガイ化した人をひとりでも多く救いたい」という理想論を語るアーデンと意見が合わず、自らが信じる王の在り方で国を治めようとする。

ヴァーサタイル・ベスティア

Verstael Besithia

ニフルハイム帝国研究機関の長。人道に反することにも躊躇がないマッドサイエンティストであり、最強の兵器を開発することに生きがいを感じている。アーデンの協力を得て、シガイ兵器や魔導兵の開発に成功し、帝国の他国侵攻に多大な貢献をした。

アラネア・ハイウィンド
Aranea Highwind

赤い揚陸艇で各地を飛び回るニフルハイム帝国第87空中機動師団を率いる准将。帝国に雇われる形で従軍していたが、シガイを兵器として扱う帝国に不信感を抱いており、後に軍を退役。その後はシガイに追われた人々や戦争の被害者たちのため奔走している。

ビッグス・クレクス
Biggs Callux

アラネアの傭兵仲間のひとり。アラネアのことを「お嬢」と呼んで慕っており、帝国軍に入るときも、退役するときも付き従っていた。元は敵対する立場にあったノクティスたちに対しても気さくに話しかけてくるなど、フランクな性格。

ウェッジ・キカーダ
Wedge Kincaid

アラネアの傭兵仲間であり、アラネアのことを「姐さん」と呼んで慕っている。アラネアの部下としてビッグスと共に戦火をくぐり抜けてきており、兵士としての能力は確か。普段は無口で無愛想だが、時折一気にしゃべり出すこともある。

ルナフレーナ・ノックス・フルーレ

Lunafrena Nox Fleuret

テネブラエの領主であるフルーレ家の子女。神と言葉を交わし、人を癒す力を持つ神凪の任に就いていた。オルティシエで行なわれた水神との対話の儀の折、乱入してきたアーデンに腹部を短刀で貫かれ、海の底に眠ったと思われていたが……。

ソル（ソラーラ・アンティクウム）

Sol -Solara Antiquum-

帝都壊滅時、ニフルハイム帝国の皇帝イドラ・エルダーキャプトの命を受けた准将ロキに、保護されていた女の子。気の強いところはあるが、立ち振る舞いから育ちの良さを感じさせる。自身は気づいていないが、ニフルハイム帝国にとって重要な人物である。

ノクティス・ルシス・チェラム

Noctis Lucis Caelum

ルシス王国の正統継承者であり、闇を払う存在として神に選ばれた真の王。精神的に未熟な部分が目立っていたが、仲間たちとの旅を経て大きく成長した。ニフルハイム帝国へ潜入してクリスタルに触れた際、その内部に引きずり込まれてしまう。

FINAL FANTASY XV -The Dawn Of The Future-

C O N T E N T S

聖者の迷い

FINAL FANTASY XV -The Dawn Of The Future-

［M.E.756年］

冷たい通路を駆けていた足音が、不意に止まった。凍える光をたたえた聖なる石の前で。

好き勝手な方向に伸びた黒い髪と、どこか頼りない曲線を描く肩とが、一瞬、震えたように見えた。ここまで走りに走ってきたせいで、息が上がっているのだろう。

力を貸してくれ、と絞り出すような言葉を聞いた。その指先が聖なる石へと伸べられるのを見た。しかし、次の瞬間、その祈りが驚愕《きょうがく》の叫びに変わった。クリスタルが彼を取り込もうとしているのだ。それは彼にとって想像の埒外《らちがい》だったに違いない。

ゆっくりと、その背後へと歩み寄る。笑いを押し殺すのに苦労した。

「王様は違うなぁ。やっぱり触《さわ》れるんだ」

借りモノだらけの、未完成の王だとしても、王というだけでクリスタルは拒まない。何とも腹立たしい真実だ。

そして、振り向いたその顔は……あまりにも似ていた。かつて、偽の王でありながらクリスタルから力を引き出した、あの男の面差しに。

「それはそれは大昔の話」

ひとつ、昔話をしてやろうと思った。

「特効薬のない流行病《はやりやまい》が蔓延《まんえん》した。元凶は寄生虫だった。その病に冒された者は化け物と見なされ、殺された」

未だ世界の何たるかを知らない瞳に、つかの間、戸惑いの色がよぎる。だが、すぐにそれは怒りの色へと変わった。

そうだ、怒れ。もっと。怒って、怒って、己の無力さに歯噛《はが》みをするがいい。

「当時、ルシスにひとりの男がいた。自分の身体に病を吸い取り、ひとりで病人たちを救っていた男が」

ありがとうございます、という声が不意打ちのように耳に蘇った。よかった、元に戻った、という涙まじりの声も。

『アーデン様は、私を救ってくださったんです！』

『あなた様の善行がなければ、私は醜い化け物のまま、チェラムの兵に殺されていました！』

『アーデン様のおかげで、今わたしはここにいるんです！』

とっくに忘れたと思っていたいくつもの声を、小さく頭を振って払いのける。だからどうした、と思う。もう終わったことだ。どうせ、あんなもの、無価値で、無意味で……。

「だが、まだクリスタルに選ばれていなかった王は、人々を救える唯一の男を殺してしまった。化け物呼ばわりして、な」

笑みが浮かぶのがわかった。ひどく苦くて、忌々《いまいま》しくて、にも拘《かか》わらず口角が勝手に吊り上がる。

「オレの名前さ、あれ本名だけど、正式名じゃなかったんだよね」

ニフルハイム帝国宰相、アーデン・イズニア。今ではそれが正式名だと誤解されている。本来の名を知る者は皆、死んでしまった。遠い昔に。

「アーデン・ルシス・チェラム。正式名」

久しぶりに正式名を口にして、身の内に巣くう憎悪の力に驚いた。いつもいつも、当たり前のようにあったせいで、忘れかけていた。闇よりも深い色で蠢《うごめ》いている、その感情の強さを。

ノクティス王子、と呼ぼうとして、気が変わった。ノクト、と愛称で呼んでみる。この上もなく、親しげに。

「人間のおまえを殺しても意味がないんだ。クリスタルの力を得て、真の王になってくれ」

十五年前、クリスタルが選んだ王。世界が災厄に見舞われた際、その力をもって闇を打ち払うという使命を帯びた王。

「クリスタルごと、その力ごと、王を葬《ほうむ》り去るのがオレの望みなんだ」

実の弟に全てを奪われた。希望も、未来も、愛する者も、何もかも。くだらない石と、くだらない椅子《いす》のせいで。そんなもの、跡形もなく消えてしまえばいい。

この手で、壊す。平気で人を裏切る神も、その神に与《くみ》するクリスタルも、嘘にまみれたこの世界さえも、何もかも叩《たた》き壊してやる。願いは、それだけだ。

「早く帰ってくるんだよ。オレ、みんなと遊んで待ってるから」

みんな、とアーデンが口にした瞬間、ノクティスの顔色が変わった。ありったけの憎しみと怒りをかき集めたら、こんな顔になるのだろう。

似ている、とまた思った。ソムヌスがこんな顔をするところなんて、一度だって見たことがないのに。面差しの似ているふたりだが、性格も言動もまるで違う。ふたりの見せる表情は常に異なっていた。

だからこそ、見たかった。兄たる自分を欺き、王の座を盗んだソムヌスが、目の前のノクティスのように悔しさに顔を歪《ゆが》める様を。恨めしげな目をして、為す術《すべ》もなく消えていく姿を。

妙なものだ。あれほど対立と口論とを繰り返したというのに、その顔を知らない。覚えているのは、苛立ちと諦めと、そして、蔑みの表情だけ……。

忘れているだけなのだろうか？　二千年にも及ぶ歳月のせいで。それとも？

兄上、と呼ぶ声を聞いた気がした。

かつて、人と神々との息吹《いぶき》がより近かった時代。選ばれし王の御代から、およそ二千年前――

「兄上は何もわかっていない」

久々に聞くソムヌスの声は、ひどく冷たかった。

「民を統《す》べる者の務めを、兄上は理解しようともしない」

いや、それは今に始まった話ではない。この弟との間に、会話と呼べるものが絶えて久しい。最後にソムヌスの笑い声を聞いたのは何年前だったか、とアーデンは暗澹《あんたん》たる思いで指を折る。

子供のころは仲のいい兄弟だった。勉学や武術の鍛錬の合間に、よくふたりでチェスに興じたりしたものだ。

年齢差の分だけ、年かさの者が手持ちの駒を減らすという、よくあるやり方をソムヌスは好まなかった。同じ条件でなければ勝っても意味がないと、頑なに言い張った。何度負けても、それを曲げようとはしなかった。幼いながらも、公正な態度を貫こうとする弟を、アーデンは誇りに思っていた。

ソムヌスもまた、アーデンのそばを離れなかった。どこへ行くにも、後をついてきた。周囲の者たちは、ふたりが別々にいるのを見た日には、にわか雨に降られるとまで言った。

なのに、今は……。

「わかっていないのは、おまえのほうだ」

何としてでも、ソムヌスを止めなければ。言葉を選んでいる場合ではなかった。

「なぜ、兵たちに虐殺を許す？　彼らが手に掛けているのは、敵でも獣でもない。我らの同胞だというのに」

「同胞？　何を言っている。あれは、化け物だ。放置すれば、人に害をなす」

「違う。彼らは化け物などではない。少しばかり……そう、少しばかり難しい病に冒された者たちだ」

近年、奇妙な病が民の間に蔓延していた。いかなる医術をもってしても癒すことは叶わず、いかなる薬にも効能が認められない。そして、その特異な症状により、罹患《りかん》した者を絶望のどん底に叩き落とす。人々はそれを、時に呪いと見なし、時に神罰と解して恐れた。

だが、それが呪いでも祟《たた》りでもなく、ましてや神罰でもないことをアーデンは知っていた。あれは病だ。たとえ薬が効かずとも、治せるのだから。

「彼らが人を襲うのは、病の苦痛によるもの。彼ら自身に罪はない。だから、その前に病を祓《はら》えば、周囲に害を為すこともない」

その特異な症状とは、全身がどす黒い色に変貌し、自我を失って見境なく人を襲うようになる、というもの。重篤な患者はシガイと呼ばれ、手が着けられなくなる前に拘束され、隔離され……殺された。そうなる前に、アーデンは患者に治療を施し、元の姿へと戻してきた。

「同じことだ」

ソムヌスが吐き捨てる。

「何が同じだと？」

「仮にシガイが病に罹《かか》った者だとしても、それを治せるのは、兄上ひとり。いかなる名医であっても、兄上の真似《まね》はできないのだろう？」

そのとおりだった。病を癒す力を、なぜか神はアーデンひとりに与えた。

「たったひとりで何ができる?」

「ひとりでも多くの患者を救えれば……」

「ひとりを救う間に、患者が五人、十人と増えていったら? いや、実際に増え続けている。兄上がどう頑張っても、追いつけない」

「それは……」

アーデンは言葉に詰まった。痛いところを突かれた。

「そこらじゅうに、シガイが溢れかえったら? ほら、殺すしかないじゃないか」

勝ち誇ったようにソムヌスが笑う。

「だが、彼らは人間なんだ!」

醜く変貌していく自らの姿に怯《おび》え、失われていく自我を押しとどめようと足掻《あが》く、彼ら。たまたま病魔と出会ってしまっただけの、不幸な人々。

「何の罪もない人々の命を奪うなど……」

「兄上はいつも、それだ。綺麗事と絵空事ばかりで国が立ち行くものか!」

「だから、安易なやり方に走るのか?」

「兄上!」

不意に、ソムヌスの口調が変わった。

「民に媚《こ》びるのは兄上の勝手だが、民を惑わせるような言動は慎んでいただきたい。これ以上は、兄上といえども看過できぬ」

アーデンは答えなかった。答えられなかった。

ソムヌスの双眸《そうぼう》に殺意を見た。初めて身の危険を感じた。むしろ、今の今まで、その可能性に気づかなかった己の迂闊《うかつ》さに呆《あき》れた。ソムヌスの性格や気質は、誰よりも知っていたはずなのに。目的を果たすためなら手段を選ばない。昔から、そうだった。一度決めたことは、何が何でもやり通す。

身を隠さねば、と思った。今は死ねない。病に苦しむ人々が待っている。最後のひとりを救うまで、何が何でも生き続ける。それが自分の使命だ……。

＊

「疲れているようだけど……大丈夫？」

耳に心地よい声とともに、ふわりと両の頬が手のひらに包まれた。麦の穂を撫《な》でる風よりも優しく、木漏れ日よりも温かな手。大樹に背を預けて目を閉じたまま、アーデンはその名を呼んだ。

「エイラ」

疲労感がみるみる消えていくのがわかった。心を覆っていた霧が晴れていくかのようだ。もちろん、心配の種が消えたわけではない。ソムヌスとの話し合いは物別れに終わったし、この先、命を狙われるであろうことも想像に難《かた》くない。それでも、まっすぐに顔を上げて歩いていこうと思えた。

「ありがとう。心配いらない」

不思議だ。いつも、そばにいてほしいと思うより先に、エイラのほうから姿を見せてくれる。目を開ければ、風に揺れる金色の髪と、海の色の瞳。この世界の中で、アーデンの目に最も好ましく映る色だった。

「ここにいたら、会えるんじゃないかって思ってた」

「私も」

エイラが微笑《ほほえ》んだ。それを見ているだけで、胸の中が温かくなった。同時に、病に倒れた者たちを思う。彼らにも、こんな幸せがあったはずなのだ。或《ある》いは、愛する者と出会い、幸せになる未来が。

大切な人がそばにいる。手を携えて生きていく。その幸せは、全ての人々に約束されるべきもの。その幸せを奪わせてはならない。だから、それを守らせるために、神はこの力を与えた。神々の声を聞く神凪《かんなぎ》と、共にある自分に。

「この力で、ひとりでも多くの人を救いたい。それが神の御意志に報いるということ……」

手のひらに視線を落とす。と、エイラの手がそこに重なった。

「神はきっと、見ていてくださる。信じて成し遂げて」

たったひとりで何ができる、とソムヌスは言ったが、それは違う。ひとりではなかった。エイラがいた。

「とにかく、今のあなたに必要なのは、ふたつ。ひとつは休息」

「もうひとつは？」

エイラの頬がほんの少しだけ赤みを帯びる。悪戯《いたずら》っぽい笑いがその瞳に浮かぶ。

「私よ」

短い笑いで答えた後、アーデンはエイラを抱きしめた。

「ずっと、一緒にいてくれ」

エイラがうなずく。もう何も怖くなかった。この身がどうなろうとも、最後まで使命を果たす。ソムヌスに何と言われようとも、屈するものか……。

＊

「ご報告いたします。現在、領地内をくまなく捜索しておりますが、依然、アーデン様の行方《ゆくえ》は摑《つか》めず……」

もう良い、とソムヌスは手を振って、兵の報告を遮った。兄アーデンとの最後の口論から、半月あまり。これ以上の話し合いは無駄と悟ったのであろう、アーデンは何処へともなく姿を消した。

苛立ちと諦め、そして、蔑み。最後に見た兄の顔に貼り付いていた表情を、ソムヌスは苦く思い出す。民に慕われ、次の王にと望まれている兄。その兄の表情こそが民の心の反映なのかもしれないとも思う。

だが、人望のある兄には、なぜか現実を見る力が欠け落ちているように思えた。あまりに人を信じすぎている。人に限らず、物事の良い面ばかりを見て、悪い面から目を逸《そ》らしているように思えてならないのだ。

人も物事も、美しい部分ばかりではない。ずるく、醜く、汚い部分もある。だからこそ、それらを抑え、律するものが要る。そのために在るのが、王ではないのか？

「そうだ。王に必要なのは、民を統べる力。民に媚びて国が強くなるものか」

国は強くあらねばならない。国とは、他に侵されることのない安全な地でなければならないのだから。ただ雑然と人が集まればいいというわけではない。事実、この地に住む者は皆、その生命と暮らしを「シガイ」に脅《おびや》かされている。

彼らに安全を約束するものは何だ？　目の前の脅威、シガイを駆除するための兵たちだ。その兵たちを養い、鍛え、束ねてきたのは、この自分。

「兄上は何もわかっておられぬ……」

ひとりでも多くの民を救いたいと、兄は言った。だが、兄のやり方では全員を救えない。救われる者がいる一方で、救われない者も出るということ。結局、「ひとりでも多く」というのは、選ばれなかった者を切り捨てることに他ならない。

兄のやり方は、自分が選ばれることを微塵《みじん》も疑わない人間のやり方だ。選ばれなかった者がどんな思いで選ばれた者を見ているか。それを、兄は知らない。いつもいつも、周囲の期待と信頼を集め、選ばれる側であり続けたが故に。

『だから、安易なやり方に走るのか?』

安易なやり方のどこが悪い、と思う。少なくとも、シガイと化した者たちを選別せずにすむ。自分が選ばれなかったという無念さ、嫉妬、羨望《せんぼう》。それらを抱きながら死んでいく者を出さずにすむ。非道かもしれないが、公正だ。

「ソムヌス様、どちらへ?」

背後から声が追いかけてくる。足早に歩きながら、答えだけを返す。

「供は要らぬ」

今、兄の恋人であり、神凪であるエイラが神々の声を聞くために聖堂に籠もっている。急ぎ、彼女に会わねばならない。会って、確かめて、そして。

ソムヌスは、ふと己の手に視線を落とす。

「許せとは言わない。許されるとも思っていない」

この手を汚してでも、為さねばならないことがあった。

＊

麦畑のずっと向こうに、黒い煙が立ち上っていた。ちらりと視線をやったアーデンの顔が微《かす》かに歪む。あの場所で何が焼かれているのか、容易に想像がついた。

なぜ、罪無き人々を殺す？

答えはわかりきっていた。ソムヌスにとって、彼らは「人」ではないからだ。もはや自分もまた「化け物の仲間」と見なされているのだろうな、とアーデンは思う。だから、ソムヌスは容赦なく追っ手を差し向けた。

昨日も、間一髪だった。ただ一夜の宿を求めただけの、通りすがりの町。病の者もいないから、ソムヌスは注意を払うこともないだろうと高をくくっていた。

ところが、それは甘い考えだった。砂塵を上げて町に迫る軍勢に気づくのが、ほんの少し遅れていたら……間違いなく捕らえられていただろう。幸い、町の者たちはアーデンに好意的だった。彼らの手引きで、その場を逃れ、近くの森へと身を隠した。

暗い森の中を逃げ惑い、しまいには走る力さえ失って、巨木の洞に身を潜めて追っ手をやり過ごした。日が昇るころになって、ようやく辺りが静かになった。兵士たちを呼び戻す角笛の音が遠くで聞こえた。

けれども、アーデンはその場にうずくまったまま、しばらく動けずにいた。ひどく疲れていた。このところ、立て続けに重篤な者たちを治療したためだ。

シガイと呼ばれる病は、患者の体内に異物が侵入したことによって引き起こされる。症状が進んで自我を失った者を人々はシガイと呼ぶ。アーデンの施す治療とは、そのシガイの元凶となる異物を患者の体から己の体に移すこと。異物が抜けてしまえば、患者は自我を取り戻す。どす黒く変色し、瘴気《しょうき》のようなものを発していた皮膚も元に戻る。

自身の体内に異物を取り込むからこそ、アーデンは誰よりも病のことを正しく把握していたのである。

シガイ化が進んだ患者から異物を吸い取る能力と、それを取り込んでもなお自我を失わずにいられる身体を、アーデンは神から授かった。ただ、自らの体内にある異物を消し去る力までは与えられなかった。人々を救うたびに、彼らの苦痛をそのまま引き受けなければならない。

最初は、ぼんやりとした倦怠感《けんたいかん》があるだけだった。次第にそれは不快感を伴うようになり、はっきりとした苦痛へと変わっていった。吸収した異物が増えていくにつれて、それらを抑え込むことが難しくなった。皮膚を食い破らんばかりの勢いで暴れるシガイの元凶は、異物というよりも異生物のようなもの。おそらく、寄生虫の一種なのだろう。

今はまだ、抑えていられる。だが、さらに多くの異物を取り込んだら？　果たして、この身が持ち堪《こた》えられるのか？

『たったひとりで何ができる？』

ソムヌスの声がしつこく耳にこびりついている。たったひとり。わかっている。あとどれくらい、異物を吸収できるのか。この苦痛に、いつまで耐え続ければいいのか。

『そこらじゅうに、シガイが溢れかえったら？　ほら、殺すしかないじゃないか』

再び麦畑の向こうへと目をやる。シガイとなった後に殺された者たちを焼く煙。虐殺された挙げ句に、埋葬すらされずに焼かれて灰になり、四散していく者たち。

アーデンは強く頭を振って歩き出す。あんなことを許しておくわけにはいかない。行かなければ。助けを求める人々の許《もと》へ。

しかし、シガイに蝕《むしば》まれた体は思うに任せなかった。踏み出そうとした足がもつれる。手をつくこともできなくて、顔から地面に突っ込んでしまう。

四肢に力が入らない。皮膚の下を細かな虫が這《は》い回っているようだ。息ができない。

やがて、目の前がシガイと同じ色に塗りつぶされていった……。

＊

「いけません、ソムヌス様！」

立ちはだかる侍女を無言で押しのけて、扉を開ける。

「何人たりともエイラ様にお会いすることは……」

すがりつく手を振り払う。そんなことはわかっている。この審判の間で、神凪たるエイラは神々の声を聞く。

各領主の間で、チェラム家を盟主として擁立する声が高まるのと同じころ、神々もまた王となる者を選定しようとしていた。絶対的な君主として、史上初の王国を築く。その候補はふたり……。

「ソムヌス様！　どうか！」

後ろ手に扉を閉め、悲鳴にも似た侍女の声を遮る。跪《ひざまず》いて祈りを捧《ささ》げていたエイラが振り返った。驚きと戸惑いとが相半ばする顔で、エイラはソムヌスを見上げてくる。

「話がある。神凪殿」

見つめてくる双眸に疑念の色がよぎる。ソムヌスは構わずに切り出した。

「神々は、何と？」

エイラは答えない。ソムヌスは質問を変えた。

「では、クリスタルは？」

「クリスタルに意思はありません」

はぐらかす気か？　もしかしたら、エイラは何もかも見抜いているのかもしれない。いや、構うものか。

「どちらでも良い。お告げは？」

「信じていいのですね？　あなたを」

まっすぐに向けられてくる視線を受け止める。逸らしたりはしない。たとえ、これから口にする言葉が嘘にまみれたものであるとしても。

「私はやがて、あなたの義弟となる身。それだけでは信ずるに足る理由にならぬと？」

エイラの視線は、なお険しい。

「私は神々のお言葉を伝える神凪……」

そこでエイラは口をつぐんだ。使命に忠実であるためにも、軽々しく託宣を漏らすわけにはいかない、と言いたいのだろう。

「重々承知しております。その御言葉に背くほど愚かではありません。しかし」

この先を口にすれば、引き返せなくなる。否、元より引き返す気はない。

「しかし、今、我が兄は行方知れず。いや、兄の誤解を招いたのは、ひとえに私の落ち度だが。いずれにしても、このままでは、神の御言葉は兄には届かない。それは、神凪たるあなたにとっても本意ではありますまい」

斬り込むような鋭さで向けられていた視線が揺らぐ。最愛の相手を案じて眠れぬ日々を過ごしているであろうことは、容易に想像がつく。そこに付け入る隙がある。

「兄を迎えにやりたい」

「ソムヌス、それは」

「使者が神の御言葉を携えていれば、兄も私を信じてくれるはず」

しばし目を伏せた後、意を決した様子でエイラは口を開いた……。

＊

意識が戻っても、混乱していた。見覚えのあるような、ないような、そんな部屋に寝かされていたせいだ。

「お気がつかれましたか？」

年若い娘が心配そうに顔を覗き込んでくる。思い出した。数日前に、治療を施した娘だった。彼女はここで、手足を拘束され、獣のような唸《うな》り声を上げていた……。

「驚きました。父と一緒に町へ出かける途中、アーデン様が倒れてらして」

ソムヌスが差し向けた兵たちから逃げて、森へと隠れたが、闇雲に歩き回っているうちに再び町の近くへと戻っていたらしい。

「あなたがたが……助けてくれたのか」

「助けるだなんて、そんな。荷車に乗せて、ここまでお連れしただけです。アーデン様のようなお方を荷車に乗せるなんて、とんでもない話ですけど」

娘は少しばかり肩を縮めた。健康そうな血色の頬。数日前、体からシガイが抜けた直後の彼女はまだ、青白い顔色をしていた。

それでも、正気を取り戻した娘に、両親は涙を流した。あの喜びに満ちた顔。それだけで、十分過ぎるほどに報われる。あの幸せそうな顔を見られるのなら、シガイを我が身に引き受ける苦痛など、些細《ささい》なものだと思えた。

「ありがとう」

いいえ、と娘が微笑んだ。苦しむ人々を救わなければと、改めて思う。悠長に寝ている場合ではない。だが、起き上がろうとすると、視界が揺れた。

「いけません、アーデン様！　まだ寝ていないと！」

「いや。病に苦しむ人々が、まだ……」

「そのお体では、無理です」

「それでも。行かなければ。民を救うのが私の使命」

そのときだった。慌ただしい足音がした。娘の両親が部屋に駆け込んできたのである。ただならぬ様子から、何が起きたのか察せられた。

「急ぎ、お逃げ下さい！」

「兵が！」

やはり来たかと思った。ふらつく体をどうにか支え、立ち上がった。命など惜しくはない。ただ、自分が死ねば、民を救える者がいなくなる。麦畑の向こうに立ち上る煙の黒さが目に浮かび、気が滅入った。

と、娘がアーデンの傍《かたわ》らをすり抜け、外へと飛び出していった。

「何の用ですか？　アーデン様は、お体の具合がお悪いのです！」

家を取り囲む兵たちに臆することなく、娘が戸口の前に立ちはだかっている。両手を大きく広げ、ここから先は一歩も通さないという気迫が小さな背中から見て取れる。

娘の肩にそっと手を置き、後ろに下がらせた。少しも似ていないのに、なぜかエイラを思い出した。病に苦しむ人々を共に救おうと誓い合った、あの日。エイラがいてくれれば、どれほど困難な道であっても歩いて行けると思っていた。

「アーデン様？」

「もう、いいのです」

これ以上、この家族に迷惑はかけられない。せっかく当たり前の生活を取り戻した彼らから、それを再び取り上げるような真似はできない。たとえ、全てがここで終わったとしても。

「でも……！」

「ありがとう。本当に」

頼りない足許を踏みしめながら、歩く。見慣れた紋章を染め抜いた旗と、同じ紋章を刻んだ武具。チェラム家の兵たちだ。彼らが敵に回るなど、以前は考えたこともなかった。

ソムヌスは何と命じたのだろう？　その場で殺せと？　それとも、生け捕りにして連れてこいと？

だが、彼らがとった行動は、そのどちらでもなかった。

「チェラム家御嫡子、アーデン・ルシス・チェラム様！」

目の前の光景が信じられなかった。暗い森の中で自分を追い回していたはずの兵士たちが、一斉に跪いたのだから。

「昨夜、神託が下され、あなた様を王に、と」

歓声が上がった。村の人々が遠巻きに様子を窺っていたことに、その声で気づいた。

＊

神々に与えられたクリスタルを奉《まつ》る礼拝堂には、儀式のためにチェラム家の一族とその縁《ゆかり》の人々が集っていた。ソムヌスやエイラはもちろん、末端の兵に至るまで正装だった。

「チェラム家御嫡子、アーデン・ルシス・チェラム様御成《おなり》！」

整列した兵たちが一斉に剣を掲げる。居並ぶ人々が道を開け、アーデンは祭壇のクリスタルへ向かって歩く。最前列で跪いていたソムヌスが、やおら立ち上がった。

「もう良い。茶番はここまでだ」

ソムヌスの顔には、これまで見たことのない表情が浮かんでいた。頑固なまでに公正であろうとしたソムヌスが、決して浮かべることのなかった表情が。

「我が兄ながら、無様なことこの上ない。あれほど逃げ回っていた者が、初代王の座欲しさに、のこのこ出てくるとは」

おまえがそれを言うのか？　追っ手を差し向け、命を狙ってきたのは、おまえだろう？

「私はただ、治療の旅をしていただけだ。支配欲に駆られ、権力のみを求めるおまえとは違う」

自分のために王の座を欲したことなど、一度たりともない。王であれば、誰憚《はばか》ることなく苦しむ民に救いの手を差し伸べることができる、そう考えただけだ。だから、王に選ばれたと言われて、帰還した。

「相変わらずの綺麗事……」

いつの間にか、ソムヌスの手には剣があった。神がチェラム家の者に与えた、武器を呼び出す能力だった。その力はアーデンにも、ソムヌスにも、等しく受け継がれていた。

「兄上。神々が選んだのは、このオレだ！」

ソムヌスがまっすぐに剣を振り下ろしてくる。いけない、と叫ぶ声を聞いた。エイラが目の前に飛び出してくる。

「エイラ！」

一閃《いっせん》する刃を受け、エイラが倒れる。目の前が、視界の全てが赤く染まって見えた……。

＊

暗い。冷たい。痛い。感じるのは、ただそれだけだった。

陽の光が届かない地下深く。頑丈な鎖で幾重にも拘束され、身動きひとつ取れない。仮に鎖を解いたとしても、周囲を海に囲まれた孤島である。

神影島《みかげじま》は、古より神々が集う島と言われ、人を拒むかのような潮の流れと強風がその周囲に渦を巻く。船を着けられる日は年に数回程度と聞いたことがある。脱出の術はない。

なぜだ？

この場所に幽閉されて、しばらくの間、それしか考えられなかった。

なぜ、オレはここにいる？　なぜ、オレは生きている？

腹に突き立てられたままの槍《やり》や剣。刺された瞬間、赤い血が噴き出すのを確かに見た。だが、それはほどなく止まり、傷口も塞がった。……刃をくわえ込んだまま。

『遂《つい》に自らが化け物と成り果てたか』

ソムヌスの言葉が頭の中にこだまする。嘲りを含んだ声だった。

違う。シガイ化した人々は病に罹っただけだ。化け物ではない。その証拠に、シガイを吸収すれば、皆、元に戻った。

そう、シガイさえ吸収すれば。だが、オレは？　この体内のシガイは？　人々を救うのと引き替えに、積もりに積もったシガイは？

いつまでも抑えていられないと、薄々感じていた。この先、さらに多くのシガイを吸収すれば、病の者たち同様、自我を失い、人を襲うようになるのではないかと、不安になった。

『神はきっと、見ていてくださる。信じて成し遂げて』

ああ、エイラ。オレもそう信じていたよ。神の御心を疑ってはならない。そこには必ず、人には計り知れぬ深慮があるはずだと。

『いけない！』

だめだ、エイラ！　オレをかばって死ぬなんて……馬鹿げている。オレは、殺しても死なない化け物なんだ！

騙《だま》し討ちのような真似を平気でやってのける卑劣な男に斬られるなんて、もっと馬鹿げている。その男が王の座に就くなど、許されるはずがない。

だから、神意を問おうと思った。瀕死のエイラを抱き、祭壇のクリスタルへと手を伸ばした。罪無き者たちを殺し続けてきた男にふさわしいのは王座ではなく、裁きの雷《いかずち》であるはず。

神よ、今こそ裁きを！　あなたの御心をお示しください……！

そう強く願った。神が人の世に下賜《かし》した聖なる石ならば、正しい在り方を、正しい道を照らし出してくれる。必ず。

しかし、その願いは拒絶された。クリスタルは激しい閃光と衝撃とでアーデンとエイラとを弾き飛ばした。

『王の権限により宣下する！　今、この時、チェラム家改めルシス王国の建国は成った！　以後、ルシスに刃向かう者に命はないと心得よ！』

倒れ伏したアーデンの頭上から、勝ち誇ったソムヌスの声が降ってきた。起き上がることすら忘れた。身動きひとつ、取れなかった。

これが神の御心であるなら、シガイとなった者たちを虐殺してきた男が王だというのなら、今まで自分がしてきたことは何だったのか。

『直ちにその反逆者を処刑せよ！』

反逆者？　何を今さら。最初から、殺すつもりだったのだろう？　ただ、その口実が欲しくて、エイラを殺し、オレを激怒させ、剣を抜かせたのだろう？

神々の声を聞き、使命に忠実であった神凪を、己の野望のために殺した。だが、その罪深き男を神は罰しなかった。

オレが信じてきた神とは、斯様《かよう》に愚かしい者であったのか？

或いは、神を欺くほどにソムヌスが狡猾《こうかつ》であったのか？

そもそも、ソムヌスは本当に神意を知っていたのか？　神々の言葉を聞く前に、勝手に王を名乗ったのではないか？　だからこそ、神凪であるエイラの口を封じた……いや、それはおかしい。神々の言葉をエイラが伝える前だったのなら、あのような場を設けた時点で、エイラが異を唱えていたはずだ。

だとすれば、やはり神々はソムヌスを選んだのだ。エイラはどんな思いでその言葉を聞いたのだろう？

『神はきっと、見ていてくださる』

ああ、エイラ。民のことなど歯牙《しが》にも掛けず、己の野心を満足させることだけを考えている男を、神は選んだ。オレたちは神に見捨てられたんだ……！

いや、神は欺かれてなどいなかったのかもしれない。神にとっては、人間どもの生き死になど、どうでもいいことだったのかもしれない。シガイに冒された者たちを救う力をたったひとりにしか与えなかったのも、民を平気で殺す男を王に据えたのも、ただの気まぐれだったのかもしれない。

その気まぐれ故にソムヌスは野望を遂げ、エイラは死に、このオレは化け物となって闇の中へと閉じ込められた……ということか。とんだ茶番だ。

こうしている間にも、ソムヌスは王の座でふんぞり返り、権力を振りかざして好き放題に振る舞っているのだろう。その陰で、数多《あまた》の民が苦しんでいたとしても。

民？　実際のところ、民とは、守らなければならないものだったのだろうか？　己が身を投げ打ってまで、救うべきものだったのか？

兵たちがオレを見る目は、恐怖と嫌悪に充ち満ちていた。化け物と叫び、容赦なく斬りつけてきた。これまで救ってきた人々も、オレが化け物となったら、同じことをするに違いない。聖者だ、王となるべき御方だと、さんざん持て囃《はや》しておきながら、手のひらを返したように石を投げつけてくるのだろう。

民を救おうなどと考えたのが間違いだったのかもしれない。いや、最初から、何もかもが間違っていた？

少しずつ、怒りがその熱と圧とを上げていった。エイラが殺されたときの噴き出すような怒りとは異なる、怒り。内側から己を侵食していくかのような、いつか、自身が怒りそのものと化してしまうような……。

考える時間も、憎悪を育てる時間も、あり余るほどあった。

［M.E.？？？年］

あれから、何年経ったのか。いや、何十年？　何百年……は経っていないような気がするんだが。

エイラ。退屈だ。ここには何もない。光射す窓も、外へ向かう扉も。冷たい石の壁があるばかり。オレをここに閉じ込めた後、ソムヌスは入り口を石で固めて塞いでしまった。何もない場所で、身動きもせず、ただ生き続けるのは、死にたいくらい退屈だ。死にたくても死ねないがね。

ああ、そんな顔をしないでくれ。……いや、わかってる。これはオレが勝手に作り出した幻だ。君に悲しげな顔をさせているのは、オレ自身なんだってことくらい。でも、それくらいしか、することがない。

もしも、あの日、君がソムヌスに殺されなかったとしたら。もしも、ふたりで遠くへ逃げて、生き延びていたとしたら。

同じことか。オレは、君の亡骸《なきがら》を抱いて、馬鹿みたいに泣くしかできない。君が死んでしまっても、オレは死ねないから。そうだろう？　シガイを吸収するなんて行為を続けたせいだ。苦しむ民を救った結果が、これだ。何とも皮肉な話じゃないか。

神が投げて寄越した馬鹿げた力のせいで。

＊

『ごめんなさい』

エイラ？　なぜ、謝る？　君は何ひとつ悪いことなんてしていないのに。

『ごめんなさい』

だめだ、だめだ、だめだ。オレは君の笑った顔を覚えていたいんだ。笑ってくれ。でないと、忘れてしまう。

『ごめんなさい』

そうじゃない。なぜ、思い出せない？　君の幸せそうな顔を。

『それは、兄上がバケモノだからだろう？』

くそっ！　なぜ、おまえが出てくる？　思い出したくもないのに！

『愚かな女だ』

黙れ！　おまえはいつも、そうだった。人を見下して、小馬鹿にして……何様のつもりだ？

『それの何が悪い？　王に必要なのは、服従させる力。民に媚びて国が強くなるものか』

うるさい！　消えろ！

『オレだよ。神々が選んだのは』

なぜ、消えない？　おまえは幻だろう？　なのに、なぜ、勝手に出てくる？

『王に刃を向けるのか？』

ああ、殺したいさ。殺せるものならば。おまえも、おまえを選んだ神も！

でも……おまえはもう、死んでいるんだろう？

＊

長い。長すぎる、退屈な時間。誰か、殺してくれ。もう、たくさんだ。死にたい。消えたい。何も考えたくない。

誰でもいい。オレを消してくれ。できることなら、この世界もろとも消してくれ。

もう、疲れた……。

［M.E.721年］

岩を叩く音がした。アーデンは微かに眉根を寄せた。うるさいな、とつぶやいたつもりだったが、声は出なかった。ただ、ひゅうひゅうと喉が音をたてただけだった。

叩く音が止まり、静けさが訪れる。と思ったのもつかの間、足音が聞こえた。それも、大勢の。いや、そんなはずはない。空耳だ。いつもの。

過去の出来事ばかりを思い返して過ごしているせいで、このごろでは、頭の中で想像したものと現実との区別が曖昧になることが、しばしばある。エイラの姿や声を思い浮かべるとき、彼女の体温や息づかいまでも間近に感じたりする。

だから、あの足音や話し声も偽物なのだろう。或いは、夢か。

『そのとおりさ、兄上。ここには何人たりとも立ち入らせない。オレが決めた』

ソムヌスの声が聞こえてくる。これも、自分自身の空想の産物だと思うと、忌々しいことこの上ない。

幾つもの足音が、どんどん近くなる。危ない、こっちだ、気をつけろ、などと叫ぶ声も。

いったい何の騒ぎだ？

何気なく視線を向けた瞬間、両の目に強い痛みが走った。光だ。何百年ぶりの、否、それより長らく浴びていなかった光のまぶしさだった。

複数の人間に取り囲まれたような気がした。気がしただけだ。目を開けていられないから、確かめようがない。

「生きている……」

低く笑う声がした。

「古文書のとおりだ」

何を言っている？　こいつは？

「……だれだ？」

やっとの思いで絞り出した声は、とても自分のものとは思えなかった。単に、自分の声を忘れていただけかもしれないが。

いきなり、体が前のめりになった。鎖と拘束具が破壊されたのだ。自身の体を支えきれず、無様に倒れ伏す。腕にも、足にも、まるで力が入らない。

突然、胸や腹に鋭い痛みが走った。剣や槍が引き抜かれたらしい。この痛みは、すでに傷口が塞がり、肉と一体化していた刃を無理矢理動かしたせいだろう。

運べ、と命じる声は、さっき笑った男のものだった。その物言いで、場を仕切っているとわかる。と、体が浮き上がった。両側から抱えられたらしい。

「オレに、触るな……」

抱える腕を振り払ったつもりだったが、指一本動かせなかった。渾身《こんしん》の力を振り絞って、やっとできたのが、顔をわずかに上げることだけ。情けない話だ。

それでも、ようやく明るさに目が慣れて、周囲の様子が見て取れるようになった。周囲にいるのは、おそらく兵士。彼らが纏《まと》っているのは、見た事もない奇妙な衣服だが、身のこなしは兵として訓練された者のそれだった。

ソムヌスはとっくに死んでしまっているだろうから、ソムヌスの子孫が率いる兵士なのだろうか？

少し離れたところから、奇妙に歪んだ声がした。定時連絡、と言っているようだった。薪が爆《は》ぜるようなパチパチという音と合わさって、何とも聞き取りにくい。

『こちら、異状なし。予定どおり、医療班の準備を開始す……ぐわあああっ！』

遠雷にも似た音がした後、静かになった。

「まずい。急げ！」

何がまずいのか、さっぱりわからなかったが、両脇を抱える兵たちの動きが速くなったのはわかった。

足許を照らしていた光の輪郭がぼやけ始める。肌脱ぎになった背や肩に冷気を感じた。首に力を入れて、もう一度、顔を上げてみる。

外だ。行く手に、四角く口を開けているのは、外へ開かれた扉。その向こうから、何か重たいものがぶつかる音と、絶叫とが聞こえてくる。

「想定の範囲内だ。先に行け」

例の「仕切り役」の男が低く指示を出すのが聞こえた。想定の範囲内とは、どういう意味なのだろう？

唐突に視界が開けた。明け方なのか、悪天候なのか、空は水に落とした墨の色をしている。

それでも、暗闇に慣れきった目には十分過ぎる明るさだったが。

黒ずくめの兵が数人、武器を構えている。彼らの足許に倒れている者たちは、今、両側にいる兵たちと同じ鎧《よろい》……。

突然、体が投げ出された。上がる呻《うめ》き声はふたり分。両側にいた兵士は、どちらもあっさりとやられてしまったらしい。こいつらが弱すぎるのか、敵が強いのか。敵？　どちらが敵なのだろう？

興味を覚えたわけではないが、アーデンは体を起こして周囲を見回した。黒ずくめのひとりが叫ぶ。

「アダギウムを発見！」

何を言っているのか、わからない。

「石牢《いしろう》へ押し戻せ！　手段は問わん！」

ああ、オレのことか。アダギウム、というのは。

「この島から出してはならん！」

何かが飛んでくるのを見たと思った。直後、脇腹に衝撃が来る。

「……やめろ」

次は胸に。得体の知れない攻撃だった。けれども、その痛みは遠い昔と同じ。

「オレに……」

肉が裂け、臓腑《ぞうふ》が潰れる。思い出したくもない……。

「オレに構うなあッ！」

腹の底から沸き上がる怒り。傷口が塞がっていくのがわかる。双剣を手に向かってくる者を振り払う。素手で防げるはずもないのに、なぜか、そいつの体が宙に浮いた。二振りの短剣がばらばらの方角へと飛んでいく。

「なんて強さだ。やはり、化け物……」

化け物と言った兵士を地面に叩きつける。飽きるほど聞かされた言葉であっても、耳にすれば腹が立つ。

「誰のせいで、こんな……」

望んで、こんな体になったわけじゃない。力が欲しいと願ったこともない。なのになぜ、こうなった？

「オレが……オレが、何をしたあああっ！」

たまたま視界にいた兵士に、怒りの塊をぶつけた。怒りを載せた拳が兵士の体に食い込む。絶叫が辺りを震わせた直後、時間が止まった。止まったように感じた。

不意に、視界が切り替わる。目眩《めまい》がしそうなほどに明るい夏空。白くて巨大な箱が灰色の大地の上に、行儀良く並んでいる。赤や緑の光を放つ柱。何とも奇妙な光景だった。それが、視界にではなく、脳内に直接映し出されているのだと、気づいた。

「これは……記憶？」

隣で微笑んでいる妻。握りしめている小さな手。背中にも、ぬくもりと重さを感じる。家族だ。この兵士の。

記憶が速度を上げて流れ込んでくる。ルシス。インソムニア。王。

「うわあああああ！」

アーデンは、ただただ目を見開く。兵士は、ソムヌスが作った王国の民だった。ルシス王国、一一二代国王、モルス・ルシス・チェラム。チェラム家の……ソムヌスの子孫。

「こいつが……こいつが……あああっ！」

再び視界が切り替わった。脳内には何の映像もない。そして、目の前に倒れているのは、ついさっきまで「人間」であったはずの者。黒い服の袖口から覗く手もまた黒い。その皮膚からは、見知った黒い粒子がゆらゆらと立ち上っている。

「オレが？　人をシガイに？」

手のひらに目を落とす。怒りの塊と一体化したと思った。その感触はまだ残っている。だが、それこそが、その怒りの塊こそが、目の前の男をシガイに変えてしまった……らしい。らしいとしか言えないのは、まるで実感がないからだ。

シガイに取り憑《つ》かれた人々を救い続けてきた。自身が化け物と呼ばれようとも、ひとりでも多くを救いたいと思っていた。その自分が、人をシガイにした。あまりにも皮肉な事態に頭がついていかない。

「素晴らしい！」

芝居がかった仕種《しぐさ》で手を叩きながら現れたのは、尊大な態度で場を仕切っていたあの男だった。どこかに身を隠して、高みの見物を決め込んでいたらしい。

「なんという力だ！」

改めて目をやれば、銀色の髪をきっちりと撫でつけて後ろに流し、ごてごてと飾りのついた服を着ている。兵士たちとは明らかに異なる階層の人間だった。

男は、大仰に両腕を広げて歩み寄ってくる。整った顔立ちだが、妙に眼光が鋭い。良からぬことを画策し、それを平然とやってのけるに違いない。ソムヌスの同類だ。関わりを持ちたくない、そう思って離れようとしたが、動けなかった。

「あ？　おい！」

男の声が遠ざかる。急速に闇がやって来た。

［M.E. 722年］

懐かしい風景だった。麦の穂が風に揺れている。どこまでも広がる麦畑と夕刻の空と。大きく枝葉を広げた木の下に、エイラが立っていた。

エイラ、会いたかった。頭の中で拵《こしら》えた幻なんかじゃない。本当の君に、もう一度、会いたいと思ってた。昔みたいに、木陰に腰を下ろして、おしゃべりをしよう。話したいことが、たくさんあるんだ。

駆け寄ると、微笑んでいたはずのエイラが浮かない顔をしている。

『エイラ?』

振り返ると、いつの間にか、ソムヌスがいる。

『許せ、兄上。ひとつの国に、王はただひとり!』

王はただひとり? 何を決まりきったことを。だからこそ、おまえは王になり、オレはクリスタルに拒まれた。なぜ、今さらそれを言う? それとも、おまえは、その「ただひとり」ではなかったのか?

『いけない!』

いつの間にか、ソムヌスの手には大剣があった。エイラがソムヌスの振り下ろす刃の前に身を投げ出す。鮮血が迸《ほとばし》る。アーデンは、為す術もなく立ち尽くす。

『どうして……』

つぶやいたのは、自分ではなく、エイラだった。変だ。どうして? それは、オレの言葉だったはず。いや、同じ言葉をエイラから聞いた気がする。なぜだ? わからない。

ああ、そうだ。これは夢だ。いつもと同じ夢。繰り返し繰り返し見たせいで、現実よりも現実らしくて、昔のことなのに、目の前で起きているようで。腕の中で、エイラが冷たくなっていくのが、あまりにも生々しくて。

「エイラ……ッ！」

現実と見紛《みまが》うばかりの夢の後にやってきたのは、夢の続きとしか思えない覚醒だった。妙につるつるとした質感の天井が目に飛び込んでくる。寝床らしからぬ臭いの寝床。視線を巡らせれば、四角いものと灰色のものばかりでできた部屋。

起き上がってみても、奇妙な部屋は消えない。夢ではない、ということだ。アーデンは途方に暮れて、ため息をつく。

体を起こすのを待っていたかのように、『アーデン様』と声がした。声のほうに目をやっても、誰もいない。声を出す「機械」というものに最初は戸惑ったが、今は慣れた。

『ヴァーサタイル閣下がお呼びです』

面倒臭い。何もかも。ヴァーサタイル・ベスティアという男は、封印された太古の化け物を呼び覚まし、手中に収めたつもりでいるらしい。アーデンをここに運び込むなり、体中を調べ、質問責めにした。されるがままになっていたのは、逆らうのが面倒だっただけだ。

いい加減にしてくれ、と思う。もう、放っておいてくれ。オレは誰にも会いたくない。何もしたくない。どこにも行きたくない。あの退屈な牢獄の中で十分だ。

とはいえ、それを口に出すつもりはない。それすら億劫《おっくう》だった。

「そろそろ行くか」

歩けば、足許が乾いた音で鳴る。履き心地のよろしくない「靴」にも、どうにか慣れてきた。だが、服のほうは未だ慣れない。腰周りがおかしな具合に締め付けられるし、腕を動かすだけで圧迫感がある。

「動きづらいな」

だが、文句を言ったところで、どうなるものでもないのもわかっている。「M.E. 七二二年」の人々にとって、これが当たり前の衣服なのだから。

石牢の壁よりも冷たい扉を押し開ける。ここでの「当たり前」はどれも、アーデンにとって違和感を覚えるものばかりだった。

至る所に立っている兵士たちは、似たような背格好の上に、顔を覆い隠す被り物をしているせいで、誰が誰やら見分けがつかなかった。ここが夢の続きのように思えるのは、生きた人間がいるように思えないせいかもしれない。

長い通路をだらだらと歩き、突き当たりの扉を開ける。「研究所」とやらは、それなりに広いが構造は単純だった。

室内に他の研究員の姿はない。ヴァーサタイルが椅子に腰掛けたまま、手を差し伸べてくる。大仰な物言いと仕種は、繰り返し見せられていると、慣れるよりも閉口する。

「まあ、座ってくれ」

広々としたテーブルに、何皿もの料理が用意されていた。

「食事でもしながら、話をしよう」

促されて、椅子に腰を下ろしたが、手を着ける気にはなれない。これまでにも幾度となく食事を出されてはいたが、衣服と同じく、これも慣れることができなかった。皿の上に乗っている料理はどれも作り物めいていて、食べ物には見えない。食べられると一目でわかるものは、籠に盛られたパンくらいのものだった。

「食べないのか?」

食欲は全くなかった。薄気味悪いものをわざわざ口に入れる必要はない。どうせ、飲まず食わずでも死なないとわかっている。

「ここに来て、どれくらい経った?」

質問を質問で返しても、ヴァーサタイルは別段、気を悪くした様子もなく「二〇〇と四日」と答えた。

「七ヶ月といったところだ」

そんなにも経っていたのかと、少なからず驚く。まあ、妙な機械につながれて体を調べられている時間を除けば、眠ってばかりいたせいかもしれない。

「ルシスはおよそ二千年もの間、そなたを牢に閉じ込めていた。時間の感覚がおかしくなっても不思議はない。……さぞ、ルシスを恨んでいるだろう？」

「放っておいてくれ」

どうでもいいとは言わないが、無関係の人間に訳知り顔で言われたくない。同情もされたくない。

「それより、オレの体を調べて、何かわかったか？」

好き勝手に人の体をいじくり回したのだ。それで得るものが何もなかったとは言わせない。

「私が調査しているシガイとも全く違う。さすがはルシスの禁忌！　シガイの力を持った人間を初めて見たが、本当に素晴らしい！」

よくぞ訊《き》いてくれたと言わんばかりに、ヴァーサタイルが身を乗り出す。

「体をシガイに冒されながら、シガイを力として生きている。細胞自体が自己再生するだけではなく、他の生物を侵食し、シガイ化することもできる。まさに……」

「化け物、か」

「いや、人を超えた存在だ」

物は言い様だな、と思う。どんな言葉を使おうと、人間でないという事実に変わりはない。

「さらなる協力をお願いしたい」

「それが貴様の目的か？」

「我々は、そなたの力を必要としている。その力をもってすれば、ルシスとの戦争を終結させることができる」

終結。要するに、ルシス王国の領土をまるごとニフルハイム帝国のものにする、という意味だろう。徹頭徹尾、わかりにくい言葉で話す男だ。

「ルシスの滅亡。それは、そなたも望んでいるはず」

顔を覗き込むように言われて、ひどく不愉快になった。立ち上がり、ヴァーサタイルに背を向ける。

「もう、終わったことだ」

あれから二千年も経ったと聞いたときには、呆然《ぼうぜん》とした。ソムヌスが死んだどころか、当時、何が起きたかの記録さえ残っていないのではないか。少なくとも、ルシス国内には、アーデンについての正確な記録は残されていない。今さら蒸し返して何になる？　もはや、自分にできることなど何ひとつ、ない……。

「すでに仇《かたき》が死んでいるとしても、ルシスの血は絶えておらん。そなたの怒りも、収まっていないのでは？」

足を止め、振り返る。薄笑いを浮かべたヴァーサタイルを睨《にら》む。

「貴様には関係ない」

ありったけの侮蔑を込めて言ってやったのに、ヴァーサタイルは少しも動じていなかった。それどころか、その顔にはなぜか、我が意を得たりとでも言いたげな表情が浮かんでいる。

「来てくれ。見せたいものがある」

それを無視して立ち去るという選択肢もあった。見たいものなど何もないはずだった。なのに、気がつけば、アーデンはおとなしくヴァーサタイルの後ろを歩いていた。

「ラバティオ火山で、面白いものを見つけてね」

見せたいもの。面白いもの。そんな言葉につられてしまうのは、まだ知りたいという欲求が残っているせいなのか。

孤島に幽閉されて二千年。それだけの歳月を生きていながら、アーデンの時間は止まっていた。その止まった時間の出来事に全く興味がないと言ったら嘘《うそ》になる……。

「こっちだ」

それに、この研究所は意表を突く品々で溢《あふ》れかえっている。たとえば、この世界の形を写し取って、小さな形で再現したもの。ヴァーサタイルはそれを「模型」と呼び、「神の目で見た世界だ」と説明した。

自分の知る「世界の図」とはかなり異なる。二千年の間、閉じ込められていた神影島が、そこでは石ころほどの大きさもない。遠く離れていると感じた陸地との距離も、こうして見ればわずかなもの。これまで世界だと思っていたものは、世界の一部に過ぎなかった。

他にも、シガイの標本だの、創星記を描いた壁いっぱいの絵画だのなどがこれ見よがしに置かれていた。見せびらかす相手がいるようでもなかったから、単に飾って楽しんでいるのだろう。

気がつけば、通路の幅が狭くなっていた。急勾配の下り斜面が続く。傾けた筒の中を歩いているようで、どうも落ち着かない。

「こちらへ」

ヴァーサタイルが、意味ありげな顔をして突き当たりの壁に手を触れた。いきなり壁が音をたてて動いた。扉には見えなかったが、ここが出入り口らしい。

その向こうに、広い空間が見えた。途中でヴァーサタイルが立ち止まる。よくよく見れば、そこは透明な仕切りが設けられている。研究所内の他の場所でも同じような仕切りを見た。その多くは、皮を剥がした生き物だの、骨だの、妙なものばかりが収納されていた。

ここも、その類なのだろう。ただ、今までに見てきた部屋や設備とは些《いささ》か異なり、壁の上部から太い筒が伸びていて、白い霧を引っ切りなしに吹き出している。

近づいて覗き込んでみると、霧に包まれるようにして、人型のモノが横たわっている。ただし、その大きさが尋常ではない。

「これは？」

ヴァーサタイルがにやりと笑った。

「炎神イフリート」

一瞬、何か別の名前と聞き違えたかと思った。しかし、この巨大な体軀《たいく》は、神の名にこそふさわしい。人間など片手でひねり潰してしまいそうだ。

「神を……運んだ?」

「神話どおり、深く眠っていたので、氷漬けにしてね」

魔大戦と呼ばれる争いの後、力を使い果たした神々は眠りについた。氷の神が眠る地は厳寒の大地となり、炎の神が眠る地は火を噴く山となった、と伝えられている。

「あれをシガイにできるかな?」

アーデンは目を剥《む》いた。神をシガイにするなど、考えたこともなかった。

「そなたは、シガイにした相手の記憶を読み取れるのだろう?」

神影島で、兵のひとりをシガイに変えたとき、彼の記憶が流れ込んできた。そういえば、そのときのことを問われるままに話した。

「ならば、神をシガイにすれば、神の記憶を手に入れることができる。人が到底知り得ぬ真理に触れることができるはず。そなたにとっても、悪い話ではあるまい」

「何がだ?」

「神を従えることができれば、強力な武器になる。そなたの復讐《ふくしゅう》の第一歩と……」

アーデンはその言葉を遮った。

「貴様に何がわかる!」

復讐? ソムヌスの子孫にか? 馬鹿馬鹿しい。

「他に良い選択肢があるとも思えないが?」

どうでもいい。怒りと憎しみが消えたわけではないが、だからといって何かを為すには、時が流れすぎている。自身が生きた時代から、あまりにも、遠く離れてしまった。

「まあ、いい。見せたいものは、これだけではないのだ」

ヴァーサタイルに促されて、さらに通路を下る。だが、もはや何の興味も覚えなかった。何もかもが、自分には関わりのないことだ。目の前の全てが、急速に色彩を失っていくように思えた。

かといって、ヴァーサタイルを振り切ってまで部屋に戻るのも億劫だった。ヴァーサタイルの話を適当に聞き流しながら、のろのろとその後を歩く。

最下層は格納庫になっていた。実験用の大型兵器を格納するだけでなく、動作確認を行うためか、やたらと広い。炎神を寝かせていた部屋の何倍もの奥行きと高さがある。ヴァーサタイルの喜々とした声が幾重にも反響して、耳障りでたまらない。

「そんなにシガイが好きか？」

皮肉を込めた言葉だったのに、ヴァーサタイルは満面の笑みを浮かべてうなずく。

「脆弱《ぜいじゃく》な人間と違って、シガイ化した生き物の強靱《きょうじん》さときたら！　私は、そなたがうらやましい」

「うらやましい？　オレがか？」

「世界の理《ことわり》を知るには、人の一生は短すぎるのだ。もしも、私にそなたほどの寿命があったならば！」

寿命？　そんなもの、くれてやれるなら、いくらでも……と思ったときだった。衝撃音がした。目の前に黒い塊が落ちてくる。神影島で見たのと同じ、黒ずくめの兵だった。魔法《シフト》を使って転移してきたのだろう。ひとり、またひとりと、黒ずくめが増えていく。

「おのれ、ルシスめ……！」

憎々しげに顔を歪めるヴァーサタイルには目もくれずに、兵士たち、ルシス王国親衛隊はアーデンを取り囲んだ。

「オレを殺しに来たのか？」

尋ねるまでもない問いだった。神影島でも、こいつらの仲間は言ったではないか。手段は問わない、と。

「可能ならね」

女の声だった。口の端を吊り上げて笑っている。似ているわけでもないのに、ソムヌスの顔が浮かぶ。

いや、ソムヌスに似ていても不思議はないのかもしれない。こいつは、ルシス王国の民。ソムヌスが造り、ソムヌスの血を受け継ぐ者たちが守ってきた国の人間だ。

ソムヌスが使っていたのと全く異なる武器を手にしているのに、襲いかかる動作が、妙にソムヌスを思わせた。なぜだろう？　この動きは、まるで……。

『そうだ、オレだよ』

ソムヌスの声が聞こえた。神影島の牢獄で、何度も何度も何度も……聞いた声。

『兄上はオレを殺したいんだろう？　だが、それは無理だ』

「うるさい！」

斬りつけてくる刃を腕で受ける。痛みが走るが、構わなかった。どうせ、すぐに塞がる。

『オレは、とっくの昔に死んでいるのだからな』

腕にめり込んでいた剣を力任せに振り払う。ソムヌスの顔をした黒ずくめの兵士が床に転がった。

『だが、オレの血と遺志がルシスを作り上げた。民や兵たちも皆、オレの子供たちだ』

「うるさい……黙れ……！」

武器を召喚して、振り回す。ソムヌスの顔をした兵士ではなく、ソムヌスそのものが胸から血を噴き倒れ伏す。しかし、また別のソムヌスが背後から襲いかかってくる。

『兄上は二千年もの間、何をしていた？　オレは、兄上が寝ている間に国を大きくしたんだ』

「うるさい！　うるさい！　うるさい！」

何人ものソムヌスと斬り合った。剣が床にめり込み、壁を抉《えぐ》る。それでも、ソムヌスは消えない。増援はまだかと、遠くで声がする。

爆発音が聞こえた。明かりが消える。だが、闇は一瞬だった。壁を突き破って、赤い炎が噴き出してくる。

「まずい！　冷却装置が！」

ヴァーサタイルの狼狽《ろうばい》した顔を炎が照らす。その目が大きく見開かれる。つかの間、ソムヌスを忘れ、ヴァーサタイルの視線の行き先に目をやる。

壁を破り、天井を焦がす炎がどこか不自然に蠢いている。黒煙が上がる。炎と煙が絡み合い、巨大な腕の輪郭を描き出す。

めりめりと音がした。炎が広がった。巨大な腕が壁を破る。炎に包まれた体が降り立った。その手には、燃えさかる大剣がある。

「目覚めたのか……」

ヴァーサタイルがあれほど狼狽していた理由がわかった。さっきの爆発音は「冷却装置」が壊れる音だったのだろう。氷が溶けてしまえば、炎神を抑えていられなくなる。

「このままでは、全て破壊されてしまう！」

だろうな、と思う。相手は神だ。元は人間だった化け物などとは格が違う。

炎神が何かしゃべっている。何を言っているのか意味不明だったが、好意的な言葉でないことだけはわかる。炎の大剣がまっすぐに振り下ろされた。格納庫の床が火の海に変わる。黒ずくめの兵士たちが一瞬で消し炭に変わった。

ヴァーサタイルが悲鳴を上げて走り去っていくのを視界の片隅に捉えた。あの炎の一撃から逃げ延びるとは、どこまでも悪運の強い男だ。

アーデンは、逃げるでもなく、かといって戦うでもなく、ただ炎神を見上げていた。

『あれをシガイにできるかな？』

ヴァーサタイルの言葉が頭の中を駆け巡る。

『神を従えることができれば、強力な武器になる。そなたの復讐の第一歩と……』

二千年もの時を経て、復讐心など萎えてしまったと思っていた。ソムヌスはとっくに死んでしまっている。その子孫に復讐したところで何になる、と。

だが、それは本心ではなかった。心の奥底では、怒りも憎しみも消えることなく燻《くすぶ》っていた。だからこそ、ソムヌスの幻は「民や兵たちも皆、オレの子供たちだ」と言ったのだ。アーデンがルシスの血統を絶やしたいと願っているからこそ。

そんなことを考えていたせいで、炎の腕が迫っていることに気づくのが遅れた。逃げられなかった。炎神に鷲摑《わしづか》みにされ、締め上げられた。人間などひとひねりにできそうだと思った、あの手である。もがいても、暴れても、逃れられるはずもない。抗う術があるとすれば、ただひとつ。

「力を……」

手のひらに力を込める。

「ソムヌスを、ヤツの国と民を焼き尽くす力を……」

人間をシガイに変えたときと同じ感触が腕全体に伝わる。炎神の巨体が揺れる。全身を炎で焼かれながら、それでもアーデンは両の手の力を緩めなかった。

「オレに貸せ……ッ！」

炎神が両膝をつく。

『……人間ふぜい、が……なぜ……』

今まで意味不明だった音が途切れ途切れの言葉として聞こえた。記憶の全てを覗き見たおかげで、神の言葉が理解できるようになったのだ。

鷲掴みにしていた手から力が抜け、アーデンは床に投げ出された。人間とは桁違いに時間がかかるが、炎神のシガイ化が進んでいくのがわかる。

『神を従えようというのか……』

炎神の記憶は、まだまだ続いている。

人間に火を与え、庇護《ひご》していた記憶。機械文明を発展させていくソルハイム。人間たちの慢心と増長、そして裏切り。怒り。魔大戦。眠りにつく六神。

そこから先は、クリスタルによる記憶だった。なるほど、クリスタルは神々の言葉を神凪に伝えるだけではなく、眠りの中にある神々もまたクリスタルを通して人間界を見ていたらしい。ところどころ、薄れて見えるのは、炎神自身の記憶ではないためか。

クリスタルの前で跪くエイラが見えた。神影島の牢獄で幾度となく思い浮かべた顔ではない。自分自身の想像ではないエイラだと思うと、体が震えた。

「エイラ……！」

頭を垂れていたエイラが、はっとしたように顔を上げる。その顔が喜びに輝くのが見てとれた。紅潮した頬と、大きく見開かれた双眸。その瞳に映るものを見て、アーデンは驚愕した。

「なんてことだ……」

エイラの瞳に映っていたのは、他ならぬアーデンの顔だった。エイラは、クリスタルに映し出された人物を見ていた。それは、つまり。

「オレが、王に選ばれていたのか」

神々が選んだのは、ソムヌスではなかった。

『どうして……？』

エイラの声が耳に蘇った。そうだ、やはり、エイラの言葉だったと気づいた。今際《いまわ》の際《きわ》にエイラがつぶやいた言葉だ。クリスタルに手を触れようとして拒まれたときの。神々が初代王として選んだ者を、他ならぬクリスタルが拒んだのは、どうしてなのか、という意味だったのだろう。

今なら、その理由が推測できる。神々は、苦しむ民を救う男を、一度は初代王として選んだ。しかし、その男は民を救うためにシガイを取り込み続け、人ならざる力を手に入れてしまった。おそらく、クリスタルはその力を忌諱《きき》したのだろう。或いは、シガイそのものを嫌ったのか。

いずれにしても、神々の選択とクリスタルの選別は食い違ってしまった。神々が迂闊に過ぎたのか、それとも、人間を軽んじていたから多少の間違いは気に留めなかったのか。

ソムヌスにとっても想定外だっただろうが、それ以上に、願ってもない幸運だった。あの場に居合わせた者は皆、「アーデンは選ばれなかった」と思ったことだろう。あとは、ただひとり、真実を知るエイラの口を封じてしまえばいい。そうすれば、「ソムヌスが選ばれなかった」という真実を知る者はいなくなる。

気がつけば、視界からクリスタルは消え、アーデンは炎の中に立っていた。たった今、目にした光景が真実ならば。

「ソムヌスの嘘が、君を殺した……」

またエイラの幻が見えた。いつのころからか、明るく笑うエイラの顔が思い出せなくなっていた。今も、目の前に見えるエイラは悲しげな表情を浮かべている。

『ごめんなさい』

なぜ、君が謝る？　何もかも、ソムヌスの仕掛けた罠だったというのに。

『私は、神の意志に背いて、誰が選ばれたかをソムヌスに話してしまった』

違う。ソムヌスが言葉巧みに、君から神託を聞き出した。そうだろう？

『あなたの未来を壊してしまった……。これは、私の罪』

君に罪などない！　君は騙されただけだ！

否定しても、否定しても、エイラは首を横に振る。死してなお、ソムヌスの罠に捕らえられているかのように。

『私に罰を！　どうか、私を殺して！』

なぜ、君だけが罪の意識に苛《さいな》まれる？　断罪されるべきはソムヌスであって、君じゃない！

死すべきはソムヌス！

『だが、残念だったな。オレはとっくの昔に死んでいる』

今度はソムヌスが目の前に現れた。これも、自分自身が見せた幻。だから、殺すこともできなければ、消し去ることもできない……。

皆を欺き、エイラを殺し、王になった男。何度殺しても殺し足りないのに、殺せない。なぜ、そんな理不尽が許される？

「ソムヌス、おまえを殺せぬのなら……。そうだ、おまえが作ったものを全て消し去ってやる」

国も、王家も、何もかも壊す。ソムヌスがルシスの歴史から、アーデン・ルシス・チェラムの名を葬り去ったように、この地上からソムヌス・ルシス・チェラムとそれに連なる全てのものを消し去る。

かつて神に、民を救う使命を与えられた。その民をも殺すことになるだろう。

「神よ、もはや、あなたの赦《ゆる》しを請うつもりはない」

ソムヌスの嘘を見抜けず、罰することもなく建国を許した。その神々に従う義理などない。

「オレはオレの道を、血と闇にまみれて進む！」

ひたすらに神を信じ、民のために生きた。それが間違いだった。信じるのは己のみ。己の力だけを頼み、己の望みだけを叶える。求めるのは、復讐のみ。

ヴァーサタイルの提案に乗ってやろう。あの男の望むものをいくらでも与えてやろう。互いの利害も一致している。ソムヌスの血を絶やし、ルシス王国を滅ぼす。

「それが、オレの道……。オレが生きるということだ！」

笑いが止まらない。ルシス王国とその滅亡に思いを馳《は》せ、アーデンは声を上げて笑い続けた。

＊

「ヴァーサタイル、その者がか？」

「御意。アーデン・イズニア。此度《こたび》の魔導兵開発の立役者にございます」

アーデンは恭《うやうや》しく跪き、頭《こうべ》を垂れた。ニフルハイム帝国皇帝、イドラ・エルダーキャプトとの謁見だった。しかし、イドラはたいして興味もなさそうに視線をさまよわせている。

これが、もう少し前なら違った反応を示しただろう。イドラは、ソルハイム文明の再興を掲げるエルダーキャプト家の皇帝の中でも、とりわけ魔導研究を奨励してきた。魔導兵の量産計画、と聞いただけで身を乗り出してきたはずだ。

にも拘わらず、反応が薄いのは、イドラが后《きさき》を亡くしたばかりだからだろう。イドラと后との間には、一歳にも満たない息子がひとりきり。悲しみを紛らわす相手となるには幼すぎる。

とはいえ、イドラが失意の中にあるのは、ある意味、好都合だった。もともとイドラは賢帝の誉れ高い人物である。民に対して善政を敷くというよりも、国を発展させるという意味においての賢帝。つまり、冷静かつ合理的な判断ができる統治者、ということだ。それは、アーデンにとって些か都合がよろしくない。

人は、かけがえのないものを失ったとき、往々にして判断を誤る。喪失感というものは、わけても合理性の敵となる。イドラには、皇帝として必要以上に強欲になってもらいたい。

この点で、ヴァーサタイルとアーデンの考えは一致していた。ヴァーサタイルは、さらなる軍備拡張に国費を投じさせたいと考えている。アーデンも、イドラには領土拡大に邁進してほしい。……ルシス王国を滅ぼしてもらうためにも。

「我が国のシガイ研究は、ここへ来て長足の進歩を遂げましたが、それも、この男のもたらした資料と情報があってこそ」

ヴァーサタイルの大仰な物言いによって、イドラはようやくアーデンに一瞥《いちべつ》をよこした。アーデンに興味を覚えたというよりも、ヴァーサタイルの饒舌《じょうぜつ》さに閉口したのだろう。

「皇帝陛下」

まだしゃべり足りない様子のヴァーサタイルを遮《さえぎ》って、アーデンは立ち上がった。ヴァーサタイルが非難がましい視線を向けてくる。打ち合わせとは違うぞ、とでも言いたげに。

「単刀直入に伺いますがね。不老不死にご興味はおありで？」

敢えて、ぞんざいな口を利いた。そのほうが気を引くにはいいと判断した。ここ最近、腫れ物に触るような扱いばかり受けているイドラである。

「不老不死？」

案の定、イドラの眉がぴくりと上がった。愛する者を亡くしたとき、人は死を憎悪し、不死を渇望する。賢帝と呼ばれるほどの知性の持ち主であっても、所詮は人だ。そして、その渇望は人を必要以上に貪欲にする……。

「そうです。シガイの研究ってやつは、実は不老不死に至る道の途上にある」

無礼を承知で、イドラの顔を覗き込む。

「死なない体。永遠に皇帝として君臨し続けるための。どうです？　欲しいと思いませんか？」

死んだ魚のようだったイドラの双眸に、火が点《とも》った。

［M.E.725年］

不老不死という言葉を釣り餌にすれば、イドラは容易《たやす》くアーデンの意のままになった。

アーデンの提供するシガイをヴァーサタイルが研究し、シガイの軍事利用はそれまで以上の迅速さで進んでいった。シガイ兵器を生み出す技術は、すなわち不老不死の技術につながる、という言葉をイドラは疑わず、膨大な国費を研究費用として投入した。

すでにアーデンは宰相の地位に就き、国の内外を行き来する自由と、諸々《もろもろ》の権限を手に入れていた。

また、ルシスへの積極的な侵攻を皇帝に進言し、大量の魔導兵を前線に投入、魔法障壁の一部を破壊することに成功した。

結果、ルシスは魔法障壁をインソムニア周辺まで縮小し、強度を上げることを余儀なくされた。つまり、インソムニアを除く地域に帝国軍の前線基地建設が可能になった、ということである。

それらを足がかりに、アーデンはルシスの領土内へ頻繁《ひんぱん》に進入し、多くのルシス国民をシガイに変え、情報を手に入れた。

無辜の民を殺しても、心が痛むことはなかった。かつて、罪無き民を虐殺するなとソムヌスを責めたが、とても自分自身のこととは思えなかった。人を殺すなど、たいしたことではない。何をあれほど騒ぎ立てていたのか。可笑《おか》しくてたまらない。

ルシスの民を踏み台にして、アーデンは復讐への階《きざはし》を駆け上っていった……。

［M.E.734年］

さほど口数の多い運転手ではなかった。めずらしいことに。

どういうわけだか、タクシー運転手の多くが、行き先以外の言葉は聞きたくないと言わんばかりに、目的地に着くまでしゃべり続ける。客は黙るしかなくなる。そういうものだ。

『次のニュースです』

運転手が寡黙だったおかげで、ラジオのニュースが一言一句余すことなく耳に入ってくる。

『本日未明より、国境警備隊の隊員が行方不明となっていることがわかりました』

用心したほうがいいかもしれない。口を動かさない人間は、耳が鋭い。

『行方不明となっているのは、マルス・サピエンティアさん。二十八歳、男性』

胸の身分証に、少しばかり付着している血の跡を、そっと指先で押さえる。寡黙な人間は耳だけでなく、観察眼も鋭い場合がある。身分証の名前をさりげなく指で隠してしまおうか、と考える。

結局、それを実行に移すことはしなかった。人の記憶力など、不確かで曖昧なものだと、アーデンは誰よりも知っていた。ラジオで聞いた名前など、五分も経たずに忘れるはずだ。ならば、下手に注意を引くような真似はしないほうがいい。

『同僚と所定の時刻に配置についたとのころですが、その後、姿が見えず、現在も捜索が続いています』

そりゃあ、見つからないよ、と笑いを噛み殺す。この姿の持ち主は、何時間も前にシガイになってしまっている。人間のマルス・サピエンティアは、もうどこにもいない。

いつのころからか、アーデンは誰かの姿を模倣するという術を習得していた。だから、マルス・サピエンティアになりすますのは、造作もなかった。

それに、マルス・サピエンティア本人しか知り得ない事実も、記憶から読み取っている。彼をよく知る者であっても、なりすましを見抜くことはできないだろう。

不意に周囲が明るくなる。トンネルを抜けたせいだ。アーデンはわずかに眉根を寄せる。普段は直射日光に皮膚を晒《さら》さないようにしているが、国境警備隊員の制服では顔が隠せない。いや、ヘルメットにフェイスガードを装着できる仕様になっているのだが、車内でそれをするのは不自然すぎる。真っ正面に見えてくるインソムニアの景色を眺めるふりをして、陽射《ひざ》しを避けた。

実際に足を運んだことはないが、インソムニアの街並みは知っている。ルシスの兵士から幾度となく記憶を覗き見た。兵士のほとんどが一度は王都を目にしていた。中には、国王モルスに謁見した記憶を持つ者もいた。レギス王子の指揮の下、前線で戦った者もいた。

ああ、いや。モルスはすでに死亡、今ではレギスが国王だった。皮肉なもので、インソムニアに住まう市民の誰よりも、アーデンはルシスについて知っていた。

「行かなくていいのかい？」

運転手の声で物思いから覚めた。だから、何を言われたのか、すぐにはわからなかった。

「あんた、警備隊員だろ？」

ああ、なるほど。仲間の捜索に加わらなくていいのか、と訊かれたわけか。やっぱり、身分証の名前には気づいていない。まあ、そんなものだろう。

「これから、別の仕事でね」

車はすでにインソムニアの市街地に入っていた。この辺りでいいだろう。

「そこで停《と》めてくれ」

ドアを開けるなり、街の喧騒《けんそう》がなだれ込んでくる。人々の笑い声、どこからともなく流れてくる音楽、行き交う車の音。降り立つと、陽射しが目に痛い。憎たらしいほどの晴天だった。

「やっと……戻ってきた」

二千年ぶりの故郷だったが、かつての面影は欠片《かけら》も残っていない。麦畑もなければ、鳥の声も聞こえず、土の臭いを含んだ風もなかった。あるのは、高層建築物と灰色に舗装された道路、作り物めいた街路樹と、至る所で翻《ひるがえ》っているルシス王国の旗。

「これが、ソムヌスが造った街……」

道路も、広場も、ルシス王国の建国記念日を祝う人々で賑わっている。

「オレを殺してまで作りたかった国が、これかぁ？」

真実を知らず、ただ浮かれる人々。彼らは、自分たちが嘘と裏切りの上に建てられた王国の民であることを知らない。

「塀の外では戦争してるってのに、呑気《のんき》なもんだ。自分が安全なら、他はどうでもいい……か」

かつて、同じことをカヴァー地方ガラード地区の住民たちも考えていたに違いない。自分たちが「塀の外」に放り出される日が来るとは夢にも思わずに。しかし、九年前、外敵の侵入を阻《はば》む魔法障壁がインソムニア周辺まで縮小され、ガラード地区は「塀の中」ではなくなってしまった。

終焉《しゅうえん》というものは、ある日突然、訪れる。いや、その兆《きざ》しがあったとしても、気づこうとしない。人は、不愉快なものから目を背けたがる生き物だ。

「塀に囲まれて、世界の広さにも気づかず……」

高層建築物がひしめく狭い空の下、頭を空っぽにして笑っているインソムニアの市民たち。飢えも寒さも知らず、疫病の恐ろしさも知らず、面白おかしく暮らすことだけを考えていればいい、愚かしい連中。

「これが人の生活と言えるのかね？」

人々の笑い声と音楽に混じって『中央通りでは、まもなくパレードが開催されます』とアナウンスが流れてくる。そんな行列より、もっと楽しいモノを見せてやろう。終焉を祝う、盛大な火焔の華を。

「さあ、始めようか！」

右手を高く掲げ、炎神イフリートを呼び出す。初めて目《ま》の当たりにする炎神の姿に、驚き、怯え、逃げ惑うがいい……。

「あれ？」

相変わらず、人々は浮かれた表情で行き交っている。誰ひとり、アーデンに注意を向けるものはいない。いや、親に手を引かれた子供がひとり、不思議そうな顔をしてアーデンを見ていた。それだけだ。

「おっかしいなぁ？」

首を傾《かし》げたときだった。思いも寄らぬ方角から悲鳴が上がる。遅れて聞こえる地響きと、建物が破壊される音と。

ビルの陰から炎が現れる。燃え上がる剣を手にした、巨大な二足歩行の炎が。

「これだから、神様ってのは、もう」

気まぐれで、ひねくれていて、呼び出しても、素直に来てくれるとは限らない。シガイ化して支配下に置いても、隙あらば手綱を振り切って暴れ出そうとする。

「おっと」

飛び退《の》くと、たった今、立っていた場所を瓦礫《がれき》が抉っている。意図したものではないのはわかっている。炎神は、手当たり次第に街を破壊しているだけで。

辺り一面が火の海に変わり、逃げ遅れた人々が一瞬で黒焦げになる。もはや悲鳴は聞こえない。あるのは、断末魔の声ばかりだ。

「さて、と。ここは神様にお任せするとして……」

逃げ惑う人々とは逆の方向へと歩く。アレをこうして、コレをああして、と頭の中で算段を付ける。やるべきことが山のようにあった。

「そうそう。忘れてた」

動揺しながらも、市民の誘導を試みている感心な警備隊員に声をかける。

「ねえ、それ。もらっていいかなあ？」

振り返った隊員が、怪訝《けげん》そうな表情を浮かべる。しかし、すぐにそれは、苦悶の表情へと変わった。

隊員が黒い粒子に包まれて倒れたというのに、周囲の誰ひとりとして気づいていなかった。誰もが炎から逃げ出すのに必死で、他人のことなど構っていられないのだろう。

「無線機。どっかで調達しなきゃって、思ってたんだよねぇ」

運悪く、マルス・サピエンティアは王都の周波数に対応した無線機を装備していなかったのである。

「うん。よく聞こえる」

まだ炎神が出現したばかりで、上層部も状況を把握しきれていないのだろう。まるで混線したかのように、怒鳴り声や悲鳴に近い声が入れ替わり立ち替わり聞こえて、うるさいことこの上ない。指揮系統の混乱が手に取るようにわかる。

「まあ、頑張ってよ。こっちはこっちで、準備を進めておくからさ」

建物の上へと瞬間移動する。技術者の記憶によれば、テレビ放送とやらを乗っ取るには、高い場所のほうが適しているという。

ビルの屋上から見下ろせば、街が燃えているのがよくわかる。いい眺めだ。ところどころに設置されているモニターに、女の顔が大写しになっている。どこか視線が泳ぎ、口許を強《こわ》ばらせている女が。

『炎を纏った巨大な生物が現れ、王都城付近一帯が炎に包まれています。王都城周辺にいる方々は、直ちに避難してください！　繰り返します。王都城周辺にいる方々は……』

モニターから女の顔が消えた。

『あー。あー。映ってるかな？』

代わりに現れたのは、警備隊員、マルス・サピエンティアの顔だった。うまくいった、とアーデンはほくそ笑む。それに、他人の顔と声でしゃべる自分自身を目の当たりにするのも、面白い。何しろ、滅多にできる経験ではないのだ。

『えー、ルシス王国の皆さん。本日をもって、この国は終焉を迎えます』

その声に驚いたのか、足を止めた市民のひとりが炎に飲み込まれるのが見えた。

『因果応報。偽物の王と偽物の国は滅ぶ運命にある……』

炎神の大剣がまたビルを叩き壊す。幾人もが瓦礫に押し潰される。

『過去の罪というものは、罰をもって清算されなくてはならない。皆さんには、それを負う義務がある』

物が焦げる臭い。人が焼ける臭い。今日はルシスの終わりの日で、裁きの始まりの日だ。

『さて。無能な国王と国民たち。せいぜい、足掻くといい』

二千年前とは比べものにならないほど増えた人口と、発展し拡大した国を、一日で、いや、数時間で跡形なく壊してみせよう。

モニターの映像が切り替わる。呆然とした女性アナウンサーの顔に。それも、あと数分も経たずに消えることになるだろう。彼女が黒焦げになるのが先か、モニターが破壊されるのが先かまでは予測できないが。

『警護隊隊長より各員へ通達。第一種警戒態勢発令。各隊は指示に従い、事態の収拾に当たれ』

クリアな音声が聞こえた。ようやく最初の混乱を脱したのだろう。

「無線、もらっといてよかった。こりゃあ、便利だ」

クレイラスだ、と声がした。聞き覚えのある名前、いや、誰かの記憶の中で「見た」名前だった。確か……クレイラス・アミシティア。

『巨人の正体はわかったか？』

『未確認ですが、おそらくシガイと思われます』

『シガイだと⁉　シガイがなぜ、この時間に現れる⁉』

それはオレが呼んだからだよ、とアーデンは笑いを噛み殺す。

『とにかく、市民の避難を最優先にしろ。巨人は親衛隊に任せる』

『了解』

もう少し、高みの見物を決め込みたかったが、のんびりしてもいられなくなった。

「避難なんてされちゃ、困るんだよなぁ」

ルシスの国民にはひとり残らず死んでもらわなければならないのだから。

「来い、炎神！」

イフリートを呼び寄せ、地上に飛び降りる。移動を始めた警護隊の進路を塞ぐ。誘導をする者たちを残らず殺してしまえば、市民は避難できなくなる。

「神様の力は、すごいねぇ。ちょっと大雑把だけどさ」

炎神の炎で焼き尽くせなかった隊員を、アーデンがひとりずつ仕留めた。炎神の「大雑把な攻撃」からは逃げ延びても、所詮は人間の動きである。人ならぬ身のアーデンから見れば、止まって見えるほど遅い。

『警護隊は、ほぼ壊滅。対象は移動を続けています』

『親衛隊が向かっている。それまで持ち堪えてくれ』

王の親衛隊といえば、例の黒ずくめの連中だろう。警護隊に比べて格段に強い。そいつらが来るまでに終わらせなきゃな、などと考える。

『現在交戦中ですが……』

無線機の声が妙な具合に割れた。

「強い！」

無線機から流れてきていたのは、目の前で戦っている隊員の音声だった。

『増援を送る！　対象を止めろ！』

しかし、その命令を聞く前に、その隊員は死んだ。

「残念でした。止まらないよ」

背後に殺気を感じた。振り返ることなく躱《かわ》し、相手の背後に回り込む。敵は複数。もちろん、問題ない。

「対象の警備隊員と交戦中！」

「おしゃべりしてて、いいのかなあ？」

「こいつは警備隊の動きじゃありませ……」

「ほーら。隙だらけ」

とはいえ、無言で向かってきたとしても、どのみち返り討ちだ。

『いったい、何者なんだ？』

オレだよ、オレ、と声に出さずに返す。無線機に向かって返事をしても、どうせ理解できないだろう。

『巨人の正体が判明！　炎神です！　炎神イフリート！』

『六神だと⁉』

「遅い遅い」

動きだけでなく、情報収集までもが遅い。

『また、炎神を操っているのは警備隊の一員のようですが、正体は依然として不明』

『バカな！　とにかく特定を急げ！』

「やれやれ。バカはどっちだろうねえ？」

気がつけば、周囲の警護隊は全滅していた。あまりにも呆気《あっけ》ない。次はどこへ向かおうか、他の警護隊を潰すか、それとも市民を誘導させておいて、まとめて殺すか……などと考えていたときだった。

『……首尾はどうだ？』

ルシスの無線機ではなく、帝国軍の通信端末から声が聞こえた。魔法障壁の外で待機しているヴァーサタイルだった。

「こっちは至って順調」

『わかった。作戦どおり、魔法障壁の増幅装置を探し、破壊していってくれ』

「了解。期待して待っててよ」

魔法障壁さえ消しておけば、市民の虐殺は軍に任せてしまえる。そのほうが効率がいい。

「さて。増幅装置の場所は……と」

独り言のつもりだったが、律儀にヴァーサタイルが答えを返してきた。

『魔法障壁の増幅装置がある場所にマーカーをつけておいた』

情報端末に市街地の航空写真を表示させる。確かに、数カ所ほど赤い丸印がある。

『装置は建物の屋上にある。マーカーの場所まで行って、装置を破壊してくれ』

「ああ。そっちも、タイミング合わせて攻撃よろしく」

鬱陶しい警護隊が徘徊《はいかい》している地上を避け、建物の屋上伝いに増幅装置を目指した。建物が密集して建てられているおかげで、移動は楽なものだった。市街地に降り立ったときには、窮屈そうな街だという印象しかなかったが、それが思わぬところで役に立つ形になったわけだ。

「じゃ、行ってみようか」

増幅装置が設置されている場所には、仰々しい装飾を施されたアーチとも屋根ともつかないものが建ててある。おまけに、巨大な石像が睨みを利かせるかのようにそびえ立つ。これとよく似た像が「記憶」にあった。

「確か、鬼王《きおう》だったかなぁ？」

ルシスの歴代王のひとりで、正式名はトニトルス・ルシス・チェラム。何代目の王なのかは、記憶の持ち主が知らなかったようだから、わからない。

「どっちにしても、いい趣味とは言えないよねぇ」

肩をすくめて、魔力の貯蔵槽と思《おぼ》しき設備を破壊したときだった。

「ここは、ルシス王との盟約により、守られし場所」

頭上から声が降ってきた。見れば、石像が光に包まれて動き出している。声は石像のものだった。

「何だ、それなりの仕掛けはあったんだ？」

魔法障壁はあくまで外敵を想定したものである。内側からの攻撃への備えは為されていない……というのが、兵士たちの記憶から得た事前情報だったのだが、違った。所詮、下《した》っ端《ぱ》は下っ端ということだ。肝心なことを教えられていない。

屋上全体に網目状の光が広がった。一見したところ、魔法障壁によく似ている。装置を破壊しに来た者を逃さないようにするための「壁」なのだろう。

増幅装置の守護者《ガーディアン》が巨大な棍棒《こんぼう》を振り下ろしてくる。人間など一撃で粉砕してしまいそうな武器だったが、動きは遅い。アーデンにとっての敵ではなかった。この程度の攻撃、避ければいいだけの話だ。

それに、シガイは生物にも無機物にも寄生できる。相手が石像であろうが、人間であろうが、やることは同じだった。

実際、鬼王を象った石像を破壊するまでに、さほど時間はかからなかった。石像が光を失い、粉々に砕け散ってしまうと、屋上を覆い尽くしていた光の網も消えた。

『魔法障壁の増幅装置が破壊されました！』

無線機から、慌てふためく声がする。それに応えたのは、クレイラスの声だった。

『狙いは増幅装置⁉　帝国による攻撃か⁉』

遅い遅い。どこの攻撃かなんて、今さらだろう？　王都警護隊の隊長ともあろう者が、そんなお粗末な言葉を口にするとは。

『帝国の兵は城壁の内外ともに確認できません』

『対象が帝国の手の者という可能性もある。急ぎ、止めるのだ！』

まあ、いい線行ってんじゃないの、と笑いながら、アーデンは次の場所へと向かう。増幅装置は全部で七カ所ある。あと六回もこれを繰り返すのかと思うと、うんざりしないでもなかったが。設置場所が王都城周辺に集中していて助かった。移動の所要時間だけは短くて済む。

次の装置は、少しばかり手間取った。石像だけでなく、黒ずくめの連中が配置されていたのである。例の王国親衛隊、というやつだ。神影島やヴァーサタイルの研究所に現れたとき同様、彼らは連携の取れた動きで攻撃を仕掛けてくる。

「面倒くさいなぁ」

連中の攻撃で死ぬことはないが、当たればそれなりに痛い。加えて、「化け物！」だの「人間じゃない！」などと、聞き飽きた台詞《せりふ》を繰り返されるのも鬱陶しい。

とはいえ、面倒な思いをした分、収穫もあった。何しろ、王国親衛隊は精鋭中の精鋭、下っ端の兵隊とは違う。その隊長クラスともなれば、機密事項に触れる機会もあるからだろう。記憶の中には、これまで見たことも聞いたこともない言葉が含まれていた。

「第一魔法障壁？　そんなものがあったんだ……」

広く知られている魔法障壁は、文字どおり外部からの攻撃を遮る壁だが、第一魔法障壁はそうではないらしい。

「第一魔法障壁が発動すれば、歴代の王が現れる、か」

王国が危機的状況に陥ったとき、歴代王の魂が実体化して敵を排除するのだという。もちろん、王の側近くでの警護を任務としているとはいえ、実際に発動するところを見た記憶ではない。だが、情報としての精度は高そうだ。

「だったら、初代王の魂も……。そうだ、ソムヌスを呼び出せるかもしれない」

ソムヌスの血筋の者たちを、ソムヌスの造った国を、全て消し去ろうと思った。すでに死んでしまっているソムヌスを殺すことはできないからだ。が、その魂を呼び出すことができるとしたら？　この手で、ソムヌス自身の魂を消し去ることが可能になる……。

予想もしなかった可能性に、身が震えるほどの歓喜を覚えた。アーデンは、両の手のひらを広げ、視線を落とす。

この手で。この手で、ソムヌスを殺せるかもしれない！

勢いづいて、屋上から屋上へと走り抜ける。一刻も早く、危機的状況とやらを作り出さなければと思った。

『複数の増幅装置が破壊されています！』

『またしても、やられたということか⁉　増幅装置周辺に増援を送る！』

『はっ』

無線機からの声を聞き流しながら、石像を破壊し、親衛隊を片っ端から殺した。次も、その次も。残りはいくつだっけ、と指を折って数えつつ、ヴァーサタイルへの通信回線を開く。

「おーい！　聞こえる？　だいぶ破壊したけど、どうかなぁ？」

進捗状況が知りたかった。内側から魔法障壁を破壊し、その後、帝国軍による総攻撃、という作戦である。とりあえず、アーデンは自分の仕事は片付けていた。

良い感じだ、とヴァーサタイルの答えが返ってくる。

『もしかしたら、外部から障壁を破壊できるかもしれん。攻撃を開始する。至急、退却を』

「あー。その前に、やることがあるんだよね」

石像との戦いが打ち止めになったら、次はいよいよ第一魔法障壁を発動させたい。そのためには。

「ちょっと王様を殺してくるよ」

『なにっ⁉』

ヴァーサタイルの声が甲高くなった。

『作戦が違うぞ！』

「ま、いいじゃない。楽しくいこうよ」

『しかし、こちらは……』

「そっちは予定通りでいい。しっかり敵を引きつけておいてよ」

まだ何か言いたげなヴァーサタイルを無視して、通信を切った。これで、インソムニアの破壊と市民の虐殺は、軍に任せておける。

「楽しくいこうよ、ね」

鼻歌混じりに街路樹から街路樹へと飛び移り、目に付いた旗竿《はたざお》や幟《のぼり》をへし折る。建国記念の賑やかしだ。こんなものは要らない。

避難避難とバカのひとつ覚えのように繰り返す拡声器も叩き壊す。先に警護隊を壊滅状態にしておいたおかげで、通りすがりに何をやっても咎《とが》められることもなかった。

「こりゃあ、修理が大変そうだ」

もっとも、インソムニアは今日で無人となる。修理の必要など、ない。

＊

「近くで見ると、ますますデカい城だなぁ。イヤだねぇ。高いところから見下ろして、悦に入ってるとかさ」

王都城の正門に警備兵の姿はなかった。平時ならば、あり得ない話だが、今は非常時である。突如として現れた炎神への対処に、市民の避難誘導と、人手はいくらあっても足りない。

「城の警備は後回し、か。避難を優先しろ、だっけ？　命令に忠実すぎるのも、良し悪しだよねぇ。ほーら」

正門を押し開けて、中に入った。門から城の入り口までは、見通しの良い広場になっている。だから、警備の者が出払ってしまっているのが一目瞭然だった。

「さあて、王様に呼んでもらおうかねぇ。我が弟の魂を」

広場を突っ切って歩いていると、城から誰かが出てくるのが見えた。別段、回れ右もせず、逃げ出しもしなかった。今なら、警備隊員に化けているから、不審に思われることもあるまい。……と思ったのだが。

「ここで、何をしている？」

明らかに咎める口調だった。鋭い眼光を向けてくるその人物を、アーデンは知っていた。

「あー。あんたが王様か」

覗き見てきた記憶の中にあった多くは、柔和な笑みを浮かべた顔だった。或いは、落ち着き払っていて、年齢に似合わぬ威厳さえ漂わせていた。

「警備隊の者ではなさそうだな」

どの兵士たちも、刃物のように鋭い視線を向けてくる王と対峙《たいじ》した記憶など持っていなかった。

「目的は何だ？」

一一三代ともなると、ソムヌスの血はかなり薄れているのだろうか。レギスの顔立ちにソムヌスの面影を見出すことはできなかった。だが、そんな些細なことはどうでもいい。重要なのは、レギスがルシス王家の人間であるということ、だ。

「やっと会えた……！」

武器を召喚し、レギスめがけて放つ。この手で絶やすべき、ソムヌスの血筋へと。

しかし、レギスもまたアーデンと同じく武器を召喚し、放っていた。互いの鼻先で鋒《きっさき》がぴたりと止まる。

「おまえ、いったい⁉」

レギスが目を見開く。武器を召喚する力は、神がチェラム家の者にのみ与えた力である。或いは、王が自ら力を分け与えた者か。いずれにしても、怪しげな警備隊員が使える力ではない。驚くのも無理はなかった。

「王家の者なら、よく知ってるんじゃない？」

嘘によって塗りつぶされた真実を、王家の者なら多少なりとも知らされているはずだった。

「アダギウムか！」

案の定、レギスはすぐにその言葉を捜し当てた。神影島に封印された化け物としての名を。

アーデン・ルシス・チェラムの名を知る者は、すでにルシスにはいない。皮肉なことに、今や真実により近いのは、ニフルハイム帝国のほうだ。

もっとも、ルシス国内に真実を知る者がいなくても構わない。どうせ、同じことだ。

「さあ！　ルシスの血は今日で終わりだ！」

「アダギウムだというのなら、王の名に於《お》いて封印する！」

アーデンの召喚した剣と、レギスの召喚した剣とが互いの力を相殺《そうさい》し、霧散した。

「チェラムの血を引く者……。少しは楽しませてくれよ？」

兵士たちの記憶と同じ勇猛さでレギスが剣を振るう。いい動きだ。剣の腕なら、ソムヌスよりも上かもしれない。王子だったころ、前線に出て戦ったのも、自らに恃むところがあったのだろう。

「ぞくぞくするねぇ。現役の王様と戦えるなんて」

下っ端の兵士は言わずもがな、王国親衛隊でさえ、アーデンの動きにはついてこられなかった。しかし、レギスはわずかに遅れながらもついてくる。生身の人間なら致命傷たり得たかもしれない斬撃も繰り出してきた。もっとも、生身の人間が相手なら、だ。

「この力……危険すぎる。消し去らなければ」

「やれるもんなら、やってみなよ？」

アーデンが持つのは不死の体である。胸をひと突きにされようが、喉笛を抉られようが、決して倒れはしない。噴き出す血はたちどころに止まり、裂けた傷口を肉芽が塞ぐ。

一方、レギスのほうはといえば、ひとつひとつの傷は浅くとも、それらは確実に体力を削っていく。胸や腹に打撃を受ければ、動きも鈍る。神に如何なる力を与えられようと、所詮はただの人間だった。

「遅いねぇ。どこを見てる？」

背後に回り込み、手を伸ばす。直に触れれば、シガイ化できる。レギスをシガイに変えて殺せば、どんなに愉快だろう？

残念ながら、それは叶わなかった。レギスがぎりぎりで身を躱す。手は届かなかったが、代わりに剣でわき腹を抉ってやった。

「私が……負けるわけには……」

呻き声が上がる。流れる血を手のひらで押さえ、レギスがよろめく。倒れはしなかったが、立ち上がれずにいる。

「どうした？　まだ終わりじゃないぞ？」

聞こえるか、と心の中でソムヌスを呼ぶ。ルシスの王が苦痛に呻く声が。見えるか、おまえの『子』が無様に膝をつく様が。

「第一魔法障壁」

驚愕の表情を浮かべたレギスを蹴り飛ばす。血塗れの体が地面に転がった。

「歴代の王の魂が宿ってるんだって？」

レギスが顔を歪める。起き上がろうとしているのかもしれないが、仰向けになったまま動けない。

「なぜ……それ…を……」

「出してくれよ、その第一魔法障壁ってやつ」

レギスの手のひらが震えている。しかし、その手が再び剣を握ることはなかった。

「話したいんだよ。初代の王様とさ」

まだ血が流れているわき腹を蹴る。

「出てこい！　ソムヌス！　早く来ないと、こいつが死ぬぞ！」

一向に出てくる気配のないソムヌスへの怒りが凶暴な衝動へと変わる。腹といわず、胸といわず、踏みつけ、蹴り上げる。

なぜ、出てこない？　焦らしているつもりか？　それとも、オレに人殺しなどできないとナメてかかっているのか？　もうオレは救世主なんかじゃない。民に慕われていた、お優しいアーデン様は、もういないんだ。

「あれ?」

気がつくと、レギスは動かなくなっていた。

「死んじゃった? しまった。ちょっと、やり過ぎたか?」

脈を取ろうと、レギスの腕を摑んだときだった。その指に嵌《は》まっていた指輪が強い光を放った。あまりの眩《まぶ》しさに、思わず後ずさる。指輪が光っている。神から与えられ、王家に代々伝わる光耀《こうよう》の指輪が。その光はたちまち広がり、周囲の輪郭が揺らぐ。

やり方は間違っていなかった。第一魔法障壁が今、発動したのだ。

「さあ、出てこい」

広がる光が人の形を結ぶ。巨大な人の姿を、アーデンは会心の笑みを浮かべて見上げた。兄上、と声が降ってくる。

「久しぶりだな、弟よ」

増幅装置を守っていた石像と同じく、巨人と化したソムヌスは強固な鎧に身を包み、大剣を携えていた。

「大きな人形に入ってるなんて、卑怯者のおまえらしい」

そのままの姿、自分自身の持てる力で勝負しようとしないのは、生きている間も死んだ後も変わらない。

「おまえがオレにしたことを、忘れたとは言わせない」

「シガイに穢《けが》れた者を王にはできない。だから、クリスタルは拒んだ」

そんな言い訳が通るとでも？　笑わせるんじゃない。

「だが、オレを歴史から消し去り、アダギウムという化け物として封印したのは、おまえだ」

「兄上……。再び闇に還ってくれ」

話はここまでだ。もとより、話を聞く気などなかったが。

「最っ高だ！　おまえを直接殺せるなんてなぁ！」

召喚した剣を一気に叩き込む。遠い昔、怒りに任せて剣を抜いたが、その鋒がソムヌスの息の根を止めることはなかった。なぜ、あのとき、ソムヌスを殺してしまわなかったのか。幾度となく悔いた。まさか、その機会を再び与えられることになろうとは、夢にも思わなかった。

石柱を思わせる足に幾度も斬りつけ、高所へと転移して顔にも一撃を食らわせた。本当は、生身の体だったときに拳を叩き込んでやりたかった。手が痺《しび》れるまで殴って、怒りをぶつけたかった。

「なんという力！　穢れし力がここまで……！」

穢れし力？　違うね。これは、おまえへの憎悪の力だ。この手でおまえを殺したい。二千年もの間、ずっと、ずっと、そう願い続けてきた。

「オレの判断は正しかった。兄上はやはり化け物だ！」

「ああ。化け物さ」

神の命に従い、己の身を投げ打って民を救った。その報酬が、人ならぬ力と死ねない体。ならば、その力と体で復讐を果たす。それの何が悪い？

「来い！　炎神！」

剣だけでは足りない。業火に灼《や》かれて、のたうち回るがいい……。

炎神の火がソムヌスに襲いかかる。灼熱がその巨体を舐め尽くす。その腕が、脚が、軋んだ音を立てる。

「これで……終わりだ！」

ありったけの憎しみと怒りを乗せた一撃を叩き込む。

ついに、ソムヌスが崩れるように膝を折った。巨大な体が輪郭を失っていく。笑いが止まらない。

「やった！　やったぞ！」

が、そこでアーデンは目を見開いた。

「兄上」

虚仮威《こけおど》しの巨体が消え、目の前で膝をついていたのは、昔のままのソムヌスだった。

「オレは兄上が羨ましかった。誰からも慕われて、信頼されて。いつも、選ばれるのは兄上で……神さえも、兄上だけに特別な力を与えた」

「だから、奪ったのか？」

ソムヌスが目を伏せる。

「最初は自分のためだった。でも、それはいつしか、ルシスのために、と。やがて、人の未来を守るために。オレたちは、使命に従い、人を守ってきた」

オレたち？　オレは、ではなく？　ソムヌスと、その血を引く者たち、ルシス一一三代までの王家の血筋。それが、人を守ることを使命としてきた？

神は必ず見ていてくださる、信じて成し遂げて、というエイラの言葉を思い出す。神の御心に従って生きてきたのは、自分たちのほうだったはずなのに。

「今では、おまえたちのほうが神の使徒か」

奪われたのは、王の座だけではなかった。未来だけではなかった。もっと多くの、ありとあらゆるものが奪い取られていた。

「許されるはずもないが、すまないことをした」

弱々しい言葉を耳にした瞬間、猛烈な怒りが沸き上がった。

「何を今さら……！」

謝ったのだから、許せと言いたいのか？　すまなかったの一言で、全てをなかったことにしろと？

「どこまで独りよがりなんだ、おまえは！」

謝るのも、頭を下げるのも、何もかも自分のためだろう？　それで、後ろめたさを帳消しにして、楽になりたいだけなんだろう？

「ふざけるな！」

摑みかかった手が虚《むな》しく空を泳ぐ。ソムヌスの姿が薄れていく。

「もう、安らかに……眠ってくれ」

「安らかに、だと？　勝手なことばかり抜かしやがって！　誰が……誰が……ッ！」

罵倒の言葉を投げつけようとしたが、果たせなかった。ソムヌスの姿はすでになく、アーデンはひとり、立ち尽くしていた。

この手でソムヌスを殺せば、どんなにか溜飲が下がるだろうと思っていた。実際、巨大な石像と化したソムヌスを倒した。なのに、少しも心が躍らない。重苦しい疲労感と空《むな》しさだけがある。

オレが望んでいた復讐は、こんなもんじゃない……。

どこをどう歩いたのか、気がつけば、レギスが倒れている場所へと戻ってきていた。

そうだった、ソムヌスの血筋を全て絶やして、ソムヌスの造ったものを全て壊す。オレの復讐はまだ終わっていない。レギスを殺せば、この空しさの幾ばくかは消えるだろう。

剣を召喚し、振りかざす。倒れているレギスの心臓をひと突きにしようとしたときだった。

アーデン・ルシス・チェラム——

どこからともなく声がした。人ではないと即座にわかる声だった。

アーデン・ルシス・チェラム。そこまでだ！

轟音《ごうおん》にも似た声が頭の中に反響し、アーデンはよろめいた。次の瞬間、空から無数の大剣、見上げんばかりの巨大な剣が幾振りも降り注ぎ、レギスの周囲に突き刺さった。あたかも、レギスを害する者は許さないと告げるかのように。

天頂が目映《まばゆ》い光を放ち、辺り一面を白く変える。眩しさを堪えて空を仰ぐと、何かがある。あまりにも大きく、強く、圧倒的な力で降臨してくる何か、が。

我は剣神バハムート——ルシスの王を殺させはしない。

バハムートといえば、六神の一柱。魔大戦の後、眠りについたとされているが、他の五柱とは異なり、唯一、行方が知れなかった神である。

「なぜ、神が邪魔をする!?」

叫んだ瞬間、周囲の色が変わった。夜空の色と水底の色を混ぜ合わせたような、奇妙な空間。ここがどこなのかと尋ねる気にもなれないほど、現実とは相容《あいい》れない場所だった。

その場所で、アーデンはひとり、バハムートと対峙していた。

王を殺すのは、おまえの使命ではない。おまえの使命は世界に闇を広めること。

唐突に使命という言葉を出されて戸惑う。「闇？」と、鸚鵡返《おうむがえ》しに答えるのが精一杯だった。

ルシスに、やがて真の王が生まれる。真の王は人々の希望となり、闇を払う。

おまえは、その生贄《いけにえ》。光を導く果てしない闇――

「生贄？　真の王？　どういう意味……」

剣神の物言いは一方的だった。アーデンが理解しようがするまいが関わりなく、その言葉は続く。

真の王が覚醒した暁には、歴代の王の力を結集し、おまえを使命から解放するだろう。

問いを差し挟む必要がなかったことを悟った。剣神の言葉そのものの光景が頭の中に映し出される。

レギスの嫡子ノクティスの誕生。幼い彼を真の王に選定するクリスタル。成長したノクティスと戦っているのは、他ならぬアーデン自身。王都城の広場、ほんの少し前にレギスと干戈《かんか》を交えたあの場所で、アーデンはノクティスに倒された。ノクティスは玉座でその命を捧げ、光耀の指輪の力で「対をなす世界」への扉を開く。

対をなす世界とは、クリスタルからつながる空間で、人の身では決して渡ることのできない場所。二千年前、アーデンの魂はクリスタルに拒絶され、その瞬間、対をなす世界に囚われてしまっていたのだった。

今までは、シガイのせいで不死になったのだと思っていた。だが、実際には、魂がこちら側になく、対をなす世界にあったために死ねなかった。

ノクティスは、指輪の力で対をなす世界へと渡り、アーデンの魂を滅した。

そのときこそ、王家の血筋は全て絶え、おまえの復讐も完遂する。

それが定められし運命――

アーデンの存在が完全に消滅した後、ノクティスもまた消滅した。真の王であり、最後のルシス王の死。それと引き替えに、全てのシガイを吸収したクリスタルが砕け散り、世界は浄化される……。

世界に光が戻る光景を見たと思ったが、アーデンは相変わらず夜空とも水底ともつかない場所に立っていた。

「オレは……救世主ではなく、闇をもたらす者だと？」

二千年前、人々を救うのが使命だと信じた。

「その真の王とやらに、殺されるためだけに生きる……だと？」

苦しむ人々を救うためなら、命を捨ててもいいとさえ思った。自分にしか果たせない使命だと信じたから、命懸けで果たそうとした。しかし、むざむざ殺されてもいいと思ったことなど一度たりとも、ない。

「それが……神が与えた運命だと言うのかっ⁉」

シガイの脅威から人々を救うための力を、たったひとりにしか与えなかった神を、迂闊だと見下した。王に選んだ男がクリスタルに拒まれることを予見できなかった神を、愚かだとさえ思った。だが、それが単なる人柱を造るためだけの段取りであったとすれば……神は何と悪辣だったことか。

運命に抗えば、死ぬこともできず、永遠に闇の中でひとり生き続ける。

それでも、運命に抗うか？

剣神の言葉が容赦なく響く。何もかも、ソムヌスのせいだと思っていた。ソムヌスが企《くわだ》て、その子孫が連綿と繋《つな》いできた巧妙極まりない罠。それが自分とエイラから幸せと未来を奪い、存在意義すら掠《かす》め取っていったのだと。だが、最初に罠を張り巡らせたのは、剣神バハムート。蓋を開けてみれば、ソムヌスさえ哀れな手駒のひとつに過ぎなかった。

人は、運命に従い生きるもの。それは変えられない。
己の使命を全うせよ！

「使命？　そんなもの、クソ食らえだ。オレは、神の傀儡《くぐつ》にはならん」
武器を召喚し、剣神へと突っ込んだ。鋒が触れた瞬間に、シガイの力を放つ。だが、それは仮面のような顔に小さな傷をつけたに過ぎなかった。

人が神に逆らうか。なんと愚かな……。つくづく哀れ。

攻撃が来た、と感じたときにはもう、弾き返されていた。反撃に転じようにも動けない。手足に焼け付くような痛みが来る。剣神が携えていた大剣が両手にも両足にも深々と突き刺さっている。

ただ剣で刺される痛みとは違う。かつて、ソムヌスと斬り合ったとき、そして、兵士たちに幾度となく刺されたとき、その痛みを覚えている。それより何倍も強く、執拗《しつよう》な痛みだった。まるで、傷口がじりじりと焼かれているかのような……。


ならば、己の運命と闘うがいい！


激痛のせいで霞《かす》む視界に、白い人影が現れる。見覚えのある、白い衣。淡い金色の髪。逆鉾《さかほこ》を手にしたエイラだった。

「エイラ……。いや。死人や幻に……用はない」

バハムートが幻を見せているのだと、すぐにわかった。あんなものに騙されはしない。エイラを失った後、その面影を忘れたくなくて、何度も何度も思い出した。ちょっとした癖や口調、物腰。細部に至るまで、記憶に刻み直してきた。だからこそ、わかる。あれは、エイラではない。

「もう……たくさん……だ！」

無表情のまま、エイラが逆鉾を向け、近づいてくる。従えと脅すかのように。

「これがオレの……運命？　笑わ…せる、な……」

何の感情もこもっていない目で、エイラがアーデンを見る。

「オレは、従わな……があああっ！」

逆鉾が腹を抉った。とても現実のものとは思えない痛みが襲う。息が止まる。抜き出された刃の先から黒い血が滴っている。これも幻だと頭ではわかっているのに、消せない。エイラも逆鉾も流れる血も、この痛みも全て、剣神が見せている幻に過ぎないというのに。

「何度、刺され…ようと……従う気は、ない……」

この程度の痛みに、卑劣なやり方に屈するものか。狡猾な神に弄ばれるなど、真っ平だ。永遠に闇の中でひとり、生き続ける？　構うものか。二千年もの間、闇の中だった。

「オレは……オレは、オレの道を行く！」

凶暴な力が湧いた。荒れ狂う何かを解き放つ。手足に刺さっていた剣が砕け散る。武器を召喚し、紛い物のエイラを斬り捨てた。


人間如きが、あくまで刃向かう気か。よかろう。それなら――

唐突に足許が割れた。立つ場所を失って、アーデンはどこまでも落ちていった。

＊

「ここ……は？」

一瞬のような、永遠のような、奇妙な空白の後、気がつけばアーデンは薄闇の中にいた。

「オレは生きているのか？　死んでいるのか？　それとも？」

どこか見覚えのある場所だった。目を凝らせば、石に囲まれた狭い部屋。床には壊れた枷《かせ》と、ちぎれた鎖が落ちている。神影島の石牢だった。

「オレは、認めん。王家も、神も、真の王も」

立ち上がる。ヴァーサタイルに発見されたときと違って、ふらつくこともない。己の足を踏みしめて、出口へと向かう。

「オレは、生きる」

誰かの思惑に振り回されるのではなく、自分の思うがままに人を操り、弄んでやる。神よりも巧妙に、神よりも残忍に。

「闇を広げ、真の王を導き……殺す。全てを絶望という闇で塗り潰し……そして」

復讐すべき相手は、ソムヌスだけではなかった。殺したい相手は他にもいた。

「そして、神を殺す」

いつの日か、必ず。あの分厚い仮面を引っぺがし、携えた剣という剣を叩き折って、地べたを這わせてやろう。神にとって、これ以上ないという屈辱を味わわせてやる。

たとえ、何十年、何百年かかろうと、気が遠くなるほどの歳月を要しても、必ず成し遂げてみせる。
この日、アーデンは不死の体となったことを、初めて幸運に思った。

［M.E.736年］
ノクティス・ルシス・チェラム誕生。

［M.E.741年］
ルシス王国王位継承権第一位、ノクティス王子が真の王に選定。
ソムヌスの面影を宿した幼子を抱き、歴代王から我が子の運命を告げられるレギスの姿を、アーデンは七年前に剣神によって見せられている。それと寸分違わぬ光景が、王都城で繰り広げられたことだろう。
真の王を守るために、レギスは私兵隊「王の剣」を設立した。全ては運命、否、剣神の思惑に沿って動いていく……。

［M.E.745年］
氷神シヴァがボルブ地方グロブス渓谷にて覚醒。ニフルハイム帝国領を襲撃。帝国軍はこれ

に応戦、撃破するも、兵力の大半を失う。
氷神の襲撃は、アーデンにとって願ってもない好機となった。ヴァーサタイルを唆《そそのか》し、対神に特化したシガイ兵器の開発に着手させていたが、その実験兵器を投入し、効果を確認できた。剣神バハムートにも同じ効果が望めるのかは未知数であるが、着実な前進となった。

［M.E. 755年］
ニフルハイム帝国とルシス王国が停戦合意。アーデンは自らルシスに赴き、停戦の交渉に当たった。
二十一年ぶりに再会するレギスは、呆れるほど老け込んでいた。魔法障壁の維持など、帝国の侵略への対抗措置は、相当な負担をレギスに強いたらしい。

［M.E. 756年］
インソムニア陥落。全ては予定どおり。そして、その前日、アーデンはガーディナ渡船場でノクティスと初めて対面した。
実際に目の当たりにすると、ノクティスはソムヌスに生き写しだった。真の王を殺すという目的を果たす前に、考え得る限りの方法でノクティスを苦しめたいと思った。そうせずにいられないほど、ノクティスはソムヌスと同じ顔をしていた……。

同年、ノクティスは真の王として覚醒すべく、クリスタルに取り込まれた。

［M.E.766年］

王都は闇に包まれていた。王都だけではなく、この星を闇が覆い尽くしていた。

長かった、と思う。奇妙なことに。剣神から理不尽極まりない運命とやらを告げられて、三十二年。二千年もの歳月を生きたアーデンにとって、ほんのつかの間に過ぎない。にも拘わらず、待ちくたびれたとさえ思った。

昼が消えて夜だけの世界になった後、王都城周辺はシガイの徘徊で人を寄せ付けない場所となった。

王都城と玉座を我が物とし、アーデンはひたすら待っていた。真の王となったノクティスを迎える準備は整っている。

早く。早く帰ってこい。

そう願い続け、王座の間を訪れる者を待ち続けた。そして、ついに、扉を押し開ける者が現れた。

「残念なお知らせです」

訪問者にとっても、自分自身にとっても。

「君が会いたい人は……ここにはいない」

オレが会いたい人も、と声に出さずに付け加える。やって来たのは、予定外の客だ。剣神が描いた未来図に、この再会はなかった。笑いがこみ上げた。神は運命を定めきれなかったのだ。或いは、神の定めた運命が本来の形を失いつつある……。

でなければ、彼女と再会するはずがなかった。

「しかし、また会えるとはねぇ」

とっくの昔に死んだはずだった。この手で殺した。オルティシエで。

「ルナフレーナ様」

終わりの始まり

FINAL FANTASY XV -The Dawn Of The Future-

しゃく、しゃく、とポップコーンを奥歯がすりつぶす音が頭蓋に響いた。塩と油の味しかしないのは、寝不足で味覚が鈍っているせいだけじゃない。不味《まず》い。とにかく、不味い。あのオルティシエにも不味いものがあるのだと、逆に感心してしまう。道理で、誰もこれに手を出さなかったはずだ、とアラネアは苦笑した。

ぺしゃんこに潰れた菓子屋を片付けている最中に、水没を免《まぬか》れたチョコレートやクッキーの缶とともにポップコーンの袋も発掘した。それらを子供たちに配ることに、菓子屋の店主は異を唱えなかった。他の菓子類は、あっという間に子供たちの胃の腑《ふ》に消えたのに、なぜか、このポップコーンだけは残った。未開封の食品をゴミにするのは忍びなく、アラネアはそれを持ち帰ることにした。が、いざ、開封して食してみると、不味かった……というわけだ。

それに、これは本来、映画館だの遊園地だので食べるべきものなのだ。少なくとも、揚陸艇のコックピットで食べるためのものではない。

もっとも、今のニフルハイム帝国には、映画館も遊園地もほどんど残っていない。映画館で大笑いしたり、遊園地ではしゃいだりするのが別段、特別なことでなかったのは、まだ帝国《くに》がまともだったころだ。

いつから、まともじゃなくなったんだろう、とアラネアはぼんやりと考えてみる。

『いったい、この国はどうなってしまうのか』

『皇帝陛下はお変わりになってしまわれた』

『かつては賢帝であらせられたのに』

『側近がバカなんだろうよ』

『軍の上層部のせいじゃないのか？』

大人たちがそう言って、頻《しき》りとため息をついていたのを覚えている。物心つくかつかないかのころだ。それでも、当時はまだ、街は活気に溢《あふ》れていた。子供が遊ぶための場所もあったし、大人たちが上機嫌で「一杯引っかける」店もたくさんあった。

ところが、アラネアが傭兵になるのと前後して、子供の遊び場が消えた。古い遊具が危険だからと撤去され、しばらく更地にされた後、軍の倉庫や資材置き場に変わった。次に、映画館や競技場といった施設が閉鎖された。店の数も減った。しゃれた服や、ちょっとした飾り物を扱う店が真っ先につぶれ、絵本やオモチャの売り場もどんどん小さくなった。要するに、差し迫った必要のない品は流通しなくなっていったのだ。

属国を増やして、世界をほぼ制圧していると言っていい状況なのだから、もっと国民の生活は豊かであって然るべきだ。なのに、潤いらしい潤いのない、味気ない生活。上層部がおかしな実験を繰り返しては、国庫から金をごっそり抜き取っていくせいだろう。

前線に投入される兵器も、ここ数年、真っ当とは言い難《がた》いものばかり。新型のシガイ兵器の実験中に、結構な規模の事故が起きたというし、どこぞの研究所では行方不明者まで出る始末。いよいよヤバいと感じるのは、それらの情報が国民には伝わっていないということ。どこかで誰かが情報を握りつぶしている。

側近がバカなんだろうよ、と顔をしかめた大人は誰だったか。軍の上層部のせいなんじゃないかと、卓見を披露したのは誰だったか。今も彼らが生きていたら、どんな嘆きの言葉を聞かせてくれるだろう？　アラネアは盛大にため息をついた。

……つもりだったが、それは途中で大あくびに変わった。右前方から、同じような大あくびがひとつ。左前方からもひとつ。ビッグスもウェッジも目をしょぼつかせながら、ポップコーンを口に放り込んでいる。

揚陸艇特有の小刻みな振動と低い唸《うな》りとが眠りを誘う。もちろん、上空で眠りこけるわけにはいかない。つまり、さしあたっての敵は睡魔。そいつを撃退すべく、さっきから顎をせっせと動かしているのだが、戦果の程は今ひとつ。敵が手強いのではない。迎え撃つための武器が酷すぎる。不味いポップコーンを口に放り込むのは、もはや苦行だ。眠気を紛らわす手段が他にないから、仕方なくそうしているだけで。

もしも、効果的でお手軽便利な眠気覚ましが他にあるのなら、ポップコーンなんて密閉容器に入れて貨物室の奥の奥に封印だ。薬じみた油の臭いなんて、あと三十年は嗅ぎたくない。

「あ……」

ウェッジが小さく声を上げる。ようやく帝都《グラレア》上空に近づいたのだろう。あと数分で地上だ。第八七空中機動師団帰投、任務完了、以上。報告は、絶対にこれだけで済ませてやると固く固く心に誓う。

ビッグスが芝居じみた仕種で指を折って、何やら数えている。三、二、一、と中指を折ったところで、振り返った。

「おめでとう。残業の記録更新だ」

何を数えていたのかと思えば。まあ、ビッグスらしいといえば、らしい。くだらないことに目を留めたり、しょうもないことに興味を持ったり。いやいや、本人にとっては少しもくだらなくはなく、しょうもなくないのだとは思う。さらに言えば、そのおかげで場が和むこともあるし、みんなして大笑いすることもある。

「三十五時間、超えたぞ」

だが、今回ばかりは大笑いとはいかなかった。アラネアは眉間を指で押さえる。

「さすがにこたえるね。休みなしの徹夜は」

具体的な数字を出されると、疲労感がひときわ色濃くなったように思えた。三十五時間もの記録を叩《たた》き出してくれた任務の中身を思い出せば、疲労はいや増すばかり。

とにかく、オルティシエでの任務は気が滅入るものだった。水神が暴れた、後始末をしろ、などと言われたときには、今ひとつピンと来なかったのだが、現地に到着して呆然《ぼうぜん》とした。

美しかった水の都は半壊していた。壁面にまで彫刻を施した建物は、石と土に逆戻り。屋根付き橋は橋脚から崩れ落ち、屋根の部分がぷかぷかと水に浮いている始末。破壊を免れた地区でも、至る所が水浸しになっていた。

不眠不休で瓦礫《がれき》を撤去し、水没した軍用機やゴンドラを引き揚げた。ゴンドラの漕《こ》ぎ手は避難していたようだったが、軍用機となるとそうはいかなかった。機内には、搭乗員がそのまま残されていた……。

「隊の連中からも文句が出てる。最近、『上』の人使いが荒すぎるってな」

「魔導兵やらシガイやらと同じくらいに思われてんだろ、うちらもさ」

足がすり減るほどコキ使っても、魔導兵やシガイならば文句ひとつ言わない。だが、こちとら生身の人間なのだ。ぶっ続けで瓦礫の片付けをさせられれば、疲れもするし、眠くもなる。おまけに、オルティシエでは戦死者多数。市民の大半は事前に避難して無事だったらしいが、アラネアたちは多数の同胞を失った。

あんな気が滅入る仕事をさせられたのだから、文句のひとつやふたつ、言いたくもなる。いや、三つ、四つ、五つ、六つ、七つ……くらい言っても罰は当たるまい。

それ以下だろ、とビッグスが眉ひとつ動かさずに言う。

「以下？　うちらがシガイ以下ってこと？」

「違うか？」

「いいや。そんなもんかもね」

否定はしない。コストのかかる魔導兵やシガイと違って、傭兵《ようへい》なんて食い詰めた連中をひと山いくらで拾ってくればいい。上層部のそんな思惑が透けて見えるようになったのも、ここ数年のこと。

「仕事は仕事。きっちりやるけどさ……。もう、軍にはうんざり」

ため息がまた、あくびに変わる。アラネアに倣《なら》うかのように、ビッグスとウェッジも口を大きく開ける。これじゃまるで、大あくびの輪唱だ。

「眠くて怒りも湧いてきやしねえ」

とはいえ、これも、あと少しの辛抱だ。数十秒後には、見慣れた景色が眼下に広がり、着陸態勢に入る。寂れたグラレアの光景も、オルティシエの惨状を目《ま》の当たりにした後では楽園に見えるかもしれない。

「どうだ？　仕事明けの一杯」

酒の入ったスキットルが差し出される。飲めないわけではないが、アルコールは睡魔に味方するもの。遠慮しとくわ、とアラネアは小さく手を振る。

「それより、あたしは、ふかふかのベッドがいいな」

ぱりっと糊《のり》の利いたシーツに、程よい硬さの枕。存分に手足を伸ばして……と、至福のひとときに思いを馳《は》せたときだった。

突然、視界が反転した。爆音と衝撃。ビッグスのスキットルが飛んでいくのが見えた。遅れてポップコーンが大粒の雪よろしく宙を舞う。甲高いアラートが鳴り響く。

左舷ニアミス、というウェッジの声が上から聞こえて、自分が床にひっくり返っていることに気づく。

「ニアミス？　帝都の上だぞ？」

ビッグスの疑問に答える暇はなかった。シートから転がり落ちた拍子に強《したた》かにぶつけた後頭部を左手でさすり、右手で無線機を摑《つか》む。

「各機散開！　回避ッ！」

了解、という応答が次々に返ってくるのを聞きながら立ち上がる。安全確保の次は、何が起きたのかを把握すること。

「なに？　あいつ？」

勝手に両目が全開になる。モニターに映し出されていたのは、高層ビルよりも背の高い、二足歩行の巨人。シガイ兵器だ。

「ありゃあ、確か……ダイヤウェポンってやつだ」

聞き覚えのある名称だった。どこで耳にしたのだったか。いや、記憶を辿《たど》る時間はわずかだった。

「インソムニアを一晩で壊滅させたっていうアレか」

それだけの破壊力を持つ兵器である。厳重に拘束していたのだろうが、何事にも想定外というものはある。ダイヤウェポンはその想定外の力で格納庫を破壊し、脱走を図ったのかもしれない。

外部からの制御は全く利かなくなっているらしい。魔導アーマーがダイヤウェポンを取り囲み、攻撃している。捕獲ではなく、破壊が目的だとわかる攻撃だ。

よくよく見れば、ダイヤウェポンの上腕部や胸部の装甲が剥がれ、内部が剝《む》き出しになっている。シガイ兵器であっても痛覚はあるのか、身をよじっては腕を振り回し、咆哮《ほうこう》を上げては足を踏み鳴らす。何しろ、あの巨体である。そのたびに、高層ビルが倒壊し、街並みが更地、否、窪地《くぼち》に変わっていく。

咆哮とともに頭の一部が変化した。露出した肉腫のように見えるのは、シガイ兵器特有のコアだろう。それがさらに赤みを増し、いきなり光った。光の帯が魔導アーマー部隊を呑み込み、居並ぶ魔導アーマーをなぎ倒す。一瞬の後、地上部隊は殲滅《せんめつ》されていた。

ぽかんと口を開けている場合ではなかった。ダイヤウェポンの放つ光は、上空の飛行部隊にも向かっていた。

『敵弾！　来る！』

『被弾！』

『ジャーク1、ジャーク2、被害甚大！』

『アミーゴ2、撃たれた！』

友軍機からの通信は、もはや悲鳴に近い。仲間の揚陸艇が火を噴きながら落ちる。

「あのデカブツ！」

頭に血が上るのを感じた。目の前で仲間をやられたのだ。怒って何が悪い？

「あれを止めに行く！」

シートを蹴って、貨物室へと向かう。背後からビッグスの声がした。狼狽《ろうばい》気味、いやいや、はっきりと狼狽しているとわかる。

「お嬢、正気か？　寝不足でイカレちまったか？」

もちろん、正気だし、頭だって少しもイカレていない。

「それとも夢か、これ？　オレは今、夢を見てんのか？」

「寝言は寝て言いな！」

寝不足のせいで、鉛みたいに頭が重いが、夢じゃない。正真正銘、現実だ。

「ウェッジ！　船を頼む！」

愛用の槍を装備する。魔導槍《まどうそう》シュトースシュペーアは魔導エンジンを搭載した高性能・高出力の槍である。通信機の周波数帯を切り替え、第八七空中機動師団、全機に向けて叫ぶ。

「みんな、持ち堪《こた》えるんだ！　いいね！」

次々に返ってくる『了解』という声と、「無茶だぜ全く」というビッグスの声とが重なり合うのを聞きながら、アラネアは揚陸艇のハッチを開け、飛び出した。

耳許《みみもと》で風が轟々《ごうごう》と音をたてている。帝都を守る外壁が眼下に迫る。高度を目視で測りながら、慣性制御装置の微調整を行う。外壁の上を走り抜ければ、すぐにあのデカブツに追いつける……と思ったときだった。

強い横風に体が流された。逆噴射のタイミングは極めてシビアである。あっ、と思ったときには着地予想地点を外していた。倉庫の屋根が迫ってくる。同時に来る衝撃と轟音。土臭い空気と闇。

「あいたたた……」

槍《やり》と腕とをめいっぱい動かすと、ようやく新鮮な空気と光に出会えた。瓦礫の中から這《は》い出して、顔を上げると、それはそれは見事な大穴が空いている。ぶち抜いたのが民家の屋根ではなく、軍の倉庫だったのが不幸中の幸いだった。

「シガイ……嫌いなんだよね」

ため息がこぼれた。とはいえ、そうも言っていられない。立ち上がって埃《ほこり》を払う。

「しょうがない。やるか」

最悪の一日が始まった。

＊

帝都壊滅、という言葉が脳裏をよぎった。それほどまでに状況は酷い。外壁の上に登ってみると、街の至るところから炎と黒煙が立ち上っている。崩れた建物と陥没した道路。ちらちら動いて見えるのは、シガイに違いない。小型だが、数が多い。

『帝都全域に緊急警報発令。市民の皆様は、直ちに避難してください』

自動音声が繰り返し流れてくる。音が少しばかり割れて聞こえるのは、街頭スピーカーが壊れかけているせいだろう。

と、思ったところで、ばりばりという雑音が響き渡る。大型のシガイがスピーカー周辺の建物を破壊しているのが見えた。

「けど、先にあっちをどうにかしなきゃね」

そもそものターゲットはダイヤウェポンだ。あのデカブツを止めないことには、インソムニアの二の舞だ。いくら小物を駆除しても、それでは意味がない。

『お嬢、聞こえるか？』

無線機からビッグスの声がした。聞こえてる、と短く答えながら、アラネアは外壁の上を走り出す。

『何とか不時着した。今、損傷部を修理してる。そっちは?』

「こっちも何とかかね」

屋根を突き破った割に、体にダメージはない。それでも吹っ飛ばなかった眠気には、我ながら呆《あき》れるが。

「通行用のセーフティシステム、まだ生きてるか、調べられる?」

街中の道路は寸断されているし、何より、シガイをいちいち倒しながら進むのでは、時間がいくらあっても足りない。外壁から建物の屋上伝いに追いかけるほうが効率がいい。

『大丈夫だ。まだ生きてる。うっかりジャンプしすぎても、落ちることはない』

了解、と答えて手近なビルの屋上へと飛び移る。ビッグスの言葉どおり、ジャンプしすぎてビルを飛び越えてしまったが、落下することなく、アラネアは隣の建物の壁に飛びつくことができた。

建物のメンテナンスや避難経路として活用するために、帝都の高層建築物の屋上には、落下防止の反重力帯《セーフティネット》が作動している。

とはいえ、街の破壊状況を鑑《かんが》みるに、いつまでシステムが持ち堪えてくれるかわからない。魔導槍を装備しているから、落下しても負傷することはないが、路上はシガイがうようよしていて厄介だ。できることなら、戦闘行為は最小限に留めたい。

「……と思ったら。こっちにもお出まし？」

飛行型のシガイだった。セーフティシステムは落下物には反応するが、下から飛んでくるものは想定されていないから、反応しない。

「めんどくさ……っ」

魔導槍の出力を最大にし、高く跳び上がる。向かってくるシガイに穂先を向ける。落下の衝撃を乗せて突き刺す。反重力帯を踏んで、跳ぶ。再び落下して、刺す。

「は――――ッ！」

シガイを串刺しにしたまま、槍を振る。空中でシガイは真っぷたつに割れ、四散し、消えた。

「ほんっと、シガイって嫌いだわ」

気を取り直して、屋上伝いの移動を再開する。視線を下にやると、シガイだけではなく、魔導兵までもが暴れていた。制御システムに異常を来したらしい。

「あんなもんに頼るから……」

魔導兵は足がすり減るまでコキつかっても文句ひとつ言わない、お手軽で便利な戦力なのだろうが、制御系がダメージを受ければ、たちまち厄介なお荷物と化す。生身の人間は休息と食事を必要とするし、不平不満も漏らすが、手が着けられないほど暴れたりはしない。

「少なくとも、市民を襲ったりしないし」

落下した瓦礫にではなく、魔導兵によって頭を潰されたとわかる死体から、アラネアはそっと目を背けた。

そこで、疑問が湧いた。超巨大シガイ兵器に加えて、魔導兵までもが暴走した。しかも、街中に現れたシガイの群れ。

普段なら、グラレアの市街地にシガイが出没するなど滅多にあることではない。発見され次第、駆除または捕獲となるからだ。それに、ダイヤウェポン破壊のために軍が出払っていて駆除が遅れたのだとしても、この数はあり得ない。

研究機関では実験用のシガイを飼育していると聞いたことがある。それが逃げ出した？　ダイヤウェポンが脱走するのと同時に？　おまけに、魔導兵の暴走まで？　あまりにもタイミングが良すぎないか？

「まさか、ね……」

ただ、あり得ないと言い切ってしまうこともできない。不愉快極まりない想像に、アラネアが身震いしたときだった。無線機が鳴る。ビッグスだ。

『お嬢、修理が終わった。今から、援護に向かう』

「助かる」

何しろ、ダイヤウェポンとの距離は縮まりそうで縮まらなかった。一カ所でじっとしていてくれないのだ。

「三歳児じゃあるまいし」

かつて、その年ごろの子供の面倒を見たことがある。当時の光景が蘇り、思わず、ぼやく。

いつの間にか、ダイヤウェポンは住宅街へと移動していた。早く追いついて止めないと、あの界隈《かいわい》はもともと人口密集地である。逃げ遅れた住民がいる可能性は、十分すぎるほどある。揚陸艇で上空から攻撃してもらって、ダイヤウェポンの進路を強引に変えさせるのはどうだろう、と考えたときだった。無線機からビッグスの狼狽気味の声が聞こえた。

『お嬢！　民間人がまだ残ってる！』

案の定、だ。軍は誘導ひとつするでなく、災害用の自動音声を繰り返し流すだけ。しかも、街頭スピーカーはシガイや魔導兵にどんどん破壊されている。避難が進む道理がない。

『どうする？』

「ほっとくわけにもいかないね」

『恩、売っとくか。人は金なりってな』

「じゃあ、残った民間人をかき集めて、安全な場所へ誘導。他の連中にも、手伝うように言って。あのデカブツは、あたしひとりでいい」

オルティシエでの任務は、瓦礫の撤去と遺体の回収だった。あの気が滅入る作業。思い出したくもない。だが、グラレアの住民はまだ生きている。多少の危険が伴おうとも、こっちのほうが百倍マシだ。

助走をつけ、ブーストを使い、ダイヤウェポンめがけて飛ぶ。ビルの屋上に着地すると同時に、再度の跳躍。そこから、環状道路の高架へと飛び移る。

ようやくダイヤウェポンが魔導槍の射程に入った。

「やれやれ。やんちゃが過ぎるよ、デカブツくん」

被害を最小限に食い止めるには、短時間で動きを止めること。それには、一撃で中枢を破壊する必要がある。ダイヤウェポンの中枢は、どこか？　おそらく、頭部のコアだ。さっきも、あれが光った後に地上部隊を一瞬で焼き尽くしたのだから。

「さぁて。おしおきタイムだ」

コアめがけて、きつい一撃をお見舞いしようとしたときだった。ブースターの点火音が響きわたった。正面から吹き付ける熱風に、とっさに顔をかばう。

何が起きたのかを考える前に、体が傾いた。勢いよく滑り落ちながら、環状道路が倒壊しているのだと気づく。斜めになった視界の片隅に、飛行するダイヤウェポンを捉えた。

滑り落ちる感覚が、自由落下の頼りなさに変わる。あわてて魔導槍を逆噴射させ、体勢を整える。着地と同時に、その場から飛び退《の》く。傾いた道路が、アラネアが着地したその場所へと突き刺さる。間一髪だった。

視線を巡らせると、ダイヤウェポンは街のど真ん中、ジグナタス要塞のてっぺんに陣取っていた。今一歩のところで逃げられたのだ。悔しさが内心を灼《や》く。

『お嬢、無事か!?』

道路が倒壊した瞬間、意味を為さない叫び声を上げてしまった気がする。無線越しにそれを聞いて、何事かと思ったのだろう。

「大丈夫。それより、そっちは？」

『逃げ遅れた連中は集めた』

「逃がせる？」

自分で言っておいて、無理だと思った。至る所に上がる火の手、我が物顔で徘徊《はいかい》するシガイ。今や、このグラレアに安全な場所など、ない。

『帝都から出すしかないだろうな』

「だよねぇ」

アラネア隊の揚陸艇が何機残っているかはわからないが、それだけで避難民をどれくらい運べるか。いや、指折り数えてみたところで、事態が好転するわけではない。

「今、どこにいる？」

『ジグナタス要塞のそばだ』

なるほど、要塞付近は建築や居住が厳重に制限されているから、倒壊するような高層ビルもないし、揚陸艇の離着陸にも都合がいい。市街地と違って見通しもいいから、シガイや魔導兵の不意打ちを食らわずに済む。

「わかった。今から、あたしもそっちに行く」

それに、ダイヤウェポンが他ならぬジグナタス要塞のてっぺんにいる。

＊

要塞に隣接した空き地には、ビッグスとウェッジの他、数名の部下が待機していた。ある者は魔導アーマーに搭乗してシガイの襲撃に備え、またある者はむずかる幼児をなだめていた。

ビッグスは無線で「民間人」と言ったが、実際には子供ばかり。最年長でも、やっと年齢が二桁に乗ったくらいだろうか。不自然なまでに大人がいない。要するに、子供たちを避難させた後、大人たちはシガイや魔導兵を食い止めるために戦いに行った。そういうことだ。よく似た光景を知っているから、すぐにわかった。

シガイが来る、子供たちを早く地下室へ、ここでじっとしてなさい……そんな声が記憶の奥底から次々に蘇って、アラネアは思わず唇を噛《か》む。

「あのデカブツは？　まだ上にいる？」

努めて明るい声を出す。湿っぽくなっている場合ではなかった。

「ああ。移動する気配はない」

上空から接近するのがお決まりの手だが、揚陸艇は退却時に使いたい。ここは温存すべきだろう。要塞内部のセキュリティの堅さ、隔壁に仕切られた複雑な構造を思い出して、げんなりしたが、中を通ってダイヤウェポンのところへ向かうのが最善策だ。

「ビッグスは他の連中と一緒に避難誘導、ウェッジはここに残って、あたしのサポート。いいね？」

ビッグスとウェッジが返事をするより先に、傍《かたわ》らから泣き声が上がった。小さな男の子だった。まだ母親の後追いをするような年ごろの子である。

アラネアは黙ってその子の頭に手を置いた。その場しのぎの言葉で泣き止ませるのは、かえって酷な結果になる。状況から考えて、この子の両親が生き延びている可能性は低い。

いや、可能性は低くとも、ゼロではない。アラネアは男の子の髪をくしゃくしゃとかき混ぜた。しゃがんで、目を合わせる。

「今は、逃げることだけ考えな。いいね？　泣くのは早い」

洟《はな》をすすりながら、男の子が手の甲で涙を拭った。本当は、年端の行かない子供にこんな顔をさせてはならないのだ。それをさせている軍に、怒りを覚えた。そして、軍人である自分自身にも。

「さあ、行動開始だ。とにかく帝都から離れること。まだ逃げ遅れた住民がいるかもしれないから、途中で拾えるだけ拾うこと。みんな、頼んだよ」

「了解した。ただ、そっちも何が起こるか、わからん。お嬢、警戒を怠るな」

ビッグスの言葉に無言でうなずく。日頃から要塞内に出入りしているとはいえ、隅から隅まで構造を把握しているかと言われれば、肯定できない。機密の名の下に伏せられている部分も多い。まして、傭兵上がりとなれば、准将であっても権限など吹けば飛ぶ程度のものだ。

「ウェッジ、サポート頼んだよ」

愛槍を背負い、アラネアは要塞内部に向かって駆け出した。

＊

エレベーターの中でも睡魔との戦いだった。屋上まで直通のエレベーターならまだしも、途中階までの短時間しか使わなかったにも拘《かか》わらず、気がつくと、アラネアは扉に背中を預けて眠りこけていた。

おかげで、扉が開くなり、仰向けにひっくり返ってしまった。

「やば……。本格的に眠くなってきた」

このままでは、ダイヤウェポンとの交戦中にも居眠りをしかねない。両の手のひらで、強く頬を叩く。

「どっかで顔洗ったほうがいいかも」

しかし、その必要はなかった。直後、いけ好かない宰相の声が流れてきたのである。

『帝国の皆さん、大変お世話になりました。本日で、帝国は終了です』

しつこい眠気が一気に吹っ飛んだ。「帝国の皆さん」ということは、この声は要塞内だけでなく、グラレア全域に流れているのだろう。

『ま、どのみち、陛下は世継ぎを残すことができなかった』

だから？　次の皇帝がいないから、国が滅んでもいい？

「寝言は寝て言えっての！」

床を蹴って通路を走る。苛立《いらだ》ちが脚に妙な推進力を与えていた。

思えば、イドラ・エルダーキャプトは血縁に恵まれない皇帝だった。まず、三十五年前、皇后が男児を産んだ直後に死んだ。産後の肥立ちが悪かったとも、もともと出産に耐えられる体ではなかったとも聞いている。

後継者争いが生じるのを嫌ったのか、或《あ》るいは亡くなった妻への愛情故か、イドラはそれきり后《きさき》を娶《めと》らなかった。ところが、それが裏目に出た。唯一の皇位継承者である皇子が戦死してしまったのである。

『彼は不死を願ったよ。永遠に皇帝であり続けようとしてね』

継承者がいないなら、皇位継承そのものが不要になればいいと考えた、ということか。馬鹿げている。人は死ぬものだ。そんなこともわからない愚か者が治めていたのだから、国が傾くのも道理だった。

『だから、魔法をかけてあげたんだけど……』

魔法をかけた？　あの怪しげな宰相が？　いったい何を？

『残念な結果になりそうだね』

どうせ、ろくでもないことをしたのだろう。アーデン・イズニアが帝国にやってきたのは、三十四年前だと聞いている。大人たちの話では、そのころから皇帝は人が変わったという。かつての賢帝が暴君へ。最愛の后を失ったからだと、好意的な持論を展開する者もいたが、本当のところはあの男の影響ではないかと、アラネアは睨んでいる。

だいたい、あの男については、常《つね》にろくでもない噂《うわさ》がつきまとう。気にくわない人間を片っ端から消しているだの、国民の血税を好き勝手に使い込んでいるだのといった噂は、まあ、権力者には付き物だし、あの男に限った話でもないだろう。

気になるのは、あの男がシガイを操っている、という噂だ。それどころかシガイを生み出すところを見たという者までいるという。

確かに、あの男の入国後にシガイ研究が急速に進んだらしいが、研究そのものはそれ以前から行われていた。それに、研究所の長《おさ》はヴァーサタイル・ベスティアであって、これも、アーデン・イズニアが入国する前からである。

だから、シガイとあの男を結びつける根拠は、極めて乏しいのだが……それでも、考えてしまうのだ。いつもへらへらしているくせに、腹の中がさっぱり読めない、あの男なら或いは、と。

不快な考えを振り払いたくて、走った。再びエレベーターで上階へ向かい、通路を走り、次のエレベーターへと向かう。屋上までの直通エレベーターが用意されていない要塞の構造が恨めしい。

と、再び聞きたくもない声がスピーカーから流れてきた。

『愛する国民の皆さんに、仰《おっしゃ》りたいことは？　最後に一言どうぞ』

最後に一言？　まさか？

『……ソル……ハイム』

震える声が聞こえてくる。耳を疑う。よく知っている声だ。

『ソルハイムの……陽《ひ》はまた昇る……』

掠れた声に、呻き声が混じる。思わず足が止まる。呻き声が消え、静かになった。代わりに、無線機から、ぼそりと声がした。

『姉《あね》さん、今のって？　陛下の声？』

滅多に自分から通信に割り込んでくることがないウェッジだが、さすがに驚きを抑えきれなかったのだろう。そのようだね、とアラネアは短く答える。

いったい、何が起きたのか。「魔法」とは何なのか？

屋上行きのエレベーターに乗り換えようとして、気が変わった。同じフロアにモニタールームがあったはずだ。

通路を引き返しながら、今さらのように気づいた。警備が手薄に過ぎる。

いや、暴走した魔導兵と遭遇しなかったわけではない。ただ、物陰に潜んでやり過ごしたり、背後から奇襲したりできる程度の頭数しかいなかった。

普段、要塞内を巡回していた多数の魔導兵は、どこへ行ってしまったのか？

街だ。街中で暴れていた魔導兵は、おそらく要塞内から脱走したもの。ただ。要塞の構造は極めて複雑である。制御系統が壊れた魔導兵がそろって外へ出るなど、可能なのだろうか？

いやいや、それは無理だろう。

「じゃあ、誰かが、外に出した？」

そうとしか考えられない。さっきのアナウンスといい、犯人は明らかだ。推理の「す」の字も必要ない……。

「やっぱり、ね」

モニタールームもまた無人だった。複数いるはずの管制官たちの姿が、影も形もない。このジグナタス要塞内部を監視し、管理する者は排除されてしまった、ということだ。

要塞内の監視カメラを片っ端からオンにし、モニターに映し出す。手薄どころか、警備らしい警備が一切為されていないのが一目瞭然だった。

そして、最上階の執務室。アップで映してみる。予感は的中した。

「なんてこと……」

アラネアは絶句した。革張りの椅子《いす》の背に、誰かが仰《の》け反るように体を預けている。皮膚はどす黒く変色し、見開いた両眼からは黒い涙の跡が幾筋も付いている。すっかり面変わりしていたが、それは紛れもなくイドラ・エルダーキャプトその人だった。

すでに息絶えているのは一見してわかったが、その死に際《ぎわ》は尋常なものではなかったようだ。何しろ、服の胸元がずたずたになっている。服地を引きちぎるほどの力で掻《か》きむしったのだから、相当苦しかったのだろう。アーデン・イズニアの「魔法」は、本人同様、ろくでもない代物だった……。

アラネアは、ほんの一瞬だけ黙祷《もくとう》を捧《ささ》げると、モニタールームの電源を落とした。少しばかり道草を食ってしまったが、屋上へ行って、ダイヤウェポンを止めなければと思う。

「シガイなんかに勝手な真似はさせないよ」

再び通路を走り、最上階行きのエレベーターに乗り込んだ。今度は眠気など微塵《みじん》も感じなかった。

エレベーターが止まると同時に、開きかけた扉の隙間に体を突っ込む。扉が全開になる音を背中で聞きながら、短い通路を走る。屋上へ続く最後の階段を駆け上り、ドアに手をかける。

「覚悟しな！」

扉を蹴り開けると同時に、魔導槍を構えた。ところが。

「え……？」

だだっ広い屋上に、ダイヤウェポンの姿はなかった。上空に目をやれば、ダイヤウェポンが浮かんでいる。その頭上には巨大戦艦。すっかりおとなしくなったダイヤウェポンが戦艦に吊《つ》り下げられていた。

「えええええ!?」

魔導エンジンが唸りを上げ、戦艦が急速度で遠ざかっていく。ダイヤウェポンを重たそうにぶら下げたまま。

「また逃げられた……」

だが、肩を落としている場合ではなかった。飛び去る戦艦から少し視線を下げれば、何十機もの揚陸艇が炎を上げていた。

飛行型のシガイが群れを成して、その周囲を跳びまわっている。ある個体は揚陸艇に体当たりをかけ、またある個体はじゃれつくようにその進路を塞ぐ。友軍機同士で衝突、炎上しているものもある。

複数の船体が赤い炎を噴き上げ、黒い煙をたなびかせて落下していく光景は、不謹慎だが、幼いころに見た花火を思わせた。

しかも、その真下は炎の海と化している。あちこちで爆発音が鳴り響き、ビルが倒壊し、新たに火の手が上がる。帝都が崩壊していく。それでもまだ、信じられなかった。帝国の終焉《しゅうえん》がこれほどまでに早く訪れようとは。国の命運が尽きかけているのは、誰の目にも明らかだったとはいえ。

「もったいない」

聞きたくもない声が背後から聞こえた。ニフルハイム帝国宰相、アーデン・イズニア。何もかもが、この男のせいというわけではないだろうと思っていた。宰相として無能なだけ、まともに職責を果たしていないだけで、まさか自分の国を崩壊させるはずがない、と。

だが、甘かった。ダイヤウェポンを格納庫から解き放ち、魔導兵を暴走させたのは、この男だ。あの多数のシガイも、研究所で飼育されていたものをわざと逃がしたのだろう。帝都グラレアを破壊するために。

「もったいないねぇ」

ホルスターに手をかける。振り向きざまに魔導槍を繰り出す。距離は至近。まともな人間なら、避けられる道理がなかった。

「おっと。危ない危ない」

笑い含みの声がした。体がつんのめった。躱《かわ》された、と気づいた瞬間に衝撃が来た。腹に何かを食らって吹っ飛ばされた。背中から落下し、叩きつけられ、息が止まった。

どんな攻撃を受けたのか、さっぱりわからない。ただ、すぐには起き上がれなかった。背中と肩が痙攣《けいれん》した。自分の意思とは無関係に咳《せ》き込んだ。

体を起こしても、まだ咳《せき》は止まらなかった。

「効いたぁ」

ようやく声が出た。アーデン・イズニアが面白そうな顔でこちらを見ている。さっきまで至近距離にいたはずなのに、呆れるほど遠い。数メートル以上、吹っ飛ばされたということだ。

これ以上、戦う気はないのだろう。アーデン・イズニアはアラネアに背を向けた。そのまま、じっとしているのは、遠ざかっていく戦艦を見送っているらしい。

「ねえ。あのデカブツ、どうすんのさ？」

あんたが命令したのかとは訊《き》かなかった。ダイヤウェポンを戦艦で運ぶように命じる者が、この男の他にいるとは思えない。イドラ皇帝が死んだ今となっては。

「ああ。ひと暴れさせようと思ってね」

振り返り、片目をつぶる仕種が忌々しい。どこから取り出したのか、真っ赤なリンゴを弄ぶ姿も無性に腹が立つ。

「テネブラエで」

「帝国を乗っ取るんなら、テネブラエなんて襲っても意味ないんじゃないの？」

「乗っ取るなら、壊したりしないよ」

大仰に肩をすくめて、リンゴをがぶりと囓《かじ》る姿。ぶっ飛ばしてやろうかと思った。

「ブッ壊したいわけ？」

「ぜーんぶ、何もかもね」

つい先日、インソムニアを壊した。今日、グラレアを壊した。そして、次はテネブラエ。

「イカレてるとは思ってたけど……ここまでとはね」

急に馬鹿馬鹿しくなった。イカレた大バカ野郎に体よく使われてきた自分が、その大バカ野郎に襲いかかって返り討ちに遭った自分が、そして、未だに大バカ野郎の配下である自分が。

その大バカ野郎は楽しげにリンゴを囓りながら「王子はもう列車に乗ったかなぁ」などとつぶやいている。王子といえば、ルシス王国のノクティス王子しかいない。先代の王亡き今は、ノクティス国王、か？

そういえば、スチリフの杜《もり》でノクティス王子たちの案内と護衛を命じてきたのも、この男だったっけ、などと思い出していたところへ、無線が割り込んできた。

『お嬢！』

「ビッグス！　無事!?」

『大丈夫だ。助けた連中も、みんな無事だ』

アラネアは安堵《あんど》の息を吐く。何よりの朗報だった。

『ここなら、食いもんも薬もたっぷりある。ただ、どっかがイカレちまって、自動運転が解除できないが……まあ、なんとかなるだろ』

「自動運転？」

『だーいじょうぶ、だいじょーぶ！　超特急、ノンストップで帝都から離れてる』

自動運転が可能で、それが解除できなくても差し迫った問題とはならない乗り物。そして、超特急、といえば。

「もしかして、列車？」

『ビンゴ！』

嫌な予感がした。帝都から伸びる路線は決して多くはない。そして、現在も運行可能な路線となると、限られている。

「行き先はテネブラエ？」

『ダブルビンゴ！　さすがっすね、お嬢』

あっはっは、とビッグスが笑っている。頭を抱えたくなった。よりにもよって、ダイヤウェポンが「ひと暴れ」する予定地へ、超特急で向かうとは。

「今、例のデカブツがそっちへ飛んでったよ」

『あっはっはぁ……あ？』

「行き先は、テネブラエ」

そいつは読めなかった、とビッグスが悔しげに言う。もっとも、大型シガイ兵器をテネブラエで大暴れさせるなど、誰にも読めるはずがない。考えつくのは、このイカレた大バカ野郎だけだ。

「ウェッジ！」

せっかく帝都を脱出できた子供たちを再び危険に晒《さら》すわけにはいかない。まずは、列車に追いつかなければ。

「聞こえる!?　そっちは!?」

少し遅れて『船だ』と答えが返ってくる。心なしか、その声に焦りの色がある。

「状況は？」

『シガイの群れに追われてる！』

アラネアは呻いた。ウェッジに迎えに来させて、揚陸艇で列車を追う……というプランは実行前から頓挫してしまった。いや、今は、あの墜落していく多数の船の中にウェッジがいなかったことを喜ぶべきなのだ。

『あー。あー。残念なお知らせです』

再びビッグスの声が聞こえた。ただ、アラネアに向けたものではなく、車内放送なのだろう。音声は不鮮明で、雑音がひどい。

『当列車のブレーキが折れてしまいました。すみませぇん！　どなたか、接着剤をお持ちではないでしょうかぁ！』

明らかに、一杯引っかけているのがわかる口調だった。実は、ビッグスはあれで気が小さいところがある。普段は楽天的で、鷹揚《おうよう》に構えているのだが、いざ追い込まれると、途端に弱気になるのだ。その弱気の虫を追い払うべく、アルコールの力を借りたに違いない。……お世辞にも成功しているとは言い難いが。

ふと視線を上げると、アーデン・イズニアが薄ら笑いを浮かべている。今のやり取りを聞いて面白がっているのだ。

「あんたをブチのめしてシガイを止められればいいんだけど」

ムカついたせいで、思わず本音が零れる。多少なりとも不愉快にさせられれば、万々歳だったが、それすら叶う相手ではなかった。

「そう？　勝てたら、これをあげるよ」

にこにこ笑いながらリンゴを差し出してくるのが腹立たしい。おまけに、歯形がくっきりと残っている。

「誰かの食べかけは、ちょっとね」

リンゴを差し出す手を押し返し、その脇をすり抜けるようにして歩く。屋上から見下ろす光景は相も変わらず炎と黒煙に彩られている。

「それより、うちら、もう退役したいんだよね」

「ふうん？」

「認めてくんない？　皇帝陛下は死んじゃったし」

「ま、いいけど。なんで辞めたいの？」

なんで？　そんなの決まってる。理由はたったひとつ。

「あんたのことがキライなの」

片目をつぶってみせると、アラネアは屋上から一気に飛び降りた。

＊

　ウェッジからの連絡が入ったのは、屋上から飛び降りた直後、まだ滞空中だった。

『姐さん、敵は何とかなりそうだ。線路の先で合流できるか？』

　シガイから逃げ回りつつも、ウェッジはビッグスとアラネアのやり取りに耳を傾けていてくれたらしい。これで、列車を追う手段が確保できた。

「わかった、すぐに向かう！」

　答えるなり、地上が迫ってくる。逆噴射で衝撃を殺す。いいタイミングだ。ただ、着地そのものは成功だったのだが……。

「あいたっ！」

　足から脳天へと痛みが走る。それでも、あの高さから飛んだ割に衝撃は少ないほうだろう。あとは、ウェッジとの合流地点まで全力疾走するだけだ。と、そうはさせじと無線機にノイズが走る。この時点で、すでに不吉な予感がしていた。

『アラネア！』

　よりにもよって今か、と天を仰ぎたくなった。

『貴様、どこをうろついている！　シガイどもと戦え！』

　ロキ・トムルト。軍の中で、否、アラネアの知る中で最も面倒くさい男。二十代前半で准将に抜擢《ばってき》されたのだから、有能であるのは間違いないが、常に空回っている印象しかない。それに、あの暑苦しさときたら。

『国を守るのは、国民全ての義務だ！』

鼓膜を直撃する大声に耐えかねて、アラネアは一時的に通信を切った。いったい、どこからどう発声すれば、あれだけの音量の声が出せるのだろう？

とにかく、あの熱血お坊ちゃんに構っている暇はなかった。アラネアは走り出す。ひたすら走る。それでなくても、「超特急」に追いつけるかどうか、甚だ心許ない。

しかし、ロキはしつこかった。ウェッジとの合流地点まで目と鼻の先、というところで追いつかれた。

「アラネアぁ！」

無線ではなく、拡声器の声が辺りに響きわたる。位置情報の通知もオフにしておくべきだったと後悔したが、遅い。

「なんだよ、もう！」

アラネアの行く手をロキの駆る重魔導アーマー「キュイラス」が立ちはだかる。このクソ忙しいときに、と内心で毒づいたときだった。

いきなり、目の前に大穴が空いた。キュイラスが攻撃してきたのである。もちろん、それでダメージを受けるアラネアではない。考えるより先に体が回避行動をとっていた。

「何すんだ、バカッ！」

「貴様、逃げるつもりだろう！　勝手な真似は許さん！」

頭が痛くなった。拡声器の大音量と、突拍子もない攻撃のせい、つまりはロキのせいだ。

「この熱血バカが……ッ！」

魔導槍を抜き、キュイラスめがけて突っ込む。邪魔をするなと口で言っても聞かないのなら、槍にモノを言わせるだけだ。

左脚に一撃を食らわせ、バランスを崩したところで、もう一撃。手っ取り早く行動不能にするには、軸となる側の脚に集中してダメージを入れること。

ところが、存外、ロキはしぶとかった。もともと装甲の強度を上げてある機体である。機動性ではこちらに分があるが、火力では劣る。なかなか決め手となる一撃が放てない。

加えて、こちらは疲労が蓄積している。三十五時間、という数字が脳裏をよぎった。超過勤務に次ぐ超過勤務である。

早くケリをつけないと、まずいかも……と焦りを覚えたときだった。拡声器からロキのものではない声がした。

「上！」

可愛《かわい》らしい声につられて、上を見る。

「あっ！」

叫んだのは、おそらくロキと同時。空からシガイが急降下していた。跳躍して突き刺す。その瞬間、シガイの体が弾けた。キュイラスの放った砲弾もまた命中したらしい。とにかく、シガイの奇襲は防いだ。

「やれやれ。坊や、ひとつ貸しだよ」

「オレがいなければ死んでたぞ」

互いの功績を主張するのも同時。タイミングが合いすぎるにも程がある。そう思うと、馬鹿らしくなり、戦意が萎えた。アラネアが魔導槍をホルスターに納めると、ロキがコックピットを開ける。戦意喪失まで同時となると、もう笑いしか出てこない。

「どうやら、逃げるつもりはなさそうだな」

「やっとわかってくれた？」

遅すぎるけどね、と言おうとしたまま、口が固まる。ロキが小さな女の子を抱えて出てきたのだ。さっき「上！」と叫んだ声の持ち主のようだが、いったい、どこの誰なのか？

「で、どこへ向かってる？」

「ちょっとテネブラエに用事があってね」

ロキが女の子を下に降ろしながら、「もはや、そこくらいか」とつぶやく。

「ん？」

「帝国領で安全と言える場所は」

「今のところはね」

その安全な場所でダイヤウェポンがひと暴れしようとしている。急がなければ、と改めて思う。

「シガイなんてものを利用したツケが回ってきたんだな」

ロキの言葉に自嘲的な響きが宿る。アラネアも同感だった。

「あの男が現れてから……この国は滅びの道を歩んでいたんだ」

これも同感だった。自分たちが生まれる前、アーデン・イズニアを迎え入れた瞬間、この国の命運は尽きた。

「あんたも来る？」

ふん、とロキが鼻を鳴らした。

「オレは国に命を捧げた身」

この期《ご》に及んで、まだそんなことを言う。いや、傭兵上がりと違って、ロキは、先祖代々軍人の家系というエリート将校だ。それはそれで、尊重してやるべきなのだろう。理解はできないが。

「滅ぶなら国と共に……」

「私も戦う！」

ロキの言葉を遮ったのは、あの女の子だった。年の頃は七、八歳くらいだろうか。健康そうな肌に、大きな瞳。見るからに気の強そうな口許。

「ダメだ！」

「私だって、戦える！」

「いいか、オレは君を守るために……」

「そんなこと頼んでない！」

「これは任務だ。国と君を守るために、オレは」

全力で戦うと言いかけたロキを、今度はアラネアが遮った。

「バカ言ってんじゃないよ。あんたたち、ふたりとも！」

ロキと女の子がそろってアラネアを見る。

「こんな子供を守りながら、まともに動けんの？」

う、とロキが言葉を詰まらせた。

「あんたも、戦うなんて十年早いよ」

女の子が唇を引き結ぶ。ふたりを見て思った。この顔を、知っている。そして、こんな顔をしたことがある。ちょうど、この子くらいの年齢だったはずだ。生まれ育った村をシガイの群れが襲ったのは。

子供たちは村の教会に集められ、地下室に身を潜めるように命じられた。アラネアの両親を含めた大人たちは皆、武器を手に外へ出ようとしていた。

『あたしも行く！　あたしだって、戦える！』

置いていかれたくなかった。ここで離れてしまったら、両親とは二度と会えなくなる。そんな予感があった。

『ダメだ！』

強い口調とは裏腹に、困った顔で言ったのは、誰だったか。村人の誰かなのはわかっているが、その辺りの記憶は朧《おぼろ》だ。

『おまえには十年早い』

そう言ったのは、父親だった。そうよ、と母親が続けた。

『ここで、小さな子たちを守りなさい。いいわね？』

優しくも断固とした表情のふたりに、何も言えなくなった。泣き出したいのをこらえて、アラネアは両親を見送った……。

「事情は知らないけど、大事な子なんだろ？」

見れば、女の子は全身をすっぽりとロキの外套《がいとう》でくるまれていた。重魔導アーマーは装甲が分厚いとはいえ、衝撃や揺れはそれなりにある。万が一にも怪我をしないようにと配慮したのだろう。

「この子を捜し、救出する。陛下から直々に頼まれた、極秘の任務だ」

「だったら、尚更、その子を危険に晒すわけにはいかないでしょ」

この子を抱えてコックピットから降りてくるときのロキは、まるで繊細なガラス細工でも扱っているかのようだった。一目見て、訳ありだとわかった。

「勝負に掛けられんのは、自分の命《タマ》ひとつだけだよ」

肩越しに振り返れば、シガイの大群が飛んでくるのが見える。ここも、危険地帯の一画なのだと改めて思い知らされる。

『姐さん！　待たせた！』

絶好のタイミングで無線が入った。アラネアは女の子に手を差し伸べる。

「おいで。ここは、このお兄ちゃんに任せな」

揚陸艇が降りてくる。おずおずと近寄ってきた女の子を、アラネアは抱き上げた。

「これも貸しにしとくよ」

「すまん、アラネア」

もっとも、あのシガイの大群を重魔導アーマー一機に任せようというのだ。それで貸し借りは差し引きゼロだ。

「頼んだぞ」

アラネアはロキに敬礼した。帝国軍式の敬礼は、これが最後になるだろう。すでに退役を認められた身である。

「ありがとう……」

今にも消え入りそうな声でロキが言った。無線機を装備していなかったら、聞き漏らしたかもしれない。アラネアは敢《あ》えて返事をしなかった。

揚陸艇のハッチが開く。女の子を抱えて飛び乗る。ロキが敬礼しているのが見える。

「テネブラエへ急げ！」

ハッチを閉め、女の子をシートに降ろす。この子と、ビッグスの乗った列車の子供たち、そして、まだ生きているテネブラエの人々。誰ひとり、死なせはしない。

揚陸艇が急発進する。眼下では、ロキの駆るキュイラスがシガイの群れに機銃を乱射している真っ最中だった。陽はまた昇る、ニフルハイム帝国に栄光あれ、という拡声器の声が聞こえるような気がした。

「ウェッジ！　あのデカブツをブチのめす！」

全員を助け、全員で助かるには、それしかない。

「これが最後のミッションだ！　気合い入れてくよ！」

追いすがるシガイを振り切って、揚陸艇は速度と高度を上げていった。

＊

揚陸艇は帝都上空を離脱した後、テネブラエへ向かって一直線に飛び続けた。しばらく色のない雪景色が続いた後、海の色が広がり、やがて土と森の色へと変わった。

時折、遭遇する飛行型のシガイは、うまくやり過ごしたり、蹴散らしたり。たいした数ではなかったから、手こずることもない。連中はまだ、帝都を食い荒らすのに忙しいのだろう。

その間、ウェッジはいつになく饒舌《じょうぜつ》だった。普段は口数の少ないウェッジだが、時折、こうして堰《せき》を切ったようにしゃべることがあるのだ。

「意外だったな。あのロキが、ありがとうって？」

あの消え入りそうな言葉を、無線機越しに聞いていたらしい。

「姐さんの口からは絶対に出てこないやつだ」

「水くさいだろ、仲間内でそんなの」

だから、ロキに返事をしなかった。それに。

「あとあれ、死ぬヤツが言うセリフだから」

聞かなかったことにした一番の理由はそれだ。あの状況だから、なおのこと。

「ところで、ウェッジ」

まだ何かしゃべりたそうにしているウェッジを遮る。

「船でニンニク食うなって、言ってるよね？　前々から！　あれほど！　しつこいほど！　ああもう、くさっ！　おまけに、酒くさっ！」

ビッグスとは対照的に、ウェッジは寡黙で慎重で心配性だった。そのウェッジがやたらと強気になり、かつ饒舌になるとき。それは、ピンチのときと、アルコールが入ったときだ。

シガイの大群に追い回されるという窮地に陥った際、ウェッジは景気付けに一杯ひっかけたのだろう。大好物のニンニクを肴《さかな》にして。

「漲《みなぎ》ってきたぁぁぁぁ！」

「うるさい！」

「イィィヤッハ――――――ッ！」

「だから、うるさいってば！」

例の女の子に目をやると、不安なのか呆れているのか、はたまたニンニクとアルコールの臭気を吸い込むまいとしているのか、口をつぐんだまま、シートの上で固まっている。まあ、今はこのほうが安全だ。口をしっかり閉じていれば、舌を噛《か》むこともない。

気が強そうなのと、ロキの外套にくるまれているのとで、お嬢様という印象からはやや遠いが、育ちは良さそうだ。抱き上げたときに、そう感じた。この子は、大人に抱きかかえられることに慣れている。大人たちに可愛がられ、大切に育てられてきたのだとわかる。

それに、ロキは何と言ったか？　陛下から直々に頼まれた、と言っていた……。

「見えたッ！」

まとまりかけた考えが吹っ飛んだ。

「姐さん！　例のデカブツだッ！」

ウェッジが揚陸艇を急加速させた。いきなり体がシートに押しつけられる。

「お嬢ちゃん！　しっかりつかまってな！」

巨大戦艦が目視できる距離まで迫ってくる。

「頭部のコア、あれがヤツの動力源だな。ってことは、コアを叩けば、ヤツは止まる。だが、狙うには的が小さすぎる。戦艦を撃ち落として下敷きにできれば、足止めできるかも？　あわよくば、戦艦もろとも爆破できるか？」

ウェッジがひとりでまくしたてている。アラネアが聞いていようがいまいがお構いなし、だ。

「ウェッジ！」

アラネアは「要点だけでいい！」とウェッジを遮った。

「それって、つまり？」

「艦を落とせ」

「あいよ！」

それだけ聞けば十分だ。アラネアは機関砲のトリガーを握った。とはいえ、所詮、揚陸艇の火力である。無闇に撃っても、戦艦の装甲はびくともしないだろう。

ウェッジが揚陸艇を急降下させた。そして、間髪を容《い》れずに急上昇。考えることは同じ、というやつだ。

「姐さん！　艦艇エンジン部に火力を集中！」

「了解！」

船首が上を向くと同時に、機関砲を撃ちまくった。戦艦からの反撃は、ひとまず忘れる。ウェッジに任せておけば、うまく回避してくれるだろう。自分の仕事は戦艦のケツっぺたに穴を空けることだ。

「そこだ！　釜を吹き飛ばせ！」

「もうやってる！」

テネブラエに着くまでに戦艦を止めなければ。いや、砲弾と燃料が尽きる前に。墜《お》ちろ、墜ちろ、と念じながら撃つ。

「墜ちろ！」

念じていたつもりが声に出していた。

「墜ちろ！」

ウェッジも叫ぶ。

「墜ちろ！」

いつの間にか、三人で叫んでいた。

「まずい！　もう燃料が……！」

ウェッジの狼狽した声。がくん、と縦揺れが来る。

「墜ちろーッ！」

「こっちが墜ちるーっ！」

揚陸艇の高度がじわじわと下がっていく。弾も尽きた。だが、アラネアたちはツキに見放されてはいなかった。

突然、戦艦からの反撃が止んだ。巨大な船体が傾いたかと思うと、轟音とともに炎が噴き出してくる。ダイヤウェポンをぶら下げたまま、戦艦は落下していく。テネブラエの森が間近に迫っていた。

ダイヤウェポンが地面に激突するのが見えた。凄まじい土煙が巻き上がる。そのせいで、地表近くの様子が全くわからない。

「やったか？」

ゆっくりと土煙が風に流される。まず見えたのは、横倒しになっている巨大戦艦だった。その陰に動くものがある。

咆哮が聞こえた。ダイヤウェポンが立ち上がる。

「くそっ！」

アラネアは機関砲のトリガーを拳で叩く。もう弾がない。揚陸艇の燃料も底をつく寸前、低空を飛ぶのがせいぜい、巨大シガイ兵器と戦うだけの機動力は出せそうになかった。

「ウェッジ。テネブラエに行って、ビッグスの列車を止めろ。それくらいなら、燃料も保《も》つだろ？」

まだ打てる手はある。万策尽きたわけじゃない。

「救助した民間人を避難させるんだ。頼んだよ」

「姐さん？」

立ち上がったアラネアをウェッジが怪訝《けげん》そうな顔で見上げる。

「さて。ブチかますか」

「え？　けど、もう弾が……」

「あるんだよ」

愛槍シュトースシュペーアを背負う。頼むよ相棒、と心の中で呼びかけながら。

「ここに。凶暴な一発がね」

揚陸艇の後部ハッチを開ける。強風が全身を直撃してくる。だが、この距離なら流されずに届くだろう。無線機の周波数を切り替える。第八七空中機動師団の何人が生き残っていて、これを聞くことができるか……。

「アラネア隊、聞いてくれ。最後になるかもしれないから、今、言っておく。退役は承認された。我が隊は本日をもって解散する！」

姐さん、と引き留める声を無視して、アラネアは船体を蹴って飛ぶ。目標はダイヤウェポンの頭部。ウェッジの操縦する揚陸艇がまっすぐにテネブラエ方面へと向かうのが見える。

「みんな……今まで、ありがとね」

ささやくように告げると、アラネアは槍を繰り出した。目標が近づいてくる。若干の誤差はあるが、想定の範囲内。

「うらあああああっ！」

ダイヤウェポンの頭が迫る。眉間には、気味の悪い色の瘤《こぶ》がある。幸い、光る様子はない。グラレアで地上部隊を焼き尽くした光を放つ気配はない、ということだ。

槍は狙いを過たず、コアのど真ん中へと突き刺さった。ダイヤウェポンが吼《ほ》える。間近に聞くと、こちらの脳味噌が破壊されるのではないかと思うほどの大音声である。

しかし、魔導槍を握りしめているから、耳を塞ぐこともできない。せいぜい、こちらも対抗して叫ぶくらいのもの。はっきり言って、気休めだ。

ブースターを最大出力にしつつ、アラネアは声が嗄《か》れるまで叫び続けた。叫ばずにいられなかった。

このままコアを破壊できればしめたもの……と思ったが、シガイ兵器はそこまで柔な造りではなかった。

ダイヤウェポンが身をよじり、首を振る。振り落とされまいと、アラネアはコアに突き刺した槍にしがみつく。槍のモードを切り替え、コアに刺さった穂先が脱落しないよう、鈎状《かぎじょう》に変形させる。

それでも、振り落とされそうだった。縦横斜め、あらゆる方向へと大きく体が揺れる。強烈な遠心力に、乗り物酔いを起こしそうだ。

しがみつくのに必死で、背後への警戒が薄れた。ダイヤウェポンの腕が不意に頭部に伸びてくる。あたかも、頭に止まった虫を追い払おうとするかのように。あっ、と思ったときには、払い落とされていた。

落下した先は、横倒しになった戦艦の土手っ腹だった。機関砲でも貫通できなかった装甲に、背中から叩きつけられた。衝撃で視界が真っ白になる。後頭部が焼けたような感覚と、猛烈な吐き気とが押し寄せてくる。

しかし、のんびり寝ているわけにはいかない。アラネアは残る力を振り絞って、飛び起きた……つもりだったが、実際には横へ転がっただけだった。

とはいえ、そのわずかな横転がアラネアを救った。真上からダイヤウェポンの握り拳が降ってきたのである。

今度こそ起き上がる。めり込んだ装甲を見て、ぞっとした。止めなければ、と改めて思う。機関砲以上の破壊力を持つ化け物をテネブラエに行かせるわけにはいかない。

「まさか、巨大兵器と一騎打ちなんて……ねえ」

魔導槍の先端を上に向け、高く跳躍する。

「人生、何が起こるか、わ……っかんない、ね!」

胸部や上腕部の装甲を剥がしてくれた地上部隊に感謝しつつ、露出した部分に穂先を突き刺す。さすがに、地上から頭部まで一気に跳ぶだけの推進力は出せない。となると、ロッククライミングの要領で、足場を確保しながら登っていくしかなかった。ついでに、厄介な腕の動きを少しでも止められればと思う。

「く……っ」

上腕部を深く抉《えぐ》ったものの、そこから上へ跳ぶことはできなかった。腕の動きは止まらず、アラネアは一度、地上へ退避した。

「もう一回だ！」

胸部に槍を突き刺し、上腕部へ、足場を確保し肩の上へ……と、そこまでだった。またも払い除けられ、地上からリトライとなった。が、要領は摑んだ。

「いい加減……倒れ……ろッ！」

ダイヤウェポンの腕が上がる。振り落とされる前に跳ぶ。今度は行ける、と思った。

「は――――ッ！」

ど真ん中ではないが、穂先がコアへと突き刺さる。すかさずモードを切り替える。鉤状に変形させた後に、もう一度。穂先が勢いよく回転を始める。腐った肉の色をしたコアの一部が挽肉《ひきにく》に変わる。

いきなり、体が落下した。ダイヤウェポンが大きく体勢を崩したせいだ。とっさにコアを蹴る。叩き落とされる前に、飛び降りる。

だが、モードチェンジの操作が遅れた。逆噴射が間に合わない。着地し損ねて、アラネアは地面に転がった。まずい。起き上がるより先に、ダイヤウェポンの腕が迫ってくる。

「あと少しだったのに……ここまでか」

今度ばかりは観念した。巨大兵器に槍一本で挑むなど無謀極まりない話だった。それでも、最善は尽くした。我ながら良くやったと思いつつ、目を閉じる。

しかし、最期の一撃は来なかった。機銃の音を聞いた気がして、目を開ける。鼻先まで迫っていたはずの腕がない。

『お嬢！』

『姐さん！』

魔導アーマーが二体、機銃を乱射しながら着地した。ダイヤウェポンが尻餅をついているのが見える。

「ビッグス！　ウェッジ！」

このふたりが来たということは、列車は？　テネブラエの人々は？

アラネアが尋ねるよりも、回答が先に来た。

『全員、避難させたぞ』

ビッグスよりもウェッジが先に答えたということは、まだアルコールが残っているのだろう。無線越しの声だけでも、それがわかる。くすりと笑って、アラネアは立ち上がる。

『ひとりで格好つけようとしてるヤツ以外はな』

ビッグスに痛いところをつかれて、アラネアはただ鼻を鳴らした。ぐうの音も出ない。

『お嬢、いけそうか？』

答えの代わりに、アラネアは槍を一振りしてみせる。尻餅をついていたダイヤウェポンはもう立ち上がっている。おしゃべりを楽しんでいる場合ではなかった。

「あと少しだ！　一気にいくよ！」

ビッグスとウェッジが機銃の連射でダイヤウェポンの装甲を剥がし、アラネアが剥き出しになった本体を攻撃する。さっきのように尻餅をついてくれれば、眉間までひとっ飛びだ。コアに直接、攻撃が届く。

「足だ！　足を潰せ！」

魔導アーマー二体分の機銃が火を噴く。左臑《ひだりすね》の装甲が破壊され、巨体が傾く。ダイヤウェポンが咆哮を上げ、怒り狂ったように暴れ出す。土煙が上がり、視界がゼロになる。まるで煙幕だ。これでは、コアを狙えない……。

「ビッグス！　あたしを上に投げろッ！」

山登りができないなら、投擲《とうてき》だ。

『わかった！　いくぞ、お嬢！』

煙幕を突き破って上空へと飛び出す。いきなりダイヤウェポンとご対面と相成った。最高到達地点は、頭部とぴったり同じ高さだった。

魔導エンジンの出力を上げ、滞空時間を引き延ばす。

「その気にさせてくれるじゃないの！」

真っ正面に槍を突き出す。コアはすでに三分の一が潰れている。残り三分の二を挽肉にすべく、ブースターを起動する。連続使用には耐えないから、極力使用を控えているが、今ばかりは別だ。

「喰《く》らいなッ！」

炎にも似た光を纏《まと》い、高速回転する穂先が潰れかけのコアへ深々と突き刺さった。さらに強く押し込む。リミッター解除で、本体が酷く加熱している。握る手が焼けるようだ。グローブの熔ける嫌な臭いがする。だが、構ってなどいられない。槍全体が震え、さらに熱を帯びる。

突然、穂先が膨れ上がった。ダイヤウェポンのコアが爆発に巻き込まれて四散する。やったた、と思ったのもつかの間、自分自身も吹っ飛ばされていることに気づく。魔導槍を失った今、落下したら終わりだ。

『お嬢ぉぉぉっ！』

ビッグスの声とともに、魔導アーマーの腕が伸びてくる。が、全く届かない。

『姐さぁぁぁん！』

ビッグス機を踏み台にして、ウェッジ機が跳ぶ。アラネアも必死で腕を伸ばす。

「ウェッジ！」

届いたと思った瞬間、爆風が来た。魔導槍どころではない規模の爆発だった。ウェッジ機の腕にしがみついたまま、どこかに叩きつけられたような気がした。焦げる臭いと土の臭い。

何も三人そろってダイヤウェポンの爆発に巻き込まれなくても……と、苦々しく思ったところで、アラネアの意識はブラックアウトした。

＊

さすがにこれは死んだな、と思った。思ったところで気がついた。まだ生きている。

口の中がじゃりじゃりして、泥の臭いがした。手も足も、とりあえず動く。だが、上下の感覚がまるでなく、起き上がることができない。仕方なく、水の中を泳ぐ要領で、手足を動かしてみる。

少しだけ背中が軽くなった。ということは、うつ伏せになっているのだ。手のひらと膝に力を入れる。体が前へ進んだ。力一杯、這う。目の前が明るくなった。

自分が土砂に埋もれていて、どうにか這いずり出た、とわかった。咳が止まらない。口の中が泥だらけだ。咳とともに吐き出す。

咳き込みながら辺りを見回すと、ずたずたになった魔導アーマーが転がっている。その隣には、看板と思しき大きな板が。

『最高のくつろぎを、あなたに。テネブラエ　高原リゾート　この先』

ところどころ文字が剥げているのは、爆発のせいではなく、経年劣化だろう。テネブラエが帝国民の人気リゾート地であったのは、フェネスタラ宮殿襲撃以前の話だった。

「はぁ。最高のくつろぎだわぁ」

そして、最高の皮肉でもある。この状況下では。

「ビッグス？　ウェッジ？」

ここだぁ、と返事があった。姐さぁん、と情けない声もする。土砂と瓦礫の真下から。土をかき分け、手が伸びてくる。分厚い手のひらはビッグス、節くれ立った指はウェッジ。アラネアはその手を摑み、引っ張り出してやった。

「ミッション完了」

アラネアは安堵の息を吐き、ビッグスとウェッジは泥と砂が混ざった唾を吐いている。酷い目に遭ったが、命はある。避難民も全員無事だという。終わり良ければ全て良し、だ。

そこで、ビッグスがにやりと笑い、裏声で言った。

「みんな、今までありがとね」

アラネアの真似だ。揚陸艇から飛び降りるときの。頬が赤らむのを見られたくなくて、アラネアはそっぽを向いた。

「なあ、お嬢がオレたちにあんなの言ったことあったっけ?」

「記憶にないな」

「お嬢が、ありがとうだと」

「あれ、死ぬヤツが言うセリフだろ?」

ふたりして、勝手なことばかり言ってくれた挙げ句に、くすくすと笑い合っている。もう忘れてよ、と思いつつ、アラネアは頬を膨らませる。

「こりゃあ、雨が降るな」

「いやいや、天変地異だろ?」

まだ言うか。

「あんたたち、いい加減に……」

アラネアの抗議の言葉が甲高い咆哮にかき消される。

「え？」

見上げれば、飛行型シガイの群れ。帝都方面から飛来したらしい。

「あーあ。天変地異のお出ましだ」

「悪い予感が当たったぜ」

ビッグスとウェッジが恨めしそうな目を向けてくる。

「あたしのせい!?」

などと責任の所在を追及している場合ではない。魔導アーマーの残骸から、武器になりそうなものを引っ張り出す。あの群れをテネブラエに向かわせるわけにはいかない。

「はぁ……。もう、寝させてっ！」

最悪の一日は、まだまだ終わりそうになかった。

＊

シガイの群れをどうにか追い払ったときには、夕刻に近かった。ボロ雑巾のようにくたくたの体を引きずって、揚陸艇に戻った。テネブラエの人々と、列車に乗った子供たちと、ロキに託された女の子が避難している場所へと。

アラネアの顔を見るなり、女の子は大粒の涙をこぼした。これも、覚えのあることだったたから、アラネアは女の子を抱きしめ、頭を撫《な》でてやった。

「私……私……こわかった」

「もう大丈夫だよ」

「みんな、いなくなって……死んじゃって……」

抱きしめている両腕に、小さな体の震えが伝わってくる。この子の恐怖は、幼いころの自分自身の恐怖だ。この子の悲しみも、自分自身の。

あんな思いは自分ひとりで十分だと思っていた。シガイなんて、一匹残らず狩り尽くしてやりたかったから、十年待たずに傭兵になった。「早い」と言ってくれる人も、もういなかった。

ビッグスやウェッジと出会い、共に戦う仲間も増え、やがて帝国軍人としてそれなりの地位を得た。狩り尽くしたかったシガイを兵器として使っている軍に籍を置くことに、矛盾を感じながら。だから、たったひとつの望みは、結局、叶えられないままだ……。

「お嬢ちゃん、名前は?」

「アンティクム。ソル・アンティクム」

ようやく名前を聞けた。

「ソルちゃん。いい名前だ」

ニフルハイム人にとって、誇るべき先史文明を思わせる名前である。

「私、強くなりたい」

また同じことを考えてる、と微笑《ほほえ》ましく思う。

「おねえさんみたいに」

「え？　あたし？」

真剣な顔で首肯《しゅこう》されて、つい本音がこぼれた。

「強くないよ、あたし。今日だって、ずっとキツくてさ。もう泣きそうだった」

「そう……なの？」

「そうそう。けどね、私も戦うとか、勇ましいこと言ってくれちゃった誰かさんがいたじゃない？」

アラネアはソルの鼻を指でつまんだ。

「負けらんないじゃん。こーんな小娘に」

ソルが照れたような笑みを浮かべる。良かった。やっと笑ってくれた。もう大丈夫だろう。

アラネアはソルを膝から下ろす。と、服の胸飾りに目が釘付《くぎづ》けになった。

無骨な外套の下は、一目で値段がわかるような、仕立てのいい服だった。その胸の飾りに見覚えがあった。いや、見覚えどころか、帝国軍人なら誰でも知っている意匠、エルダーキャプト家の紋章だ。

『陛下から直々に頼まれた、極秘の任務だ』

ロキのあの言葉。薄々そうではないかと思っていた。イドラ・エルダーキャプトの嫡子は数年前に戦死した。表向きにはニフルハイム帝国に後継者はいなくなった、とされている。だが、もしも、皇子に隠し子がいたとしたら？

　何より、ソルという名前。

『ソルハイムの陽はまた昇る』

　皇帝の死に際の言葉だ。

　イドラは、腹に一物も二物も持っていそうな宰相を信用していなかったのかもしれない。だから、子供の存在を伏せた。そして、いよいよアーデン・イズニアが牙を剥いたとき、ロキに命じて子供を捜させ、保護させた……。

「ソルちゃん」

　この子がこれまで、どこで、どんなふうに生きてきたのかは知らない。だが、間違いなく、愛されてきた子供だ。

「しっかり生きていくんだよ。せっかく拾った命なんだから」

　今日まで育ててくれた人のためにも、命懸けで守ってくれた人のためにも。

　アラネアは、もう一度、ソルを強く抱きしめた。

［M.E.766年］

「姐さん、お嬢は？」

「もう、とっくに出発したけど」

「え？」

「ポイント・ベータで、あんたたちと待ち合わせてるって。もしかして、ビッグスと先に合流したとか？　そっちに連絡とってみてくれる？」

いや、とウェッジが困り顔になる。いやな予感がした。

「合流地点に行ったらビッグスしかいなくて、それで……」

やられた、と思いつつ、二時間ほど前のやり取りを思い出す。

『メルダシオ協会の腕利きハンターと一緒なんだよ？　拠点《ここ》からもそんなに離れてないし。大丈夫だってば。ビッグスとウェッジがいなくたって』

『腕利きと一緒だから言ってんだろ。あっちは、子供のお守りをしてる暇なんてないんだ』

『いつまでも子供扱いしないでよ！』

『何言ってんの。十年早いよ』

『もう十年経ってんじゃん！』

自分に似ていると思っていたが、自分以上の跳ねっ返りに育ってしまった。まあ、そういう年ごろなのかもしれない。十代ともなれば、親の目が鬱陶しいという。アラネア自身は、その年齢に達する前に親を亡くしていたから、そういった経験はなかったが。

「困ったもんだ。あたしも、たいがい無鉄砲だったけど」

ただ、今は時代が違う。自分が十代だったころは、まだ世界に光があった。ほんの小娘が傭兵になっても、何とかやっていける程度には平和だった。

夜が延々と続き、至る所にシガイが徘徊する今、無鉄砲は死に直結する。自分が傭兵になった年齢よりも年嵩だからといって、少しも安心材料にはならない。

だから、他のハンターたちが一緒であっても、「調査」に出かける際には、必ずビッグスとウェッジを同行させていた。まさか、嘘の待ち合わせ時間を言って、二人を置いてけぼりにするとは、思いも寄らなかった。

いつまでも子供扱いしないでよ、という抗議の声が思い出された。

「過保護……なのかねえ」

「とんでもない！　親が子供の心配をして何が悪い？　ああ、こんなことしてる場合じゃない。早く、お嬢を捕まえないと」

アラネア以上に過保護なのがいた。……二人も。

「まず、ビッグスに連絡して、それから、ええと。あ、姐さん、行ってきます」

「悪いね。頼んだよ」

あたふたとウェッジが出て行く。

「さて、と。そろそろ定時連絡だね」

通信機の前に移動しようとして、少しばかり時間があることに気づいた。

「久々に、作るか」

豆の缶詰はまだある。干し肉を今から水に漬けて戻しておけば、夕食には間に合う。有り合わせの材料で作る簡略版ではあるが、カスレを作ろうと思った。

拠点での食事は、缶詰を開けるだけになりがちだ。たまには、皆にまともなものを食べさせたい。それに、あの子の大好物でもある。戻ってくるのは明日になるだろうが、カスレなら温め返して食べられる。たっぷり叱りつけた後は、温かい食事と寝床だ。

アラネアは鼻歌混じりに食料戸棚の扉を開けた。

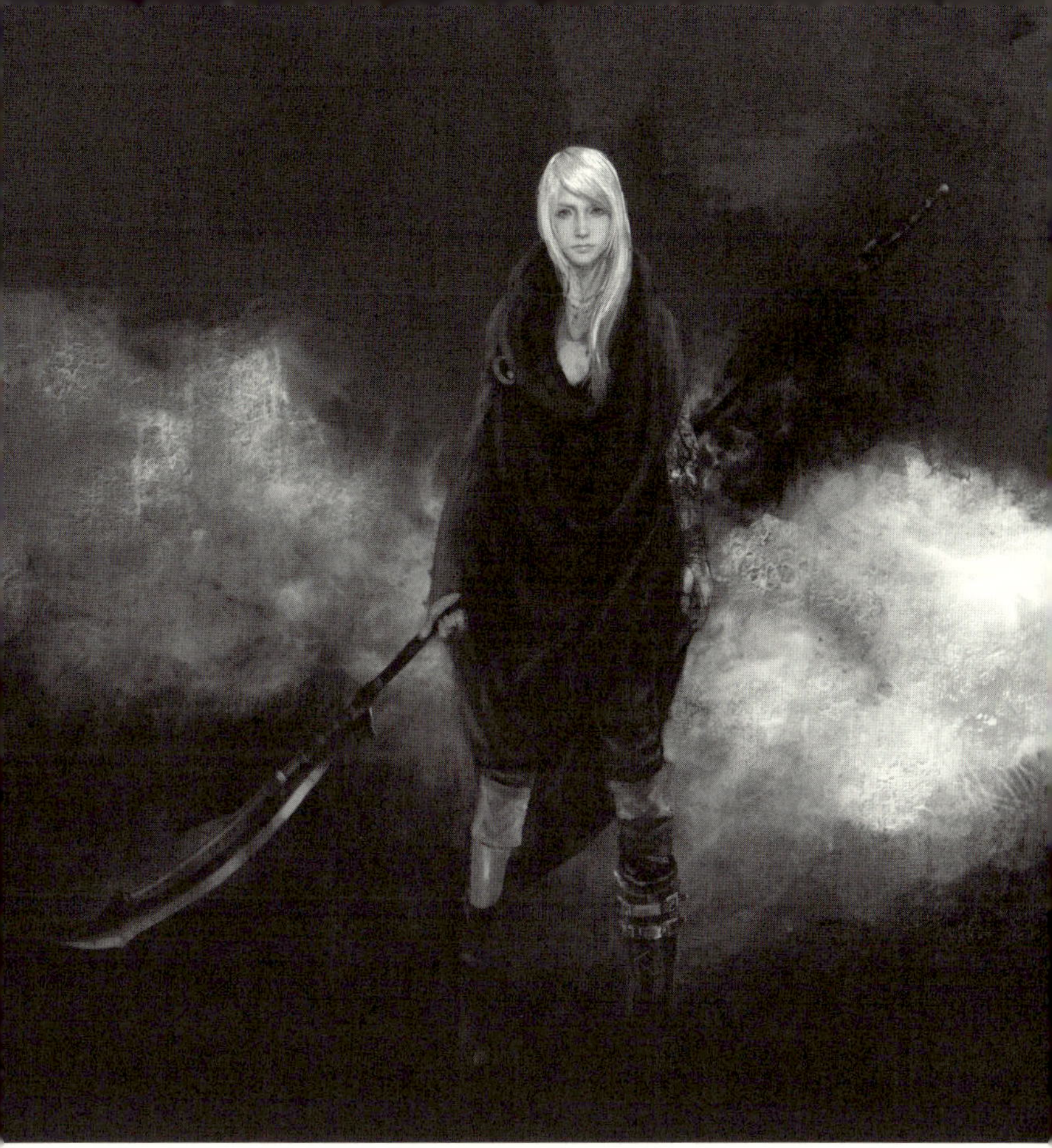

自由への選択

FINAL FANTASY XV -The Dawn Of The Future-

深い水底は、空に似ている。光射《さ》す水の煌《きら》めきは、まるで花びらが舞い踊るよう。美しくて、どこか物悲しくて。

ルーナ、と呼ばれた気がした。大好きな人に。会いたいと願い続けていたからだろうか、その人の顔が揺らめく水の向こうに浮かんでいる。

その口許《くちもと》が「ルーナ」と動く。眉根を寄せて、叫んでいる。今にも泣き出しそうな顔は、大人になった今も変わっていない。十二年前、出会ったばかりのころと、少しも。

必死に手を伸ばす、その姿。変わっていない、これも。

十二年前のあの日、故郷テネブラエでの出来事。ニフルハイム帝国の兵士たちがフェネスタラ宮殿を襲った。あまりにも突然だった。手を引かれて、走った。逃げなければ、殺される。

自分が、ではない。自分自身よりも大切な人、ノクティス王子が。

当時はまだ神凪《かんなぎ》の任に就いていなかったとはいえ、己に課せられた定めは理解していた。王を、いずれ王となる人を支える。この身を投げ打ってでも。それが、神に与えられた使命だと。

私を連れていては、逃げ切れない。でも、私さえいなければ、ノクティス様おひとりなら、レギス陛下は必ず逃げ延びてくださる。

だから、自ら手を離した。怖くはなかった。ただ、これきり会えないかもしれないと思うと、悲しかった。

それでも、ノクティス様が生きてくださるなら。

ルーナと叫ぶ声が、力の限りに差し伸べられた手が、遠ざかっていくのを見送った。その姿、その声を忘れたくなくて、まっすぐに顔を上げていた。帝国兵に取り囲まれても、その場を動かなかった。

瞼《まぶた》に焼き付いた幼い姿と、大人になった顔とが重なる。

お別れです、ノクティス様。

けれども、なぜだか、今のほうが悲しい。身を切られるように、つらい。あの日よりも歳を重ねているのに。もう大人なのに。正式な神凪となって久しいというのに。

なぜだろう、稚《いとけな》い子供のように泣いてしまいたい。……いいえ。いいえ、そんなことはしない。笑っている顔を、覚えていてほしいから。

精一杯、微笑《ほほえ》んで、静かに手を伸ばす。いつの間にか、青い花を手にしていた。大好きだったジールの花。この花をあなたに。きっと、これが最後だから。

これからは、少しだけ離れた場所から、あなたのことをお守りします。さようなら。ノクティス様。

あの日よりも、ゆっくりと、差し伸べ合った手と手が離れていく。ここが水の中で良かった、と思う。水の中なら、涙を流してもわからない。

沈む。光すら届かない、深い水の底へ。遠くへ。

ああ、もう声を上げて泣いても大丈夫。ノクティス様には聞こえない。

「泣かないで」

優しい声がした。幼いころから、いつもそばにいてくれたゲンティアナの声が。

「少し、お眠りなさい」

両の瞼を撫《な》でる手。怖い夢を見て深夜に目を覚ますと、こうしてゲンティアナが寝かしつけてくれた。お兄様も、お母様もぐっすり眠っているのに、ゲンティアナだけが気づいてくれるのが不思議でたまらなかった。

悲しみは変わらずにあったけれども、心細さや不安は跡形もなく消えていた。ゲンティアナの優しい手に安らぎを覚えながら、眠りに身を任せる。

不思議な眠りだった。まどろみ、と呼んだほうが近いかもしれない。夢と現《うつつ》の狭間《はざま》は、ひたすらに温かい。形ある思考が消えて、いつしか時間の感覚も失せて、ぼんやりとした温《ぬく》もりだけがある……。

どれくらい、そうしていたのだろう。突然、体が浮上した。これまでとは明らかに異なる感触に戸惑う。それは、目覚めに似ていた。いや、目覚めだった。はっきりとした重さを感じる瞼をこじ開けると、痛みと刺激が眼球を襲った。

呼吸をしようと開いた口から嫌な味が流れ込んでくる。水の中だ。とっさに手をつく。幸いにも深さのある水ではなかった。咽せ返りながら、ルナフレーナは上体を起こした。

どうやら、決して清潔とは言いがたい水だったらしい。両の目に、ひどい異物感があった。瞬《まばた》きをするたびに、涙がぼろぼろとこぼれた。

「ここは？」

わざわざ声に出してみたのは、これが夢ではないという確信が欲しかったからだ。喉元に当てた手には、確かに震えが伝わった。紛れもない現実だった。

ようやくまともに目を開けていられるようになって、辺りを見回してみたものの、ただただに暗い。じめじめとした空気と、液体ではない何かが零《こぼ》れ落ちる音。

「砂？」

そう、砂のような何かが、さらさらと落ちてきている。闇に慣れた目で見上げれば、天井がある。窓はない。水辺がある。ルナフレーナ自身も、水溜《みずた》まりのような場所に寝かされていた。

ここは、どこだろう？　建物の中ではないが、屋外という感じでもない。暗さのせいで断言しかねるが、この冷ややかで澱《よど》んだ空気と、苔《こけ》とも黴《かび》ともつかない臭気には、うっすらと覚えがある。

ずっと昔、訪れた……。あれは、こんな暗闇ではなかったけれども。でも、もしも、ここで篝火《かがりび》を焚《た》けば、よく似ているんじゃないだろうか。あの場所に。

「レシエル……」

かつて訪れた地下墓所の名を口にした瞬間、蘇る光景があった。ニフルハイム帝国の宰相、アーデン・イズニア。怒りと憎悪に満ちた双眸《そうぼう》と、彼が振りかざす短剣と。

「私、生きてる？」

あり得ない。刺された痛みを覚えている。傷口から流れる血と共に、意識までもが失われていく恐怖を。

反射的に刺された腹部に手を当てる。不自然な窪《くぼ》みと引き攣《つ》れた肉と。……傷痕だ。あのとき、アーデンに刺されたのは間違いない。なのに、なぜ？

自分の意思とは無関係に、ぞくりと体が震えた。鳥肌の立つ腕をさすろうとして、ずぶ濡《ぬ》れであることに気づく。よくよく見れば、これも刺されたときと同じドレスだった。ところどころ綻び、すっかり型崩れしていたけれども。

だから、なぜ？　死んだはずなのに生きていて、奇妙な場所に押し込められて、ずぶ濡れで。訳がわからない。

「寒い……」

みっともなく声が震えた。歯の根が合わない。考えるのを後回しにして立ち上がる。とにかく、ここを出なければ。

「あっ」

周囲が大きく揺れる。うまく立てずに倒れてしまったらしい。まるで歩き方を忘れてしまったかのようだ。ぶつけてしまった左肩をさすりながら、もう一度、立ち上がってみる。ゆっくりと、慎重に。

壁に手をついて、そろそろと歩く。空気の流れを感じた。その方角に行けば、外に出られる、ということ。

何歩か進むと、足に力が戻ってくるのがわかった。靴の踵《かかと》が敷石を叩《たた》く音。それが幾重にも反響している。もう少し歩けば地上への長い石段か、上階への短い斜路があるはずだ。死者を送る儀式を行う都合上、地下墓所の造りは、どこもよく似ている。神凪として、慰霊の儀式を行うために、何カ所かの墓所を訪れたから、何となく構造はわかる。

とはいえ、今は、明かりを手に先導してくれる者がいない。この暗闇の中、迷わずに地上へ出られるかどうか、甚だ心許なかった。

不意に、枯れ葉を踏みつけたような、乾いた音がした。思わず足を止めずにいられないほど、やかましい音だった。辺りが静かすぎるせいだ。

うっかり踏んでしまったのは、からからに乾いた紙。古い新聞だった。近くに枯れ枝を束ねたようなものもある。おそらく、死者に手向けるための花束だろう。それを新聞紙で包んで、誰かがここまで持ってきた。

それを供えるでもなく、地べたに放置しておくなんてと、少しばかり憤《いきどお》りを覚える。ルナフレーナは、かつて花束であったそれを改めて石棺の上に置いた。すっかり枯れてしまったものを供えるのは、申し訳ない気もしたけれども。

新聞紙を丁寧に折りたたむ。墓所にゴミを残しておくわけにはいかないから、持ち帰って捨てなければと思ったのだ。

ふと、折りたたむ手が止まった。

「ノクティス……様？」

小さな写真だったが、見間違えたりしない。ただ、この暗さでは記事の内容まではわからない。辛うじて読み取れるのは、「行方《ゆくえ》不明から三年」と「ルシス王」の文字だけだ。本来なら日付が印刷されている部分は、すり切れてしまっていた。

「ノクティス様が行方不明？　まさか、そんなこと」

行方不明になったのが誰なのか、全文を読んでいないのだから、決めつけるのは早計というもの。

「だいたい三年前なんて、レギス陛下もご健在で……」

そうだろうか？　三年前？　それは、いつの？　今から三年前ということ？　そもそも、今は、いつ？

また悪寒《おかん》がした。酷く嫌なものが足を伝って這《は》い上がってくる。今すぐにでも、ここから立ち去りたい。早く外に出たい。急がなければ。

走り出そうとした瞬間、背後で地響きがした。振り返った瞬間、天井から何かが噴き出してきた。砂利とも瓦礫《がれき》ともつかないものが大量に降り注ぐ。何かが天井を叩き壊して侵入してきたことだけは理解したが、それ以上はもう頭が動かなかった。

空中をふわふわと漂う黒いものがある。形状だけなら、どこにでもありそうなボロ布だが、大きさが尋常ではなかった。たった今、破壊された天井が覆い隠されて見えない。それほどの大きさ。その尋常でない布から、やはり巨大な手が覗《のぞ》いている。青白い骨だけの手に生えた鋭い鉤爪《かぎづめ》。見るからに凶暴そうな手だった。

もしも、死神がこの世に存在するとしたら、こんな姿に違いない。でも、これは死神ではない。野獣でもない。シガイ、だ。見覚えなど全くない個体だったが、即座にそれとわかった。シガイ特有の黒い粒子が立ち上っているのが、薄ぼんやりと見てとれた。

そこまでわかっていたのに、体が動かない。すぐにでも逃げなければ殺される。わかっているのに、足はがくがくと揺れるばかりで少しも前へ進んでくれなかった。

闇に穿《うが》たれた穴のような、ふたつの光に捉えられた。喉が勝手に震え、悲鳴が迸《ほとばし》る。その瞬間、呪縛が解けた。無我夢中で足を動かした。

斜路を駆け上り、暗い通路を走る。振り返っている余裕はなかった。少しでも足を緩めたら追いつかれる。あの鉤爪に捕らえられたら終わりだ。

とにかく上へ。地上へ出て、運良く昼間であれば、シガイは追ってこられない。ここが昔、訪れたのと同一かどうかはわからないが、地下墓所の構造はどこも似たようなもの。きっと斜路だけではなくて、階段がある。小さな石室や狭い抜け道も。

あれだけ巨大なシガイなら、抜け道には入れない。階段だって、通れるかどうか怪しい。開けた場所さえ避ければ、逃げ切れるのではないか。

人がひとり、やっと通れるほどの通路へと駆け込んだ。肩越しに視線をやると、思ったとおり、通路の入り口を黒いボロ布がすっぽり覆っているように見えた。引っかかって入ってこられないのだろう。

もう大丈夫、と安堵《あんど》したが、甘かった。轟音《ごうおん》が通路を震わせる。石造りの天井を粉々にできたのだ、通路の入り口を破壊できないはずがなかった。

頭上から、ばらばらと礫《つぶて》が降ってくる。シガイは、通路そのものを強引に叩き壊しながら追ってきているらしい。全身の血が凍る。シガイに引き裂かれて殺されるか、瓦礫に埋もれて死ぬか。……どちらも嫌だ。

ひたすら上へと走った。どこをどう走ったのかは、もうわからない。少しでも上と思われる方角へと走り続けた。

背後からは、鈍い轟音が幾度となく聞こえた。邪魔になるものは、通路といわず壁といわず叩き壊しているに違いない。

足許が大きく揺れ、転倒したが、痛みを感じる暇もなかった。止まれば、死ぬ。頭上から尖った石が降ってきても、階段が崩れても、構わず進んだ。走っているのか、這っているのかさえ、わからなくなった。

唐突に、埃臭《ほこり》さが消えた。冷たい風を肌に感じた。外に出た、と思った瞬間、背後で地響きがした。身を伏せずにいられないほどの轟音だった。

音が消えた。恐る恐る振り返ると、たった今、出て来たはずの階段は跡形もなくなっていた。シガイが暴れたせいで、完全に崩落してしまったのだろう。そこが地下墓所であったことすら、もうわからない。

いや、ここは紛れもなく墓地だ。少し離れたところに、石造りの水盤があり、花を手向けに来た人々がひと休みできる大きな木と、小さな花をつける植え込みと。もっとも、古い巨木は枝の半分がもぎ取られたように消え、その根元に折れた枝が散らばっている。まるで、「大きな何か」が暴れた跡のように。

なるべく長くて頑丈そうな枝を拾い上げる。ただの棒きれとはいえ、自分の背丈に近い長さがあれば、武器の代わりになる。丸腰で歩くには、夜の墓地は危険すぎる。

急いでこの場を離れようとして、靴を片方しか履いていないことに気づいた。逃げる途中で脱げてしまったのだろう。道理で歩きにくいはずだ。これでは、残った片方も脱ぐしかなかった。どこかで代わりの靴を調達しなければ。尖《とが》った石やガラスで足に切り傷を拵《こしら》える前に。

朝までに店のある場所へ辿《たど》り着けるだろうか、と何気なく空を見上げる。そこで、違和感を覚えた。何かがおかしい。

ゆっくりと首を巡らせる。黒い色の空に目を凝らす。

「夜……じゃない？」

空には、夜の色とは異なる闇が広がっていた。月も星もない。なのに、闇夜の暗さもない。あまりにも不自然な、薄暗がり。

改めて見上げると、黒い粒子が空を覆っているのがわかった。それは、シガイが纏《まと》っている粒子に酷似していた。

「どういう……こと？」

氷に覆われた大地が見えた。視線をずらせば、だだっ広い砂漠が見えた。さらに遠くへ目をやれば、見覚えのある森のシルエットが。あれが故郷テネブラエの森だとすれば、方角から考えて、ここはスカープ地方とユセロ地方の境目あたり。

おかしい。人の気配がまるでない。砂漠と凍土に挟まれた一帯は、耕作に適さないとはいえ、交通の要衝として重要な地域だと聞いたことがある。だとすれば、輸送車や軍用機がそれなりに行き交っていて然《しか》るべき。にも拘《かか》わらず、この静けさ。

行方不明から三年、という文字が脳裏をよぎる。自身の命を削って神々との誓約《うけい》を行い、やはり命がけで光耀《こうよう》の指輪を運んだ。全ては、真の王のため、この星の未来を守るためだった。なのに……。この空の色は、どうしたことか。いったい、世界に何が起きたのか?

しかし、それ以上、考えることはできなかった。またも轟音が薄闇を震わせる。振り向けば、完全に崩落して埋まってしまったはずの場所から、土煙が上がっている。土塊や瓦礫を吹き飛ばしながら現れたのは、あのシガイ。ボロ布をまとった死神だった。

地下墓所の崩落に巻き込まれて死んだとばかり思っていた。完全に埋もれた階段を見て、助かったと安堵した。まさか、瓦礫を吹き飛ばしてまで追ってくるとは、思いも寄らなかった。ぼんやり突っ立っている場合ではなかった。鉤爪が迫ってくる。身を翻《ひるがえ》す。背後から土塊《つちくれ》が飛んでくる。紙一重だった。引き裂かれずに済んだのは、ただただ運が良かったからだ。次も幸運に恵まれるとは限らない。

裸足《はだし》でよかった。踵の高い靴を履いていたら、これほど早くは走れなかった。途中、肩口を摑《つか》まれて引き倒されそうになったが、ここでも運が良かった。どうにか振りほどくことができた。派手に転倒してしまったけれども。

すぐに飛び起きて、また走る。幹線道路まで逃げれば、一台くらい、車が通るかもしれない。行き先はどこでもいい。同乗させてもらって、この場を離れることができれば。

微《かす》かなエンジン音を聞いた気がした。この近くに道路があるのだ。これ以上走れないと足の筋肉が悲鳴を上げているが、構わず走る。

と、不意に地面が消えた。足が行き場を失い、体が宙に浮く。視界が回る。土手だか坂道だかを転がり落ちているらしい。

体が止まる。エンジン音が間近に聞こえる。三度の幸運。転がり落ちた先は道路だった。ブレーキの甲高い音が響く。ほんの鼻先で、バイクが停まっていた。サイドカーを連結しているのが見てとれる。

夢中で飛び乗った。乗ってもいいか、許可を求める余裕などない。

「なんだよっ！」

ヘルメットとゴーグルのせいで顔は見えないし、ハンターと呼ばれる人々が着ているような服だったけれども、声は紛れもなく若い女性のもの。

「すみ…ません……」

息が上がって、うまく声が出ない。聞こえよがしの舌打ちに、ただ身を縮める。サイドカーが走り出す。シガイの鉤爪が迫る。

「ったく！　余計な荷物があっちゃ、スピードが出ないんだよ！」

「荷物？　捨てればいいんですね？」

「あっ！　ちょっと！」

サイドカーの足許を塞いでいた布袋を引きずり出す。背後のシガイに向かって投げ捨てる。少しでもシガイの動きが止まればと思ったのだが、その程度で止まる相手ではなかった。布袋の中身がばらばらと道路に転がった。缶詰だった。少しも余計とは思えない荷物だ。

「バカッ！　余計な荷物ってのは、あんたのことだよ！」

「すみません」

悪いことをしてしまった。無我夢中だったとはいえ、文字通り重荷になった上に、食料まで投げ捨てた。これ以上、迷惑はかけられない。大丈夫、さっき拾った棒きれはまだ持っている。いや、さっきは全く歯が立たなかったから、少しも大丈夫ではないのだけれども、やるしかないのだ。

飛び降りようとサイドカーの縁《へり》に手をかけた瞬間、引き戻された。ほとんど尻餅をつくように、体が再びシートに収まった。

「もういい！」

このまま乗っていてもいい、ということらしい。

「しっかり摑まって、口を閉じてな！　舌噛《か》むよ！」

エンジンが唸りを上げ、体が後ろに引っ張られる。風に煽《あお》られ、髪が広がった。この加速なら逃げ切れるという期待は、ほんの数秒で打ち砕かれた。

シガイの腕が伸びてきたような気がした。突然、体が浮いた。危ないと思ったときにはもう、路面に叩きつけられていた。まだいくらも走っていなかった。

左半身が痺《しび》れたように重い。痛みに逆らって身を起こす。バイクの女性はすでに立ち上がり、ショットガンを手にしている。その構えを見ただけで、戦い慣れていることがわかった。

「あんたは後ろに下がってな！」

いいえ、と首を振る。自分ひとりなら逃げ切れたかもしれないのに、助けてくれた。彼女は恩人だ。

「やれるのかい？　あんたが？」

「やります」

うなずいてみたものの、これほど凶悪なシガイを「やれる」かどうか。それでも、戦わなければと思った。目の前のシガイの強さ、恐ろしさは、彼女よりも自分のほうがわかっている。たとえ戦い慣れていたとしても、ひとりで倒せるような敵ではないことも。

幸い、墓場で拾った棒きれは足許に転がっていた。後生大事に抱えてきて良かったと心底思う。拾い上げると、呆《あき》れたように「本気？」と言われた。

「そんな棒っきれで戦うとか、どうかしてる。足、引っ張んないでよね」

長柄の武器の構えを思い出しながら、木の棒を握る。ずっと昔、神凪の修行として、槍術《そうじゅつ》の手ほどきを受けた。教わったとおりにやれば、この棒が逆鉾だと思えば、きっと大丈夫……。

「来るよ！」

はい、と叫んだ声が銃声にかき消される。黒いぼろ布が翻る。向かってくる鉤爪めがけて棒を振り回す。手応えを感じた。もう一度、棒を突き出す。強い反動が返ってくる。

当たったた。効いている……はずだった。なのに、気がつけば、みっともなく地面にひっくり返っていたのは、自分のほうだった。

大急ぎで立ち上がる。銃声が至近距離で鳴り響く。シガイの動きは思いのほか素早く、弾はほとんど当たっていない。少しでもシガイの注意をこちらに逸《そ》らすことができればと、棒を振りかざして突進する。たとえ一瞬だけでも動きが止まれば。

「あっ！」

いきなり両手に衝撃が来た。握りしめていたはずの棒がくるくると回りながら飛んでいく。鉤爪が迫ってくる。

「いやあああああ！」

死にたくない！　こんな場所で、こんなわけのわからない状況で、何の役にも立たずに死ぬなんて、絶対に、絶対に、イヤだ！

両腕を力任せに振り回す。無意味だと頭ではわかっている。手を振って追い払える相手ではない。それでも、何もせずに殺されたくないという思いが、非力な腕を突き動かしていた。

引き裂かれる痛みを覚悟した。死の間際の痛みがまざまざと思い出された。きつく目を瞑る。だが、やって来たのは別のものだった。

「どうして……？」

指先から腕へと走ったのは、痛みとはまるで異なる感覚。目を開ければ、シガイが身をよじるようにして後ずさっている。

「何、これ？」

銃声とシガイの咆哮《ほうこう》とが、薄闇を震わせる。どうやら、自分はシガイの動きを止めることに成功したらしい、と気づいた。何がどうなっているのか、さっぱりわからなかったけれども。

もう一度。やり方はなんとなく覚えていた。動きの鈍ったシガイへと走る。恐ろしくはあったが、ためらっている場合ではなかった。右手を差し出す。指先に意識を集中させる。

さっきの感覚。あれを思い出せば……。

思い出すまでもなかった。造作もなく、何かが腕を伝わる。さっきと同じ。少しだけ息苦しさを覚えた。胸から鳩尾《みぞおち》にかけて、重苦しい痛みを感じた。息を止めて耐える。

立て続けの銃声。シガイが倒れ伏し、もがいている。心なしか、その輪郭が薄れたように見える。

いける、と思った。これなら、倒せる。

腕に伝わる感触が変わった。何かが流れているようだったそれが、まるで何百匹もの虫が這い回っているかのような不快感へと。食いしばった歯の間から呻《うめ》き声が漏れそうになる。

シガイがのたうち回っている。あと少し。金属音にも似た不愉快な叫び声が上がる。必ず、倒す！

「ちょっとあんた！　無茶するんじゃない！」

警告の声を聞き流し、シガイへと手をかざす。増していく不快感に抗《あらが》う。

「危ない！」

気がつくと、鉤爪が鼻先まで迫っていた。近づきすぎていて、避けようがなかった。二の腕が深く抉《えぐ》られる。不快感どころではない痛みが走る。ただ、それほどの深手を負わせてくれた敵の姿は、黒い粒子となって霧散していった。

倒したという安堵感で気が緩んだのか、強烈な痛みがやってくる。たまらず膝をつく。立っていられない。

「大丈夫!?」

問われて、うなずいた。嘘だ。少しも大丈夫じゃない……。吐き気がしそうなほどの激痛だった。

「待ってな。今、止血を……」

傍らで息を呑《の》む気配がした。ルナフレーナ自身もまた、息が止まりそうになるのを感じた。噴き出していたはずの血が止まっていた。ぱっくりと割れた傷跡から紫色の光と黒い何かが立ち上り、たちどころに傷が塞がっていく。

「何だよ、それ?」

敵意に満ちた声だった。無理もない。傷口から立ち上った「黒い何か」は、シガイの発する粒子とあまりにも似ていた。突然、押し倒され、頬に銃口を押し当てられる。

「このバケモノ!」

反論できなかった。黙っていると、銃口が頬にめり込んだ。

「おまえ、何者なんだよ!? 答えろ!」

どう答えていいのか、わからなかった。けれども、黙っているわけにもいかない。

「私は……」

その先が続かない。混乱していた。と、押しつけてくる冷たい感触が消えた。どさり、と重たい音が響く。ルナフレーナは急いで体を起こした。

「あの?」

今の今まで、殺気を漲《みなぎ》らせていた女性が力なく倒れている。首筋に手を当てる。脈は問題ない。ゴーグルを外す。瞼がかすかに動いている。

さっきの戦闘のダメージで気を失ったのだろう。揺さぶらないように気をつけながら、ジャケットの襟元を緩める。

神凪の力を使って癒そうとして、手をかざすのを止めた。思い出したのだ。シガイを倒したときの奇妙な力を。あれは、いったい何だったのだろう? 果たして、今、癒しの力を使えるのだろうか?

手のひらに視線を落とし、腕に視線を移す。あれだけ深く抉られたのに、もう傷跡ひとつ残っていない。完全に塞がっている。尋常な治癒力ではない。いや、本当にあれは「治癒」だったのだろうか? 傷口を覆った黒い粒子は?

わからない。何より、わからないのは。

「私、なぜ、生きてるの?」

夜とは異なる闇の中で、ルナフレーナは途方に暮れた。

まるで、歩く武器庫のような女性だと、半ば呆れ、半ば感心した。

大きな傷がないかどうかを確かめるために、ジャケットの前を開けるなり、目に飛び込んできたのは、予備の弾倉や、投擲《とうてき》用と思われるナイフが数本。ベルトには手榴弾《しゅりゅうだん》や、何に使うのかわからない大小様々な筒といった品々がぶら下がっているし、肩から装着しているホルスターには複数の銃が収納されていた。

こういう場合は、再び銃口を向けられないように、武器を取り上げるものなのだろうが、これでは取り上げることもできない。こんなに大量の武器や弾薬を、いったいどこへ隠せばいいのか。

結局、彼女の所持品には一切、手を触れなかった。銃を向けられたら、そのときはそのときだと割り切った。

案の定、意識を取り戻した彼女が、真っ先にやったのは、ルナフレーナと十分な距離をとることと、銃を手にすることだった。

「あんた、何者？　目的は？」

問答無用でズドンとやらずに、名前を訊《き》いてくれたことに、わずかな希望を見出す。

「私は、ルナフレーナ。ルナフレーナ・ノックス・フルーレ」

きつく睨《にら》みつけていた瞳がわずかに揺れる。

「同じ名前……。十年前に死んだ神凪と」

やはり自分は死んでいた。そうだろうな、と思う反面、納得できないと叫ぶ自分がいる。

「十年前？」

そうだった。肝心な疑問を忘れるところだった。ルナフレーナは折り畳んだ新聞紙を取り出す。

「あの、これ……」

彼女ならば、この記事について何か知っているかもしれない。

「新聞？　ああ、これ。六年？　いや、七年くらい前の記事だね。王様が三年前にいなくなったってことは」

「いなくなった？」

ノクティス様が？　なぜ？

「王様がいなくなってから、もう十年経ってるよ」

目眩《めまい》がしそうだった。信じられなかった。最後の記憶はオルティシエ。リヴァイアサンとの誓約。命懸けで王への啓示を願った。自身の命はそれで尽きるとわかっていた。アーデン・イズニアに刺されるまでもなく。

それでも構わないと思ったのは、この星の未来を信じていたから。王がこの星の闇を払う。その約束が果たされると。なのに……。

見上げれば、闇に覆われた空。夜とは異なる、禍々《まがまが》しい黒。世界に何が起きているのか？

「あんた、本当に神凪？　シガイが人間に擬態してるんじゃないの？　自分が人間だって、証明できる？」

「わかりません」

腹部の傷跡に手を当てる。衣服越しであっても、盛り上がった肉の感触がある。ただ、痛みは全く感じない。これは、いったい何なのか？

「どうして、ここにいるのか。先ほどの力は何なのか。なぜ、生きているのか……わからないのです」

思わず顔を手で覆う。どれかひとつだけでいい。答えが欲しい。でも、誰も何も答えてはくれない……。

「あたしが知りたいのは、ひとつだけ」

静かな声が降ってきて、ルナフレーナは顔を上げる。

「あんたが敵かどうか」

再び銃口が向けられる。けれども、その瞳に殺意はなかった。まっすぐに、ただ問いかけてくるだけで。

「わかりません」

「なんで？」

「証明できません」

嘘をつきたくない。このまっすぐな瞳に応えたい。ルナフレーナは、しっかりと目を開けて前を見る。

銃口が下を向く。それを目にして安心したはずなのに、なぜか膝が震えた。緊張のせいで恐怖を自覚できていなかったらしい。

「おかしな動きをしたら、容赦しないよ」

銃身がホルスターに収まるのを見て、小さく息を吐く。

「敵じゃないってんなら、バイクの修理を手伝ってもらうよ。そもそも半分以上は、あんたのせいなんだからね」

「喜んで。あの……」

そこで、相手の名前を知らないことに気づいた。

「ソル」

ルナフレーナが尋ねる前に、短い答えが返ってきた。ただ、それがファーストネームなのか、ファミリーネームなのか、単なる通称なのかはわからない。

「さっそく取りかかるとするか。ね、神凪さん」

偽名という可能性は考えないでおこうと思った。

＊

「あんた、意外と、力持ち、だね！」

「そう、です、か？」

サイドカーを押しているせいで、どうしても言葉が途切れ途切れになる。逆に言えば、切れ切れの言葉は真面目に押している証拠でもあった。意外すぎる、とソルは戸惑っていた。

手伝えと言ってみたものの、どうせ戦力外だろうと思っていた。着ている服こそボロ同然だったが、彼女の話し方や物腰は間違いなく「いいとこのお嬢様」だ。ところが、ひっくり返ったサイドカーを起こすときにも、それを押して移動するときにも、彼女はきっちり自分の仕事をこなした。

そういえば、デスゲイズを前にしたときも、ただの棒きれを長物のように構えていた。明らかに、何らかの訓練を受けた者の身のこなしだった。

正直なところ、神凪を名乗る女に対しては警戒心以外のものを持ち合わせていない。妙な力でシガイの動きを止め、あのデスゲイズの爪に腕を抉られたというのに、ぴんぴんしている。何より、目の前で塞がっていった傷口……。

「少し、休憩、しよ……か」

はい、と答える声には、さすがに疲労が色濃く滲《にじ》んでいた。サイドカーにもたれて、並んで腰を下ろす。ただし、いつでも銃を抜けるようにしておく。

これで二回目の休憩だった。デスゲイズの一撃を受けた車体は、応急処置云々で動く状態ではなかった。パーツの交換も必要だったし、何より、時間がかかる。シガイ対策用の臨時拠点までバイクを押す、という選択肢しかなかった。

そして、それが最も正しい選択肢だ。旧帝国領に設けられた拠点は、シガイ退治や調査で、こうした不測の事態に陥ったときのためのものでもある。

神凪に、ウェールまでは「目と鼻の先だから」と言ったのは、妙な気を起こさせないためだ。近くに仲間がいるのだと思わせておけば、おとなしくしていてくれるはず、と踏んだ。

「いつも、おひとりで行動してらっしゃるんですか？」

「まさか。今日はたまたま、だよ」

これは嘘ではない。シガイがうようよしている旧帝国領で単独行動をとるなど、命知らずの大バカ野郎がすることだ。

そう、今日はたまたま、だ。シガイの群れと遭遇し、戦闘になり、つい深追いしすぎた。気がついたら、仲間とはぐれていた。もちろん、すぐに合流ポイントへ引き返すつもりだった。その途中、デスゲイズに襲われた……。

とにかく、一番近い拠点に行って、修理だ。合流ポイントとは逆方向になるが、今はそちらが最優先だった。

「車、全然通らないんですね」

最初の休憩のとき、サイドカーをその場に停《と》めて腰を下ろしたら、神凪は「道の端によけたほうがいいんじゃないですか？」と大真面目な顔で言ったのだ。それで、この十年間の出来事を知らないというのは嘘ではないとわかった。

「言ったろ？　人が住めるのはレスタルムだけだって」

シガイのせいで夜が明けなくなったと言ったら、神凪は顔を強《こわ》ばらせた。インソムニアが荒れ放題で、シガイの巣と化す寸前だと説明したら、一見してわかるほどに青ざめた。王がクリスタルに取り込まれたらしいという噂話《うわさばなし》を聞かせたときには、その場で卒倒しかねないほど動揺していた。

「人が住めなきゃ、車だって通らない。当たり前の話だよ」

レスタルム以外の地域であっても、物資の運搬やシガイ退治、調査のための車両くらいは通行しているが、その数はあまりにも少ない。まして、ここはレスタルムから遠く離れた旧帝国領である。

道路のど真ん中に陣取って、クラクションを鳴らされる……なんて出来事は、もはや昔々のおとぎ話にも等しい。

「あんたが本物の神凪で、十年前に死んでたってのも本当だとして」

死んだ人間が生きている。おとぎ話だ。でも。

「でも、やっぱりおかしい。十年間も何してたんだって話だよ」

ここは、現実の世界だ。おとぎ話の中ではない。

「さあ、休憩終わり。もうひと頑張りしてもらうよ、神凪さん」

すっかりしょげ返っていた神凪が、気を取り直したように立ち上がる。見た目に似合わぬ腕っぷしと同じく、これで案外、図太いのかもしれない。

「ウェールまで、あと少しだよ」

これは、嘘ではなかった。

＊

せーの、というかけ声でバイクを押すのに慣れたころ、木造家屋がいくつか並んでいる場所に着いた。ウェールと呼ばれる臨時拠点だった。今のニフルハイムに人は住んでいないが、ハンターや王の剣たちが偵察や調査に訪れることがあるらしい。そのための拠点のひとつが、ここなのだという。

建物に近づいてみると、扉だけが新しく、鍵も付け替えられていた。もとは住居だったのを拠点用に改造したのだろう。

もう歩かなくていいと思うと、ほっとした。ソルが予備の靴を貸してくれたのは、ありがたかったのだが、履き慣れない靴、それも素足に革靴は歩きづらく、疲れてしまった。

バイクを停めると、ソルがカードキーで建物の扉を開けた。手慣れた動作から、彼女がここを訪れるのは初めてでないとわかる。

「おーい！　誰かいない？　って、誰もいないか」

明かりをつけながら、ソルが小さく肩をすくめる。どの窓からも明かりは見えていなかったから、この拠点が無人であることは明らかだった。

ここへ向かう道々、拠点に行けば仲間がいるかのように言っていたのは、ソルなりの気遣いだったのかな、とルナフレーナはそう解釈した。ウェールまでの結構な距離を「目と鼻の先」などと言ったのも。

「シドニー？　やっとつかまえた！」

通信機と思《おぼ》しき小さな機械を手にしたソルがうれしそうな声を上げる。シドニーという名の女性とようやく連絡がついたらしい。

バイクを押し始める前にも、休憩のときにも、ソルはずっと彼女に連絡を取ろうとしていた。

しかし、そのたびに「シドニーと連絡とれないって、どういうこと?」と困惑したようにつぶやき、ため息をつきつつ通信機をしまうというのを繰り返していた。

その様子から、シドニーという女性がバイクの修理にくわしいだけでなく、ソルが頼りにしているらしいと察せられた。

「うん。そう、そうなんだ。思いっきり路面にバーンって。もう、うんともすんとも言わなくなって、参っちゃったよ」

予想どおりだった。外に停めたバイクのところへ向かうソルの後を、少し離れてついていく。手伝うと約束したのだから、自分だけ建物の中で休んでいるのは気が引ける。

ふたりの話を立ち聞きしてしまわないように、もう少し離れたほうがいいかも、などと考えたときだった。犬が吠える声を聞いた。もしやと思って振り返ると、黒い犬がしきりと尾を振っている。

「……アンブラ!」

駆け寄り、柔らかい毛皮を抱きしめる。温かい。ふさふさとした黒い尾が勢いよく左右に動く。それを見て、思い出した。いつもこの隣にあった、白い尾の持ち主を。

「やっぱり、プライナはもう……」

オルティシエで、最期までルナフレーナに付き従っていたプライナ。危ないから逃げてと何度も言ったのに、決して離れようとはしなかった。この場にアンブラしかいないということは、プライナはあのまま、ルナフレーナの遺体とともに水に沈んでいったのだろう。

「ごめんなさい。連れて帰れなくて」

しかし、アンブラはわかっていると言いたげに尾を振った。ありがとう、とつぶやき、首の周りを撫でてやる。

「ノクティス様は？」

アンブラが元気よく吠えて尾を振った。無事なのだ。ただ、アンブラはあの手帳を携えていない。

「手帳はノクティス様のところなの？」

こうして生きていることを真っ先に知らせたかったが、それを書き記す手帳がない。何か代わりになるものは、と考えて思いついた。

「アンブラ、ちょっと待っていて」

建物の中へと引き返す。テーブルの上に、紙類や筆記具の類が置いてあったのを思い出したのだ。

「ごめんなさい。お借りします」

誰にというわけではないが、そう断りを入れて、手帳よりも一回り小さなノートとペンを借りることにした。

大急ぎで『私は無事です』とだけ走り書きする。日付も入れておきたかったが、ソルに今が何年の何月なのか尋ねるのを失念していた。

再び外へ飛び出すと、アンブラは入り口の前で待っていてくれた。

「これをノクティス様に届けて」

アンブラなら、どこにいても手帳を届けてくれた。ルナフレーナが神凪の修行場に籠もっているときも、オルティシエで身を隠していたときも。

新しいメッセージを書けば、きっとノクティス様に……。

「お願い！」

けれども、アンブラはその場にじっとしたまま、首を横に振った。それはできない、と言いたげに。

「どうして？」

アンブラはルナフレーナをただ見上げている。人の言葉こそ話さないが、アンブラも神の使い、二十四使である。ルナフレーナの願いを聞き届けないのは、然るべき理由があるのだ。

「ノクティス様はご無事なのね？」

念を押すと、アンブラは鼻をすりつけてきた。大丈夫だから元気を出して、とでも言うように。

「でも、この手帳を届けることはできない。今はまだ、そのときじゃない……そういうことなのね？」

アンブラが大きく尾を振った。ルナフレーナは、その温かい体をそっと抱きしめる。

「わかった。待ってる。ありがとう、アンブラ」

尾を高く一振りすると、アンブラは姿を消した。ルナフレーナは、ほっと息を吐く。突然に放り込まれた十年後の世界で、初めての「再会」だった。

そういえば、ゲンティアナはどこにいるのだろう？　オルティシエで死の眠りにつく直前まで、そばにいてくれたのはゲンティアナだった。会いたい、と思った。ただ、今の今まで、会えるとは思っていなかった。自分が生き返ったことをゲンティアナが知っているとは思えなかったからだ。

でも、アンブラは会いに来てくれた。ならば、ゲンティアナにも会えるはず。彼女と再会したら、話したいことがたくさんある。ここはテネブラエにも近いのだから、きっと会える。そう思うと、力が湧いた。

振り返ると、ソルはまだシドニーと話を続けていた。

＊

シドニーに連絡がついてよかった、とソルは心の底から安堵した。何しろ、サイドカーは本当に酷い状態で、このまま廃車にするしかないと言われたらどうしようかと、心配でならなかった。

さすがはシドニーで、問われるままにバイクの状態を答えていっただけで、何をどう直せばいいのか、たちどころにわかったらしい。

拠点に常備してある部品で足りない箇所をどうするか、何で代用すればいいのか、そんなことまで詳細に指示を出してくれた。

「うん。だいたい大丈夫だと思う。助かった。ありがとう」

どういたしまして、と明るい声が返ってくる。

「ところで……ちょっと気になることがあって」

声をひそめる。幸い、神凪はどこぞから迷い込んできた犬と遊んでいて、こちらの会話に注意を払っていない。

「神凪に会ったんだ」

はぁ？　とシドニーが素っ頓狂な声を出す。当然の反応だろう。十年前、オルティシエで神凪が死んだことを知らない者はない。

「本人は、神凪だって言ってる。そんなことってあると思う？」

シドニーが沈黙する。わからない、という答えが返ってくるまでには時間を要した。無理もない。神凪を前にしている自分ですら、わけがわからないのだ。

「急いでグラディオたちに知らせてくれないかな」

王の剣、王の盾という言葉は敢《あ》えて出さなかった。犬が逃げてしまったのか、神凪がこちらを見ているのが目に入ったからだ。

「じゃあ、また後で。ありがとう」

神凪に警戒されないように、シドニーの答えを待たずに早々に通話を切り上げた。

「待たせて悪かったね」

そう言って、軽く手を挙げると、神凪が小走りに近寄ってきた。

「修理のやり方を教えてもらってたんだ。ここまで無茶苦茶にクラッシュさせたことなんて、一度もないからね」

バイクの転倒の仕方にも、うまい下手がある。うまく転べば、かすり傷で済む。これは人間もバイクも同じこと。ソルは、初心者のころから転び方がうまかった。逆に言うと、修理の必要に迫られることが少なく、経験の蓄積が乏しい。

「すみません」

神凪が小さく肩をすぼめる。半分はあんたのせい、とソルが言ったのを真に受けたらしい。

「そう思うなら、さっさと手伝いな。そっち、持って」

はい、と神凪が子供のような素直さでうなずく。バイクの修理は力仕事だし、油と泥で手が汚れる。それを知らないから、お気楽な返事ができるのだろう。どうせ、すぐに泣きを入れるに決まってる……。

そんなふうに思っていたのだが、予想は三たび外れた。神凪は手の汚れなど気に留めていなかった。修理に不慣れなのは確かだが、役に立たないほどではない。いや、そこそこ役に立っている。飲み込みも早い。

『面倒くさい仕事を一緒にやってみればいいのさ。そうすれば、そいつがどんな人間か、だいたいわかる』

ふと思い出された言葉。あれを聞いたのは、いつだっただろう？　それほど昔の話ではない。多少なりとも対等に話ができるようになったころだから。

それでも、あの人はまだ子供扱いしようとするのだ。今朝も、つい、突っかかるような言い方をしてしまった……。

「さて、と。ここまでにしとくか。あとは微調整だけだから」

気がつけば、夜になっていた。陽の傾き具合で時間の見当をつけられなくなって久しいが、それでも夜の空は昼に比べて暗い。

「今日はここまでだ」

何より、空腹だった。

＊

旅には慣れているつもりだった。神凪の務めは、各地を回るものが多い。諸々《もろもろ》の儀式をはじめとして、標《しるべ》に守りを施し、病の人々を癒すのは、大切な仕事だった。

ただ、いつも道中の安全を確保するための同行者がおり、行く先々で寝泊まりする場所も温かい食事も用意されていた。自らシガイと戦い、無人の建物の中で埃っぽい毛布にくるまって眠るなど、初めての経験だった。

冷たい缶詰に直にフォークを突っ込んで食べる、というのも初めてだった。缶詰の中身は根菜と肉のようだったが、予想していた味とあまりにも違っていて、戸惑った。別に不味《まず》かったわけではないのだが、ソルに「神凪さんの口には合わないか」と言われてしまった。

その間、ソルはずっと銃を手放さなかった。あからさまに警戒の目を向けてくることこそなくなったが、ルナフレーナを全く信用していないのがわかる。

これまで、人から警戒されたことなどなかった。神凪というだけで、誰もがルナフレーナを信用し、気を許した。帝国軍の関係者はそうでもなかったのかもしれないが、それを表に出してくることはなかったし、わざわざルナフレーナのほうから警戒を解く必要も感じなかった。だから、相手の警戒を解く方法や振る舞い方を知らない。また、それが必要になる日がくるなど、想像したこともなかった……。

横になってみても、頭を悩ませることばかりで、一睡もできないのではないかと思った。が、実際には、体は疲れていたらしく、目を閉じると同時に眠りに落ちた。

ルナフレーナ――

呼ばれて、目を開けた。夢の中だとわかっていた。呼びかけてきた声は、とても人のものとは思えなかったし、辺りが明るすぎた。十年前でさえ、これほど明るい場所はなかった。明るいだけでなく、どこまでも透き通っていて、宝石の煌めきを思わせる。こんな空間は、現実にはあり得ない。

我は剣神――

剣神？　バハムート？　幼いころから、ゲンティアナが幾度となく話してくれた、この星の神話。そこには、六神と呼ばれる神々が登場し、剣神はその一柱だった。

ゲンティアナの話によれば、人間から見れば六柱とも神には違いないが、正確には、バハムートと他の五神は些《いささ》か異なる神なのだという。巨神タイタン、炎神イフリート、雷神ラムウ、水神リヴァイアサン、氷神シヴァ。これら五柱の神がこの星の自然を司《つかさど》り、星と共に在るのに対して、剣神バハムートは星を包む天空と共に在る神。

ゲンティアナは明言しなかったが、その口調から剣神が他の五柱の上位神に当たることは、何となく察せられた。その剣神が呼びかけてきている。


そなたの使命は、まだ終わりではない。


その声とともに、周囲の様子が変わった。ただ透き通るばかりだった空間が暗闇に変わる。そこに浮かび上がるのは、降りしきる雨と王都城。少しだけ見覚えのある広場で、ノクティスとアーデンが剣を交えている。

オルティシエで遠目に姿を見たときよりも、ノクティスは年齢を重ねているように見えた。だとすれば、これは未来の光景なのだろうか？

全くの無音。だが、剣と剣とが激しくぶつかり合う音が響いてくるかのようだった。刃は時に火花を散らし、時に血をしぶかせ、止まるところを知らない。

死闘という名に似つかわしい剣戟《けんげき》の後、倒れたのはアーデンだった。しかし、ふたりの戦いはここで終わりではなかった。インソムニアを包む闇は未だ深い。

「嘘……」

続く光景に目を疑った。王都城の奥深く、真の王として玉座にあるノクティスが、光耀の指輪を行使する光景に。

指輪が召喚したのは、歴代王の魂。それぞれに武器を携えた十三人の王たちによって、ノクティスはその身を貫かれている。

「ノクティス様！　どうして!?」

言葉で説明されたわけでもないのに、ルナフレーナはその答えを一瞬にして理解していた。

光耀の指輪の力は、歴代王の魂を呼び出すだけではない。歴代王の魂と共に「対をなす世界」へと渡る力。そこは、クリスタルからつながる場所であり、神話の時代から存在していた。ただ、人の身では決して行き来できない。

肉体から解き放たれ、「人の身」でなくなったノクティスは、指輪の力で「対をなす世界」へと渡り、そこにあるアーデンの魂を滅した。

しかし、指輪の力は命と引き替えに行使されるもの。アーデンを滅したノクティスもまた、「対をなす世界」で砕け散り、消えた。真の王の使命とは、その命と引き替えに闇をもたらす者を倒すことだった……。

「そんな……そんなことって……」

レギス国王から指輪を届けてほしいと頼まれた。未来を託されたのだと思った。炎上するインソムニアから必死になって脱出を図った。避難民の群れに紛れ、密かにオルティシエに向かった。命懸けで届けた指輪が、まさか大切な人の命を奪う品であったとは。

自身の命を削り、大切な人の命までもが奪われる……。それが使命だったというのか。全身の力が抜けた。ルナフレーナはその場に崩折れる。知らなかった。自分が何をしていたのか。その結果、何が起きたのか……。


これが、人の進むべき本来の運命。真の王は、その使命を果たすはずであった。

ルナフレーナは、はっとして顔を上げた。はず、というのはどういう意味だろう？

ああ、そうだった。あのノクティス様は、最後に見たノクティス様じゃない。たぶん、これから先の未来。だとすれば。「果たすはずの使命を果たせない、果たせなくなるような何かが起きた」ということ？

そこまで考えたところで、再び周囲の色が変わった。闇の色から炎の色へと。炎神イフリートを従えたアーデンがいる。その姿は、もはや人間ではなかった。皮膚はどす黒く変色し、シガイ特有の粒子を全身にまとわりつかせている。

アーデンは神の意に背いた。己が運命を見失い、その邪心が暴れるに任せた。その悪しき力は極限までに増大し、指輪の力を以てしても払いきれぬであろう。

王都城の広場で、ノクティスと戦っていたアーデンは、まだしも人の姿をしていた。しかし、今、目の前に映し出されている姿は、明らかに人ではなかった。あれが、極限まで増大した闇の力……。

直ちにインソムニアへと赴き、アーデンを止めよ。

そなたの力と命は、そのために与えしもの。新たなる使命を全うせよ。

ルナフレーナは腹部の傷跡に手をやった。アーデンに刺されて死んだはずのこの体は、凶悪なシガイを倒したこの力は。

アーデンを倒すため？　私が？　この手で？　できるんだろうか？

ああ、でも。人の進むべき運命が変わったのだとしたら、ノクティス様は光耀の指輪を使わなくていい。ノクティス様はとても、とても、苦しそうだった。あれも、なくなる。「対をなす世界」で、粉々になって消えることも、ない。

だとしたら。やってみる価値はあるのかもしれない……。

*

これまで、幾度となく繰り返してきた目覚めと、何ら変わることはなかった。ただ、射し込む朝の光はなく、窓の外は相変わらず暗いままではあったけれども。

剣神との対話は、一言一句違えることなく覚えていた。ただ、間近に見たはずのその姿を思い描こうとしても、どうしても思い出せなかった。かえってそれが、単なる夢や妄想ではなかったのだという確信をルナフレーナに与えた。

「新たなる使命……」

口に出してみると、成し遂げなければという強い気持ちが生まれた。ルナフレーナは勢いをつけて体を起こした。

ふと見ると、傍らに黒い布のようなものが置いてある。寝る前にはなかったはずだ。手に取ってみると、黒い服だった。これに着替えてもいいということなのだろうか。

迷っていると、ドアが開く音がした。

「やっと起きた？」

「あ、おはようございます。あの、これ……」

「着替えなよ。サイズ、合うかどうかわかんないけど。その服よりマシだろ？」

ここまで移動してくる間に、ずぶ濡れだった服はすっかり乾いていたものの、あちこち綻びて汚れているのは相変わらずだった。十年前の服なのだから、傷んでいて当然なのだが。

ソルに礼を言って、さっそく着替えることにした。黒い服を着るのは、初めてだった。神凪として儀式を行う際には白い礼装だったし、各地を回る際にも白い服を着用する。普段着さえ、白っぽい服ばかりだった気がする。

着慣れていないせいか、身につけてみると、どうしても借り着といった感覚がつきまとう。

伸縮性のある布地は着心地がよく、また動きやすいのだが、どうにも落ち着かない。

しかし、ソルは見るなり、「似合うじゃないか」と言った。

「前のより、いいよ」

現金なもので、ソルに褒められると、落ち着かない気分が少し薄れた。これまで、衣服にはほとんど関心を払わずにきただけに、着るものひとつで気分が動くのが不思議でもあり、新鮮でもあった。

今までとは違った旅をして、着なかった服を着ている自分がいる。新たなる使命が課せられた今、それも巡り合わせなのかもしれない。

「バイクの調整は終わってる。腹ごしらえしたら、すぐに出発するよ」

どうやら、ソルはルナフレーナよりもずっと早くから起きていたらしい。

「すみません。お手伝いする約束だったのに」

「別に。とっとと直して、あんたなんて置いていこうと思っただけだから」

にこりともせずにソルは言ったが、本気で置いていくつもりなら、着替えを用意したりしなかっただろう。

「ソルさん。お願いがあるのですが」

改めて、ソルに向き直った。この使命を果たすためには、どうしてもソルの助けが要る。

「もう少しだけ、ご一緒させてもらえませんか。行かなければならない場所があって」

地下墓所から、この拠点《ウェール》までの道のりで、よくわかった。ソルと比べて、今の自分には足りないものが多すぎる。移動手段も、戦う技術も。それだけではない。缶詰をナイフで開けるやり方や火のおこし方も知らなかった。

ソルの知識は、人が住めなくなった土地を行く者の知恵だ。行く先々で歓待される旅では、身につけようのない知識と技術だった。

「あ、もちろん、途中まででいいんです。一緒に行けるところまでで」

短期間でもいい。ソルに同行させてもらって、その間、学べる限りのことを学ぼうと思った。これまでの旅の経験が全く役に立たない以上、一から学ぶしかない。

「どこへ行きたいわけ？」

ソルが怪訝《けげん》そうな顔になる。

「インソムニアへ」

「王都？　シガイの巣も同然だって言ったろ？　神凪さんが、そんな場所に何の用があるのさ？」

「その呼び方、やめてください。私はルナフレーナです」

神凪さんと呼ばれるたびに、隔てを置かれているような気分になった。それを言わずにいたのは、昨日まではまだ、ソルは通りすがりの人に過ぎなかったからだ。でも、これからは違う。

「わかったよ。ルナフレーナ？　長ったらしいな」

「では、ルーナでお願いします」

ふと、懐かしい面影が脳裏をよぎった。ルナフレーナ、とうまく言えなくて、ルーナと呼ぶようになった……大切な人の面影が。

「わかった。それと、あたしもソルさんじゃなくて、ソルでいいよ」

「わかりました、ソル」

「で、インソムニアに行って、ルーナは何をしたいわけ？」

「戦います。アーデンと」

「アーデン？　もしかして、アーデン・イズニア？」

うなずいてみせると、ソルは一瞬、きょとんとした顔になり、次には声を立てて笑った。

「あんたが？　アーデンと？　いやぁ、壮絶な冗談だ」

ルナフレーナは、黙ってソルを見つめる。たやすく倒せる相手だとは思っていない。けれども、自分が戦わなければ、アーデンを止めなければ……この星を覆う闇は消えない。

「え？　本気なの？」

ソルが戸惑ったように「嘘でしょ」と、つぶやく。嘘ではない。

それが伝わったのか、ソルが小さくため息をついて「わかったよ」と言った。

「まずは、レスタルムだ。その後、インソムニア。それでいい？」

「もちろんです」

旧帝国領からインソムニアへ向かうには、海を渡る必要がある。レスタルムまでということは、海を渡るまで一緒に行ってくれるということ。願ってもない話だった。

「助かります」

ありがとう、と頭を下げると、なぜかソルが不快そうな顔になった。

「あの？」

「何でもない」

言葉とは裏腹な表情を浮かべ、ソルが背を向ける。何か気に障《さわ》ることを言ってしまったらしいが、それが何なのか、ルナフレーナにはわからなかった。

＊

「あった！　これですよね？」

ルナフレーナがうれしそうに缶詰を持つ手を挙げた。昨日、デスゲイズから逃げる途中、彼女が投げ捨ててしまった「荷物」を拾いに戻ったのだ。荷物の中身は貴重な食料、捨てていくわけにはいかない。

ついでに、ここへ戻る途中、少しばかりバイクの練習もしてもらった。一日二日で覚えられるような技術ではないが、先は長い。少しくらい、運転を交代できるようになってもらわねば困る。

だいたいの場所はわかっていたとはいえ、あちこちに転がった缶詰を回収するのは、結構な手間だった。だが、ルナフレーナは文句ひとつ言わずに、黙々と缶詰探しを続けた。投げ捨てた張本人だから、責任を感じているのだろう。

「あ、こっちにも！」

また歓声が上がる。さっきから、ソルが缶詰を一個見つける間に、ルナフレーナは三個も四個も拾い上げている。

「あんたって……」

探し物を見つけるのがうまいんだね、と言い掛けて、ソルは口をつぐんだ。

「はい？」

「いや、何でもない」

この暗さの中での探し物に必要な能力は何か、ということに思い至ったのである。視力だ。それも、闇の中での視力、夜目が利くということ。そう、まるでシガイのように……。

彼女はデスゲイズから何かを吸収しているように見えた。それに、傷口から立ち上っていた粒子もシガイと同じ。だったら、シガイと同じ能力があっても不思議はない。

ただ、シガイと同じ能力があったからといって、敵と見なすのは早計だ。昨夜、わざと隙を見せてみたけれども、襲いかかってくる気配はなかった。おまけに、彼女はアーデン・イズニアと戦うとまで言った。

いったい彼女をどう扱えばいい？

そんなことに頭を悩ませながら、缶詰の回収を終えた。その後、小一時間ほど走ると、空を白いものがちらちらと舞うようになった。

「風花《かざばな》……」

雪山と砂漠に挟まれたこの辺りでは、強い風が吹く日には雪山の雪が飛んでくることがある。低温と乾燥のために、この季節にだけ見られる現象だ。

「そっか。テネブラエの人なら、知ってるよね」

「実際に見たことはないんです。話に聞いただけで。白い花びらが舞ってるみたいで、きれいだって」

「この空の色じゃ、羽虫の群れにしか見えないけどね」

暗い空を風花が舞う光景は、ルナフレーナの目にはどう映っているのだろう？　同じものを前にしても、同じように見えているとは限らない。それは心に留めておいたほうがいい。

「あの……。教えていただきたいことが」

「どうぞ」

「インソムニアまで、いえ、レスタルムまで何日くらいかかりますか？」

「正確に何日、とは言えないね」

レスタルムがある旧ルシス領と、旧帝国領の間には海がある。そこを渡るには揚陸艇か船が必要だが、前者は旧帝国領内の調査のためのものであって、それ以外の使用は認められていない。後者は後者で、整備士の不足もあり、すぐに使える船は少ない。当然、全て出払っている可能性もある。

「本来なら、この辺りから港までは二日ってとこらしいけど。シガイを狩りながら行くわけだから、もっと時間がかかる。仮に四日、いや、五日かかって港に着いたとしても、船に乗るまで待たされるだろうし」

「海を越えてからも、何日かかかるわけですよね……」

「何日どころじゃないだろうね。安全なのはレスタルムの街中だけで、それ以外の場所は、シガイがうようよしてるんだから」

そうですね、と消え入りそうな声でルナフレーナが答えた。ここへ至るまで、三回ほどシガイと交戦している。他にも、向こうに気づかれる前に、速度を上げて逃げ出したのが二回。ウェールを出てから三、四時間経っているが、あまり距離を稼いだ実感がない。

「時間を食うのは、シガイだけじゃない。休憩だって必要だ」

ソルは緩やかにブレーキをかけた。ルナフレーナが意外そうな顔をする。まだ疲れていない、とでも言いたげに。

「あたしたちじゃないよ。今、休憩が必要なのは、この子《レギーナ》」

少し前から、ボディが過熱気味になってきている。間に合わせのパーツで応急処置をしただけなのだ。シドニーからも、無理はしないようにと言われている。

「レギーナ?」

聞き返されて、しまったと思った。レギーナの名前まで教えるつもりはなかった。

何度めかのシガイ退治で、路上に放置してあったニフルハイム製の古いバイクを見つけ、一目惚れした。どうしても乗ってみたくて、シドニーに頼んでレストアしてもらった。シドは「そんなの、暇人の道楽だ」といい顔をしなかったが。

「バイクに名前つけちゃ悪い?」

「いえ、そんなことは」

いずれにしても、レギーナは相棒だ。文句は言わせない。

「一番遅い仲間のペースに合わせること。それが、あたしたちのルールだからね」

＊

ウェールを出てから、ずっと線路沿いの道を走り続けた。幹線道路と違って、道幅もあまり広くはなく、整備されているとは言い難《がた》い区間もある。シガイがあまり出ないのかと思えば、そういうこともない。

なぜ、わざわざそんな道を通るのか、不思議に思っていたが、一日の行程を終えて納得がいった。野営の場所に困らないからだ。

線路に沿って走り続ければ、必ず駅や信号場がある。つまり、水道が敷かれ、屋根が残っている建物があるということだ。ソルの話では、拠点として整備されているのは大きな駅だけらしいが、名もない信号場であっても、一夜の宿としては十分だった。

分岐器の切り替えを行う機械室には、伏せた食器や畳んだ毛布が用意され、ストーブも置いてあった。うっすら埃をかぶっているが、使えないほどではない。

ソルがストーブに火をつけると、油臭さとともに、暖かい空気が広がった。にわかに疲れが押し寄せてくるような気がした。

「お湯を沸かしましょうか」

座り込んでしまったら、きっと動きたくなくなる。その前に、必要と思われることは全て済ませておいたほうがいい。お湯を沸かすための小鍋と、缶詰を食べるためのフォークと……などと、小さな棚を探していると、その奥にティーポットを見つけた。

もしやと思って、さらに探すと、見知った四角い缶がある。茶葉の缶だ。外側には錆《さび》が浮いていたが、蓋を外してみると、中の茶葉はさほど湿気っていないように見えた。

「あの。お茶を淹《い》れてもいいでしょうか?」

「お茶?」

「茶葉があったので」

「いいけど」

久しぶりに紅茶が飲める。そう思うと、心が弾んだ。この場所の利用者の中に、紅茶好きがいたことに感謝した。湯が沸くのが待ちきれなかった。

ポットに少しだけ湯を入れ、軽く温める。その後、湯を捨てて茶葉を入れ、今度はたっぷりの湯を注ぐ。本来なら、ポットだけでなくカップにも熱い湯を注いで温めるところだが、ここでは潤沢に湯を使えない。ポットを温めるだけで良しとした。

茶葉が開いたのを確かめて、カップに注ぐ。紛れもない、紅茶の香りだ。

「どうですか?」

ソルがカップに口をつける。眉間にかすかにしわが寄った。

「ちょっと、苦い?」

「ごめんなさい。お砂糖が見当たらなくて」

これは、ミルクを入れて飲むための茶葉なのだろう。確かに、渋みが強い。ルナフレーナにとっては、その渋みさえも好ましいものではあったが。

「でも、いい香りがする。懐かしい……みたいな」

懐かしい。そのとおりだった。まだ世界に昼があったころを思い出させる香りだ……。

しばらく、ふたりとも黙ったままで紅茶を飲んだ。話すのが億劫《おっくう》だったわけではなく、静けさが耳に心地よかった。空になったカップに、もう一杯、紅茶を注いでいると、ソルが唐突に口を開いた。

「どこで習ったわけ？」

「紅茶の淹れ方ですか？」

「違う違う。武器の扱い。まるっきりの素人じゃないよね？」

ソルが壁に立てかけた槍を指さした。ウェールにあったものを拝借してきたのである。さすがに、棒きれだけでは戦えない。携帯に不便がないようにということだろう、普通の槍よりいくらか柄が短く作られているが、扱いにはもう慣れた。今日一日で、それだけのシガイと遭遇したからだ。

「修行の一環でした。神凪は、逆鉾を扱えないといけないので」

武術だけでなく、腕力や脚力の鍛錬もあった。歴代の神凪には、シガイを退治したり、鎮めたりすることも求められてきたからだという。後になって、真の王を支える神凪である自分には、それらがとりわけ必要な鍛錬だったと悟った。

荒ぶる神々を起こし、対峙するには、己の身を守る術《すべ》も必要になるし、体力も要る。役目を果たすまで、決して倒れるわけにはいかない。ただ、それが今も変わらず助けになるとは思わなかった。

武術の心得があるおかげで、小物のシガイならば、例の力を使わずに倒せる。剣神から与えられた力を疑うわけではないが、使うたびに不安がつきまとう。どうやら、自分は「シガイ」を吸収しているらしいと気づいたからだ。

あの力を使うようになって、理解したことがある。それは、「シガイ」という獣や魔物が存在するわけではなく、あの黒い粒子が取り憑《つ》いた生き物が「シガイ」になる、ということ。おそらく、シガイの元凶は寄生生物なのだろう。

あの力を使ってその寄生生物を吸収すると、「シガイ」だと思っていた敵は本来の姿を取り戻す。ただ、寄生されている間に衰弱したのか、或《あ》るいは、もともと死体に寄生していたのか、本来の姿を取り戻したはずの敵は形を保っていられなくなり、霧散してしまう。

そういった仕組みがわかってくると、別の意味で抵抗感を覚えるようになった。

吸収したシガイは消滅するわけではない。そのまま、ルナフレーナの体内に留まる。ということは、何体も何体もシガイを駆除していったら、この体はどうなってしまうのか。

だが、力を全く使わないわけにはいかない。自身の技術と体力で倒せるのは、ほんの小物だけだ。動きが速いものや、人間よりも大型のものとなると、あの力が必要だった。

あの死神のようなシガイを倒したときは、ソルとふたりがかりだった。あれよりも手強い敵が現れたら、そのときは……。

「……って、……なわけ？」

考え込んでいたせいで、ソルの言葉を聞き損ねてしまった。ルナフレーナはあわてて聞き返した。

「すみません。もう一度、言っていただけますか」

「修行って、武術の他にどんなことをするのかって訊いたんだよ」

ルナフレーナは修行場の光景を思い浮かべる。そういえば、神凪の修行場、ラルムエールも、ユセロ地方とスカープ地方の狭間にある。ここから、さほど遠くない場所だ。

「基本は体力と集中力を高める訓練ですから、走ったり、泳いだり。それから、瞑想とか。歴代の神凪の遺物に触れ、その息吹を感じ取るとか。他には、歌唱や舞いの練習もありました」

「へえ。なんだか、楽しそうだね」

「そうですね。楽しいこともありましたね」

体を動かすのは嫌いではなかったし、思いきり歌うと、心が晴れ晴れとした。もちろん、楽しいことばかりではない。精神力を鍛え、忍耐力を養うには、つらいことも必要になる。

「飲食を絶つこともあって、それはつらかったですけど。それから、何日も誰にも会わないとか」

「えー？　それ、ムリ。あたしには絶対、ムリ」

「多少は無理をしないと、修行になりませんから」

ソルが「げっ」と顔をしかめる。その様子がおかしくて、笑いがこぼれた。

「ねえ、頑張って修行したのは、何のため？」

こんな当たり前の質問を投げられるとは思いもしなかった。ただ、当たり前のこととは、物事の核心を突くことであり、根本に関わることでもある。それだけに、戸惑いを覚えた。

「それは、神凪としての役目を果たすためです」

「神凪の役目って？」

「神の声を聞き、王をお支えして……」

「それ、楽しい？」

「楽しいとか、楽しくないとか、そういう種類のものではありませんから」

「じゃあさ、見返りは？」

今度は、考えたこともない質問が来た。

「神凪の仕事の見返り。報酬。何がもらえるの？」

「いえ、とくに何かがもらえるわけでは」

「タダ働きってこと？　信じらんない！　いや、タダでも楽しいってんならわかるけど。ほら、修行にも楽しいことがあったって言ってたじゃない。そういうのなら、わかるよ。でも、お役目ってヤツは楽しいわけじゃないいんだよね？　なのに、何の見返りもないとか、あり得なくない？」

と、言われても、神凪の役目はそのように定められている。それも、遠い昔から。

「やっぱ、わかんない。あたしには理解不能」

ルナフレーナにとっても理解できなかった。神凪としての使命に見返りを求める、という考え方は。

結局、会話はそこで終了となり、ふたりとも黙りこくったまま、紅茶を飲み干した。例によって缶詰だけの夕食を取った後、各自でカップとフォークを洗った。

ソルが銃器の手入れを始めてしまうと、ルナフレーナは何もすることがなくなった。かといって、寝るには早い。

ふと思いついて、あのノートを取り出す。今も手許にあるのは、返すのを忘れて出発してしまったせいだ。せっかくだから、今日一日の出来事を記録しておこうと思った。拠点ほどの備品はそろっていないという信号場の機械室だが、ペンくらいは置いてある。

私は無事です、という走り書きの下に、「信号場にて」と、続きを書いた。


ノクティス様、私は今、旧帝国領を旅しています。ソルという女の子が運転するサイドカーに乗せてもらっていますが、何もかも初めてのことばかり。ソルと私とでは、そんなに歳も違わないのですが、考え方が全く違っていて、驚いています――

＊

翌朝、ソルはルナフレーナが目を覚ます前に、機械室を抜け出した。古い扉が軋《きし》んだ音をたてたが、ルナフレーナは身じろぎひとつしなかった。

考えてみれば、昨日の朝もそうだった。疲れているのか、もともと朝に弱い体質なのか、近くで音をたてても彼女は目を覚まさなかった。いずれにしても、こちらとしては好都合だ。

スマートフォンを取り出し、登録先を呼び出す。シドニーへの電話はルナフレーナの前でも平気だったのに、身内との会話となると話は違う。できれば、聞かれたくない。

昨日のうちに連絡しておけばよかったな、と今更のように思う。子供っぽい意地を張っていたのだ。心配なら、そっちからかけてくれれば、と。子供扱いされたくないくせに、つい子供じみた言動をとってしまうのは悪い癖だと、自分でもわかっていた。

シガイを深追いして仲間とはぐれてしまったのも、功を焦ったせいだ。認められたい一心で、無茶をした。

さすがに今は頭が冷えた。ちゃんと謝ろう。何やってんだ、このバカ娘は、と叱ってもらおうと思った。

ところが、登録先への通話はつながらなかった。作戦行動の真っ最中か、揚陸艇に搭乗しているのだろう。無線で隊の指揮を執るときには、電波の干渉を嫌ってスマートフォンの電源を切っていることが多い。ニフルハイム製の揚陸艇と王都製のスマートフォンは相性が悪い。

「しょうがないな……」

そうだ、謝る相手は他にもいた。別の登録先を呼び出す。つながるなり、怒鳴り声が聞こえるんだろうな、と思うと少々気が重い。無事か、どっからかけてるんだ、と。怒っているわけでなく、心配しているとわかっているから、尚更だ。しかし、相手の声は冷静だった。

『ああ、お嬢のお嬢か』

「もう。その呼び方、やめてよ」

ウェッジの「お嬢」という呼び方も恥ずかしいのに、ビッグスときたら「お嬢のお嬢」なのだ。普通に「ソル」と呼ぶこともあるが、ふたりともなぜか、思い出したように、こっ恥ずかしい呼び方をする。

「ごめん。心配かけたよね。って、もしかして、シドニーから連絡いってた？」

まあな、という返事を聞くまでもなかった。お目付役としてくっついてくるビッグスとウェッジが鬱陶しくて、ハンター仲間との合流時間を一時間遅く伝えた。ソルに出し抜かれたふたりは、あわてて方々に連絡を入れたのだろう。その「方々」の筆頭にくるのがシドニーだ。となると、昨日、ソルとの電話を終えたシドニーは、即座にビッグスとウェッジに「通報」したに違いなかった。

「それで、母さんは？」

『お嬢は』

ほんの一瞬、間があった。

『作戦行動中だ』

「例の遺跡……だよね？」

『そうだ。先発隊の応援に向かってる』

応援ということは、何かトラブルが発生したのだろう。旧帝国領での調査、それも古い遺跡の発掘調査は、資材を得るためとはいえ、常に危険と背中合わせだった。

『大丈夫だ。心配するな。俺とウェッジも、これから合流する』

「あたしも行く！」

先発隊の救助というトラブル確定の状況に加えて、さっき、ほんの一瞬だけ口ごもったビッグス。胸騒ぎがしてならない。

『今、どこにいる？』

「ウェールから一番近い信号場」

『なら、ノウムで待て。どうせ、一日や二日はかかるだろう？』

ノウムというのは、旧帝国領で最も大きな拠点だった。古いが大きな駅舎があり、数人のハンターが常駐している。遺跡にも近い。

「すぐに出発するから、夜にはノウムに着くよ。だから……」

『途中で一度もシガイと出くわさなきゃ、着くかもしれんな。だが、そんなの無理だ。わかってるだろう？』

「でも……」

『俺たちも、じき出発する。待っててやる時間はねえ』

ということは、ビッグスとウェッジは、すでにノウム付近にいるのだろう。ここでわがままを通せば、かえって足を引っ張ることになる。ソルはしぶしぶ「わかった」と答えた。

『いい子だ。ノウムまでは、ゆっくり来るんだぞ？　無理すんじゃねえぞ？　お嬢のお嬢に何かあったら、お嬢に合わせる顔がねえ』

「だから、その呼び方、やめてってば」

いつもと変わらない口調で抗議して、通話を終えた。だが、どうにも落ち着かない。急いでルナフレーナを起こして、ノウムに向かおうと思った。

＊

明け方に見る夢は、いつも短い。目覚めが近いからか、輪郭はくっきりとしているのに、すぐに消えてしまう。この夢もそうだろうと思った。目の前にいるゲンティアナも、すぐに消えてしまうに違いない、と。

「会いたかった……。アンブラみたいに、直接、会えたらよかったのに。ううん、夢で会えただけでもうれしい」

だから、自然と早口になった。あれほど待ち望んだゲンティアナとの再会だったから、話したいことが山のようにあったのだ。

「ねえ、ゲンティアナは知っていたの？　光耀の指輪がノクティス様のお命を奪うものだってことを。知らないはずないものね。知ってて黙っていてくれたのね。私が悩んだり、苦しんだりしないように」

ゲンティアナは静かな笑みを浮かべている。近づいても、触れることができない。当たり前だ、夢なのだから。

「だから、私、アーデンと戦おうと思うの。この星から闇を払うために。私が戦えば、ノクティス様は指輪を使わずにすむから……。剣神が新たな使命として下されたということは、頑張れば私にでもできるってことでしょう？　でもね、ゲンティアナ。私、怖い。怖がってはいけないとわかっているんだけど、この力が怖いの。自分が人間でなくなってしまうんじゃないかと……」

一方的にしゃべり続けるうちに、ふと違和感を覚えた。ゲンティアナの声が聞こえない。夢だから、そういうものだと思おうとした。けれども、何かがおかしい。ゲンティアナの唇がかすかに動いている。

「ゲンティアナ？　どうしたの？」

静かに微笑んでいるはずのゲンティアナが、なぜか苦しげに見える。何かを必死で伝えようとしているような……。

「何を言おうとしているの？」

剣神、と言っているようにも見えるが、よくわからない。もっとよく見ようと、ゲンティアナに近づいた瞬間、目の前に巨大な剣がいくつも落ちてきた。

「ゲンティアナ！」

声を限りに叫んだが、そこまでだった。ゲンティアナの姿が消えたのが先か、目覚めが先かはわからない。ただ、気がつけば、暗い機械室だった。ルナフレーナは毛布にくるまって震えていた。

「おかしな夢……」

仕方がない、夢なんだから、と思い込もうとした。ただ、それなら、剣神バハムートが出てきたあの夢は？　あのときは「おかしな夢」と片付けてしまおうとは思わなかった。

理由はわかっていた。剣神のことはよく知らないが、ゲンティアナのことなら誰よりも知っている。だから、不自然で奇妙に感じられたのだ。

もしも、あれが単なる夢ではないとしたら？　剣神のときと同じく、ゲンティアナが何かを伝えようとしていたのだとしたら？　伝えたくても伝えられない状況にあるのだとしたら？

考えなければ。ゲンティアナに何があったのか。

ただ、その先を考えることはできなかった。

「ルーナ！」

機械室のドアが乱暴に開いた。

「急いで支度して。すぐに出発する」

「何か、あったのですか？」

毛布を畳みながら、ソルの様子を窺《うかが》う。いつになく、ソルは緊張しているように見える。

「いや、何もないよ」

短い付き合いだが、ひとつだけ、わかったことがある。ソルでも下手な嘘をつくことがあるらしい。


かき込むようにして朝食を取り、出発した。

線路沿いの道を走る間、ずっとソルは黙ったままだった。何があったのか尋ねたくとも、全身でそれを拒否しているのがわかる。

そのくせ、運転に集中しているとは言い難く、石に乗り上げたり、窪みにはまりそうになったりした。幸い、シガイに出くわさなかったからよかったようなものの、こんな状態で戦闘に突入したら、命がいくつあっても足りない。

「ソル。そろそろ休憩しませんか?」

正確な時間はわからなかったが、頃合いを見て声をかけた。ただ、予想どおり、ソルは鬱陶しげに「もう?」と答えた。

「私はまだ大丈夫ですけど、一番足の遅い仲間に合わせるんでしょう?」

はっとした顔になったソルを見て、切り出してよかったとルナフレーナは胸をなで下ろした。やはり、これ以上、レギーナを続けて走らせるのは無理だったらしい。

バイクを停めるなり、ソルは車体の点検を始めた。時折、舌打ちをしたり、ほっとしたように息を吐いたりと忙しい。まだ運転を習い始めたばかりで、バイクのことはあまりわからないルナフレーナだが、ソルがレギーナを大切に思っていることはよくわかった。そして、その大切なレギーナのことを失念させるほどの出来事があったのだ、ということも。

ひととおり点検を終えたが、ソルはまだ出発しようとは言わなかった。レギーナには「冷やす」時間が必要なのだ。

手持ち無沙汰で、気詰まりな時間だった。黙っているのに飽きたのか、気を紛らわせたくなったのか、先に口を開いたのはソルだった。

「ねえ、訊いていい？　神様を信じて、何かいいことあった？」

突拍子もない質問を投げてくるのは相変わらずだったが、今日は昨日よりも口調が攻撃的に感じられた。しかも、ソルはルナフレーナの答えを待たずに、問いを重ねてきた。

「神様を信じてたから、あんたは生き返ったの？」

「いいえ。私が再び命を与えられたのは、新たなる使命のためです」

「使命って？」

「アーデンを止めることです。この星の闇を払うために」

「それって、王様の役目なんじゃないの？」

「本来はそうなのですけど。でも、アーデンが力をつけすぎて、定められた運命が変わってしまったから……」

「だから、あんたが？　代わりに？」

ソルがつまらなそうに鼻を鳴らした。

「神様の言いなりになって、ひとりで世界を救う？　できるわけないじゃん。バカみたい。つーか、バカだよ。そんなことができるなら、今まで誰かがやってたはずでしょ？　あんたより強い人なんて、いっぱいいたはずだし。じゃあ、なんで、世界はこんなことになってんの？」

ソルがまくし立てる。八つ当たりされているように感じた。容赦のない詰問《きつもん》口調ではあったが、小さな子供が駄々をこねているような気がした。

「それでも、私は……使命を果たさないと」

「神様を信じてるんだ？」

「神凪として、当然のことです」

「じゃあ、神凪じゃなかったら、信じないってこと？　信じなくてもいいってこと？」

そこで、気づいた。泣き出す寸前の迷子のような、ソルの表情に。

「信じる信じないは、その人の自由だと思います。ただ、私は……」

ルナフレーナの言葉を遮って、ソルが叫んだ。

「私だって信じてたよ！」

「ソル……」

「あの日までは！　でも……でも、全部、なくなった。なくさないで、なくさないでって、あんなに祈ったのに」

その横顔をルナフレーナは知っていた。神凪として各地を回る旅で、多くはなかったけれども、必ず出会った。祈りが届かず、失望し、嘆く人々に。

「あのとき、神様は何をしてた？　ねえ、何をしてたわけ？　子供の願いごとなんて、後回しでいいって思ってた？」

病に冒された人々を癒し続けてきた。けれども、全員を救えたわけではなかった。間に合わなかった人もいた。面と向かってルナフレーナを責める人はいなかったが、目をそらし、歯を食いしばり、怒りと悲しみをこらえる人はいた。

神は全員を救ってはくれない。救われなかった人々に、神凪として慰めの言葉をかけた。決まりきった言葉だ。けれども、今、ソルにかけるべき言葉はそれではないとわかっていた。ならば、何を言えばいいのかとなると……わからない。

「ごめん。忘れて。あんたに言っても、どうにもならないことだった。誰かに何とかしてもらおうなんて、甘ったれてる」

ソルの横顔から表情らしきものが消えた。唇だけを噛みしめて、ソルは「あたしはもう、なくさない」とつぶやき、バイクにまたがった。それは、八つ当たりをする子供の表情でもなく、救われなかった運命を嘆く顔でもなかった。

ソルは、自分自身の意思と力で何かを守ろうとしている。今度こそ、なくすまいとしている。だったら私は？　と、ルナフレーナは自問した。私自身の意思と力で、何をしてきたのだろう、と。

もしかしたら、何かをしてきたようで、何もしていないのかもしれない。「神様の言いなりになって」というソルの言葉が、抜けない棘《とげ》のように胸の奥に刺さっていた。

＊

子供じみた八つ当たりをしてしまったと、ソルは反省した。母さんのときと同じだ、と。ただ、ルナフレーナに突っかかりたくなってしまうのは、少しばかり意味合いが違う。

たぶん、彼女が呆れるほど素直に「神様」を信じているせいだ。彼女の主語は、決して「私」ではない。たいていは「神」で、次に「世界」だった。自分が何をしたいのかではなく、使命だからという理由で行動する。そこが理解できない。

自分以外の何かを自分以上に信じている人間は、自分のことしか考えていない人間よりも、たちが悪い。その「何か」が善であるとは限らないからだ。しかも、本人は頭からそれを信じているから、疑えない。

幼いころ、そんな大人を何人も見た。彼らは皇帝と帝国を盲目的に信じていて、それが悪だとは考えもしていなかった。だから、皇帝が道を過ったとき、彼らも共に道を過り、結果、帝国は瓦解した。

母さんは彼らとは違ってた、と思う。彼女が従うのは、常に自分自身で、仮に誰かを助けたとしても、「あたしが助けたかったから助けただけ」と笑う人だ。軍籍にあったときこそ軍規に従っていたらしいが、ソルが出会ったときには退役していた。

だから、出会ったときから彼女を尊敬していた。今までずっと、彼女に認められたかった。

なんで、過去形で考えてる？

ビッグスのせいだ。ビッグスはお芝居が下手だから。焦って、あわてていたのが声だけでわかってしまった。

母さん。無事でいて。すぐに行くから。

何度めになるのか、もうわからないほど繰り返した言葉を、心の中でまた繰り返したときだった。

「ソル！　行っちゃだめ！　停まって！」

我に返った。道を塞いでいるシガイがいた。もう少し前に気づいていれば、迂回《うかい》してやり過ごすという選択肢もあった。おそらく、そのほうが時間の節約になっていた。だが、もう遅い。シガイはソルたちに気づいてしまっている。

レギーナを急停止させ、銃を抜く。ルナフレーナがサイドカーから飛び降り、槍を構えた。

間近に見れば、幸いなことに中型のシガイだった。

向かってこようとするシガイめがけて、ショットガンを撃ち込む。致命傷は与えられないまでも、動きが鈍った。

「ルーナ！」

「任せて！」

動きの鈍ったシガイのほうへ、ルナフレーナが右手を差し出す。びくりと、シガイが身を震わせたように見えた。ルナフレーナの手のひらに黒い粒子が吸い込まれていく。

ルーナはまた強くなったみたいだと、戦う様子を見ながら思う。最初の何回かは、ルナフレーナがシガイの動きを止め、ソルがショットガンを撃ち込むか、シガイの口に手榴弾を投げ入れるという戦い方だった。

ところが、今は逆だ。ソルがショットガンでシガイを怯《ひる》ませ、ルナフレーナが仕留める。このところ、強いシガイが増えていることもあって、銃や槍だけでは仕留めきれない。

ただ、シガイを吸い取る力はルナフレーナにも負担となっているように見える。力を使っている最中、苦しげに眉根を寄せたり、歯を食いしばったりしているのだ。そんなふうに、ルナフレーナの様子を観察するだけの余裕が出てきたということも、戦闘時の立場の逆転を意味していた。

それに、シガイの吸収による負担が戦闘時だけではないことに、ソルは気づいていた。ウェールでルナフレーナが着替えているとき、その後ろ姿がちらりと見えた。白い背中に黒く禍々しい痕が浮き出ているのを見てしまった。

その黒い痕は、今ではルナフレーナの襟や袖口から見えることがある。つまり、たかだか一日か二日で、そこまで広がったのだ。

それだけではない。時折、ルナフレーナが苦しげに口許を押さえていることがある。本人は気づかれないようにしているつもりなのだろうが、一日中、行動を共にしていれば、いやでもわかってしまう。

ルナフレーナは、シガイを吸収する力を「神から与えられた力」だと言っていたが、だとすれば、神というのは底意地が悪い。なぜ、行使する者に苦痛をもたらす力を与えたりしたのだろう？

もう少し使い勝手のいい力にしてくれたっていいじゃない。神様なんだから、それくらいできるよね？　なのに、どうして？

幼いソルの願いを叶《かな》えてくれなかった神だ。やっぱり信用できない。ただ、つらい思いをしているはずのルナフレーナ本人が、それでも神を信じているのが、不思議でならなかった。

＊

ソルの焦りをあざ笑うかのように、シガイの群れが幾度となく行く手に現れた。結局、その日はソルの目的地である拠点・ノウムより、だいぶ手前で夜営となった。

小拠点でも、信号場でもない、岩場に守られただけの場所にテントを張り、シガイ除けのライトを点け、火を焚いた。それでも用心のために交代で眠ることになった。

相変わらず、ソルは多くを語ってくれない。わかったのは、当座の目的地が拠点・ノウムだということだけだ。ただ、何のためにノウムへ向かおうとしているのかまでは教えてくれなかった。今日一日、なぜ上の空だったのか、何を焦っていたのか、ということも。それが、ルナフレーナには寂しくもあり、物足りなくもあった。

ふたりで戦うことに慣れてきて、息も合ってきたように思う。今では、背中を任せる、という言葉の意味が実感できるようになった。だが、ソルのほうは違うのかもしれない……。

静かだった。テントの中で、ソルが寝返りを打つ音が聞こえてくるほど。炎の明るさも、シガイ除けのライトも、確かに効果がある。周囲にシガイの気配は全くない。

ルナフレーナは、炎から顔を背けるようにしてノートを広げた。明るさが不快だった。この程度の暗さなら、明かりがなくても読み書きくらいできる。

休憩の間、会話が続かなかったこともあり、手持ち無沙汰な時間をノートに文字を書き記すことでやり過ごしていた。

ソルのほうも、ルナフレーナに突っかかったことを恥じていたのか、次の休憩でも、その次の休憩でも、ひたすら黙りこくっていた。その気持ちがなんとなく察せられたから、ルナフレーナも黙っていた。

短い休憩と違って、今はまとまった時間がある。むしろ、ひとりの時間を持て余した挙げ句に居眠り……などという事態に陥らないためにも、手を動かしていたほうがいい。


ノクティス様、今、私は焚き火の番をしています。外で眠るのは、初めてです。ノクティス様も、初めて標でキャンプをしたときは、こんなお気持ちでいらしたのでしょうか？

今日の夕食は私が作りました。でも、ソルには香辛料が強すぎたみたいです。「あんたの味覚って雑！」なんて言われてしまいました。そういうソルだって、料理はかなり大雑把なんですよ？　お互い様です。

昨夜は、寝る時間まで手持ち無沙汰だったので、ソルがカードゲームを教えてくれたのですが、今日は早く休むように言いました。とても疲れているように見えましたし、今日一日、ソルは心配事があったらしくて、元気がなかったのです。

そうそう、ソルは、料理こそ大雑把ですが、カードゲームとなると、ものすごく緻密な作戦を展開するのです。おかげで、私は連戦連敗でした。ソルに言わせると、私はバカ正直で、手の内をさらしすぎ、考えてること丸わかり……なのだとか。いくらなんでも言い過ぎだと思ったので、その場で厳重に抗議をいたしました。

少しずつ打ち解けてきていますが、神から与えられた力のせいか、一度死んで生き返ったからか、ソルはまだまだ私を警戒しているようです……。

書き始めると、止まらなかった。書きたいことが、伝えたいことが、山のようにあるのに、手が追いつかない。それがもどかしい。ルナフレーナは夢中でペンを動かし続けた。

ひとりの時間を持て余すのではないかとか、焚き火にあたりながら居眠りをしてしまったらどうしようと考えていたが、全くの杞憂《きゆう》だった。ソルが起き出してくるまで、交代の時間が来たことすら気づかなかった。

＊

スマートフォンが微かに震えたのは、明け方だった。表示されている発信者は、グラディオラス・アミシティア。ニフルハイム人がルシスの王の盾と協力し合っているというのは、十年前なら相当めずらしかったのだろうな、などと思うこともある。

この時間に連絡してきたということは、十中八九、ルナフレーナのことだろう、とソルは当たりをつけた。

『今、話しても大丈夫か？』

「うん。彼女、寝てるし、ここ、テントの外だから。……そういうことだよね？」

話が早いなと、グラディオが笑い含みに言う。早いも何も、それしか考えられない。ソルはシドニーに、神凪に会ったと話した。シドニーは、即座にグラディオラスにそれを伝えたに違いなかった。

『どうだ？　本物かどうか、わかりそうか？』

「わからない。自称だしね。自称、神凪」

ノクトならわかるんだろうが、とグラディオがつぶやく。

「どうかな？　今の状態で、本当にわかるのかどうか」

ルナフレーナの話によれば、王とは子供のころに会ったきり。十二年ぶりの再会がオルティシエで、それも聴衆の中に、ちらりとその姿を見かけただけ。だから、ルナフレーナは大人になったノクティスの声を知らないという。その程度の接点しかないのに、今の彼女を見て、王は神凪だとわかるのだろうか？

「でも、彼女には……」

助けられてる、と言いかけて、ソルは言葉を選び直す。たとえ出所が神であろうと、客観的に見れば、ルナフレーナの力は化け物じみている。それに助けられていると言っていいものか、と思ったのである。

「役に立ってるよ。あの力」

『そうか。サニアに伝えておく。いい研究材料かもってな』

自分で「化け物じみた力」と思ったくせに、他人の口から「研究材料」と言われると、酷く不愉快になった。なぜだろう？

そこまで考えたところで、背後で物音がした。テントからルナフレーナが顔を覗かせる。

「じゃあ、そういうことで。よろしく」

慌ただしく通話を終えた後、ソルは焚き火へと目をやった。何となく、ルナフレーナのほうを見たくなかったのだ。

今の話をどこまで聞かれただろうか、と考えて気づいた。自分が今、彼女から目を逸らしているのは、後ろめたいからだ、と。

＊

相変わらず、ソルは眉間に皺《しわ》を寄せ、難しい顔をしていたが、運転のほうは昨日に比べて、幾分ましになっていた。

横合いから不意に現れるシガイは防ぎようがなかったが、前方に不審な影を見つけたら、積極的にソルに伝えるようにした。今までは、ソルよりも夜目が利くことを悟られたくなくて、また、ルナフレーナ自身もそれを認めたくなくて、何か見えても黙っていた。

だが、ソルは明らかに先を急いでいた。シガイとの交戦は少なければ少ないほどいい。だったら、彼女の力になりたいと思った。たとえ、それが化け物じみた力を見せつける結果になったとしても。

おかげで、シガイ駆除に割く時間は激減し、夕刻前にはノウムに到着した。

ノウムの駅舎を見て、思い出した。ルナフレーナ自身、この駅を利用したことがあった。神凪に就任する前だから、十年前……いや、実際の時間でいえば二十年前になる。

ただ、懐かしいという思いよりも、戸惑いを強く感じた。複数のホームのどれかに列車が停車し、行き交う人々で賑やかだった往年の姿は、微塵《みじん》も残っていなかった。だが、それ以上に困惑したのは、駅舎の窓がどれも暗かったことだ。

「なんで……？」

ソルも困惑を隠しきれない様子だった。それもそのはず、「数人のハンターが常駐していて、いつも窓から明かりが見える」と説明したのは、ソルだった。駅舎の明かりを見ると、ほっとする、とも言っていたのだから。

建物に近寄ってみると、いくつかの窓ガラスが割れている。

「これは、いったい？」

「決まってるだろ？　襲われたんだ」

「そんな……」

「よくある、とまでは言わないけど、ここらじゃシガイの襲撃なんて珍しくもない」

ソルは用心深く室内の様子を窺った後、扉を蹴り開けた。襲いかかってくる気配はない。ただし、人の声もしなかった。

ソルの後に続いて足を踏み入れ、驚いた。椅子はどれもひっくり返り、壁やテーブルは蜂の巣のようになっている。床には焼け焦げた跡や抉られた跡。ここで、戦闘が行われたのは明白だった。ハンターたちとシガイ、それも複数のシガイとの戦闘が。

「ルーナ。移動だ」

短く言って、ソルが身を翻す。ルナフレーナも、あわててその後に続く。ドアを閉めたかったが、ソルが蹴り開けた拍子に蝶番《ちょうつがい》が壊れたらしく、うまく閉まらなかった。

「どこへ向かうのですか？」

「わからない、まだ」

歩きながら、ソルがポケットから例の小さな通信機、スマートフォンと呼ばれるものを取り出した。

「次の合流ポイントを訊い……」

はっとしたようにソルが動きを止める。ルナフレーナも耳をそばだてる。地を這う音と、風を切る音とが同時に聞こえた。暗がりに蠢《うごめ》く、いくつもの影が見えた。囲まれているのが気配でわかった。

ソルが銃を抜くより先に、上空から攻撃が来た。ルナフレーナは、すばやく右手を差し出す。不快な感触が腕を這う。だが、構ってはいられない。

銃声が響く。これだけの数をショットガンで相手にするのは無理だ。自分が仕留めなければば、とルナフレーナは手のひらに力を込める。飛行型のシガイが目の前に落ちてくる。

大丈夫、やれる。

横合いから飛びかかってくるシガイの動きを止め、前へ出る。ソルを背に庇《かば》う。決してソルを傷つけさせないと、強く念じる。

全部なくなった、と言ったときのソルの目。神様は何をしてたの、と叫んだ声。あのとき、何とかしたいと思った。ソルの悲しみに寄り添いたい。ソルを守ってあげたい……。

そう思った瞬間、何かが弾け飛んだ。時間の流れが変わったように感じた。なぜか、シガイが止まって見える。

今なら、視線を向けるだけで殺せそうな気がした。空中にいたシガイが、ばたばたと落ちる。霧散する黒い粒子を払い除《の》け、次の獲物を狙う。

向かってくる黒い塊が、続けざまに砕けた。土塊でも握りつぶしているかのようだった。狩り、いや、これは掃除だ。早く、きれいにしないと。それから。

もっと早く。もっと。もっと。もっと!!

「ルーナ、あんた……」

ソルの声で我に返った。気がつけば、シガイはいなくなっていた。仕留めたのだ、全部。自分が、この手で。

足が震えた。立っていられなくなった。

＊

立っていられなくなったのは、恐怖のせいではなかった。シガイを吸収しすぎたせいだったとわかったのは、しばらく経ってからだった。

体内のシガイは消えない。吸収すればするだけ、力を増していき、隙あらばルナフレーナを支配しようとしていた。ただ、ルナフレーナには神凪としての癒しの力がある。それを自らに使い、暴れるシガイを抑えつけてきた。

神に選ばれた理由はそれなのだろう。シガイに対する耐性、だ。おそらく、癒しの力を持たない普通の人間はシガイが体内に入ると、自我を奪われ暴走してしまう。シガイを吸収する力を使いこなすには、神凪は最適だった……。

「大丈夫？」

ソルが湯気の立つカップを差し出しながら、顔を覗き込んでくる。ルナフレーナは小さくうなずいて、カップを受け取った。

あの後、ソルは、動けなくなったルナフレーナを駅舎の中に運んだり、発電機を再起動させて照明をつけたりしてくれた。

「あたしじゃ、うまく淹れられなかったよ。難しいね、紅茶って」

「いいえ。ありがとう」

一口飲んでみると、少しばかり苦い。ルナフレーナが苦く感じるのだから、ソルにはもっと苦いに違いなかった。

「でも、いい香りがする……温かくて」

ソルが「それ、あたしが言ったのと同じ」と笑った。そういえば、そんなやり取りをした。信号場で茶葉とティーポットを見つけたときだ。

「もしも……」

カップの中をじっと見つめたまま、ソルが言った。

「もしも、あんたがこのままシガイを吸収し続けたら。いつか自我を失って、化け物になるのかな？　なら、今、あんたを殺すほうが世界のため？」

言葉こそ物騒だったが、ソルは銃に手を伸ばそうとはしなかった。信号場で初めて紅茶を飲んだときには、すぐに手の届く場所に銃を置いていた。

「私は……化け物を倒すために、化け物にならなくてはいけないのでしょうか。なぜ、神は私にそんな使命を与えたのか……」

この力は、シガイを倒すためには必要だ。だが、倒し続けていけば、自分がシガイになってしまうかもしれない。それが怖い。不安でたまらない。神を信じているのに、不安を拭いきれない。

「ねえ、あんた、本当は何がしたいの？」

「神凪の役目は王を支え、そして……」

違う違う、とソルが遮ってくる。

「そうじゃなくて。神凪がどうこうじゃなくてさ、ルーナっていう女の子が何をやりたいのかってこと。きれいな服が着たいとか、おいしいものが食べたいとか」

「私は……」

「何かないの？　そういう単純なこと」

きれいな服が着たいなんて、考えたこともなかった。清潔で、相手に対して失礼のない服装であれば、それで良かった。

ああ、婚礼の衣装だけは着てみたかった。あのドレスを着て、ノクティス様と……。

そんなルナフレーナの胸中を読んだかのように、ソルが「たとえば」と言った。

「王様と仲良く暮らす、とか？」

そうだった。叶えたくても叶えられなかった、願い。大切な人のそばにいたい。大好きな人と一緒にいたい。その願いを諦めて、神凪としての務めを果たし、死んだ。寂しかった。悲しかった。テネブラエで別れ別れになったときよりずっと、つらかった。それを思い出した。

「ノクティス様と、一緒に、笑い合いながら暮らせるといいな、と……。ただそれだけで、私は……」

「なんだ、ちゃんとあるんじゃない」

「でも……」

「何が問題なわけ？　やりたいって思えることがあるんでしょ？　せっかく生き返ったんでしょ？　なのに、やらないなんて、どうかしてるよ。神様とか、全部、ほっぽり出して、やりたいことやればいいのにさ」

生き返ることができたのは、新たな使命のため。それを放り出したら、神は生き続けることを許してくれないのではないか？　いや、それよりも。

「私は、いったい何なのでしょう？　人間？　化け物？」

両の手のひらに目を落とす。数え切れないほどのシガイを吸い込み続けてきた手。こんな力を持つ者を「人間」と呼んでいいのだろうか？

「あんたが何なのか、あたしには答えられない。でも、あんたは、あたしを助けてくれた。あんたのその力がなかったら、あたしは死んでたよ」

ソルは安易に「あんたは人間だ」とは言わなかった。けれども、「化け物だ」とも言わずにいてくれた。

「神凪がどうとか、使命がどうとか、そんなのどうでもいい。十年前に死んだ神凪なんて、あたしは知らないし。あたしの目の前にいるのは、ルーナっていう、バカみたいに強くて、好きな人に会いたがってる、ふつうの女の子だよ」

不安が消えたわけではない。身体的な苦痛も変わらずにある。でも、ソルの言葉で、肩に乗っていた荷が軽くなった。状況は何ひとつ変わったわけではないけれども、それでも前に進もうと思えた。

「ソル……ありがとう」

「あのさ、ありがとうって言うのナシにしてくれる？」

「なぜ？」

そういえば、前にも「ありがとう」とお礼を言ったら、ソルは不機嫌に背を向けた。

「それ、死ぬヤツが言うセリフだから」

「え？　どういう意味でしょう？」

ソルもまた「え？」と戸惑いの表情を浮かべた。が、すぐに「だからさ」と説明してくれた。苦笑しながら。

「縁起が悪いってこと。それ言ったら、死ぬよってこと。って、わざわざ説明するようなことじゃないんだからね？」

調子狂うなあ、とソルが鼻の頭に皺を寄せる。

「でも、よくわかりました。ありが……」

「ストップ！」

あわてて口に手のひらを当てると、ソルが噴き出した。つられて、ルナフレーナも笑う。そして、今度こそ、口に出さずに心の中で、「ありがとう」を言った。

＊

本音を吐いて楽になったのか、ルナフレーナは元気を取り戻したようだった。彼女はもう大丈夫だ。身体面での不安は残るとはいえ。

そうなると、次にするべきなのは、このノウムに起きたことをビッグスに知らせることだ。レスタルム旧帝国領で最も大きな拠点が機能不全に陥るような事態だけは、避けなければならない。

タルム以外の土地にも人が住めるようにするのが、王の剣と彼らに協力する人々の目的のひとつだった。

　この近くにある、ソルハイム文明の遺跡を調査しているのも、かつて帝国が開発したシガイ兵器があるらしいという報告が上がったからだ。

　危険なシガイ兵器を排除し、可能ならばソルハイム文明の遺構を利用して居住区を作る。そうすれば、旧帝国領に残されている物資を有効活用できる。レスタルムまで輸送しきれずに放置している物資は少なくなかった。

『ソル！　無事か!?　どこにいる!?』

　通話がつながるなり、ビッグスの大声が鼓膜を直撃した。

「無事だよ。ノウムにいる。でも、あたしたちが着いたときには、もう誰もいなかった」

『退却した連中から報告は受けてる。そっちの状況は？　シガイの群れは？』

「あたしたちは大丈夫。シガイもルーナがやっつけてくれた。それで、母さんとは合流できた？」

　またしても沈黙があった。たまりかねて、ソルは「母さんは!?」と叫ぶ。

『アラネア隊は、遺跡の奥だ。シガイの群れに包囲されて、出るに出られずにいる』

「わかった。すぐに、そっちに行く！」

『その必要はない。今から遺跡を封鎖して、撤収する』

　耳を疑った。封鎖、撤収、という言葉が何を意味しているか……。顔から血の気が引くのを感じた。

「まさか、母さんたちを見捨てるの？」

ビッグスは答えない。今度は頭に血が上った。

「冗談じゃない。そんなの、あたしは認めない！　今すぐ助けに行く！　ルーナと一緒に……」

『ソル。お嬢自身が来るなと言ってるんだ。サファイアウェポンはヤバすぎる。一刻も早く入り口を封鎖して、撤収しろと。わかってやってくれ』

例のシガイ兵器、サファイアウェポンが危険なのは、わかる。でも、撤収のほうがわかりたくもない。だが、喉の奥が凍り付いたようになって、声が出せなかった。アラネアの気性は知っている。母さんが言いそうなことだ、とも思う。でも、納得できない……。

『次の合流地点は追って連絡する。今は、そこを動くな』

通話が切れた後も、ソルはスマートフォンを握りしめたまま、動けずにいた。頭がうまく回らない。なくさないで、なくさないで、と幼い自分の声が聞こえる。また、あのときのように、何もかも失ってしまうのだろうか？

「ソル。大丈夫ですか、ソル？」

「あ、ああ」

「お母様の身に何か？」

心配そうに言われて、泣き出しそうになった。ソルは歯を食いしばり、こみ上げてくるものを抑えつける。

「遺跡の奥で……シガイに囲まれたって」

「それじゃ、急がないと！　早く行きましょう！」

「ダメだ。母さんが来るなって言ってる。あたしは行けない」

心にもないことを言っている、と思う。まるで紙に書かれた台詞《せりふ》を読み上げているようだ。

「どうして⁉　もうなくさないって言ってたのに！」

腕を摑んでくる手を邪慳《じゃけん》に振り払う。わかりきっていることを言われるのが腹立たしい。

「母さんでも倒せなかった大物がいるんだよ！　おまけにシガイの群れに囲まれてるって！

あたしが行ったって、どうにもならない！」

「どうにもならないなんて、言わないで。さっき、助けに行くって言ってたでしょう？　ルーナと一緒にって」

ビッグスとの会話を聞いていたのか。いや、そばにいたのだから、聞こえて当然だった。あのとき、ビッグスが遮ってくれなかったら、「ルーナと一緒に」の後を口にしてしまうところだった。ルーナと一緒に行けば大丈夫、ルーナに助けてもらえるから、と。

そんな甘えた考えを口に出さなくてよかったと、それだけはビッグスに感謝をしていた。

「早く行かないと。シガイを倒して、お母様を助け出して……」

「何言ってんだよ！　これ以上、シガイを吸収し続けたら、あんた、今度こそ化け物になるかもしれないんだよ？」

家族のために、誰かを犠牲にする。それは、できない。したくない。一度は、それを口にしようとしたからこそ、なおさら、そう思う。

「それでも！　私は助けたい！　使命だからじゃない。私が助けたいから！」

「あたしが親の敵でも、同じことが言える？」
M.E.七四四年、神凪の一族が住むフェネスタラ宮殿の襲撃をニフルハイム帝国皇帝イドラは命じた。その際、先代の神凪は命を落とした。……ルナフレーナの母親である。
襲撃事件の後、ルナフレーナは四年間、フェネスタラ宮殿に幽閉された。その幽閉を命じたのも、イドラだったという。

「あたしは、ソラーラ・エルダーキャプト・アンティクム。皇帝の孫なんだよ！　あんたの母親を殺した皇帝の！　それでも、助けたいって言える？」

自分の出自について、幼いころから、何となくは気づいていた。ただ、正確なところを教えられたのは、つい最近のことである。育ての母、アラネアが教えてくれた。もう大人なんだから、話しておこう、と。

それがまるで、死を前にして言い残しているかのようで、ソルはつい、ふて腐れた態度を取ってしまった。母さんはあたしが他人だって言いたいんだ、とまで言ってしまったのを今は心の底から後悔している……。

自分が皇帝の血筋であることを、わざわざ告げる必要はないと思っていた。どうせ、数日間の付き合いだから、と。でも、もう伏せておくわけにはいかなかった。知らずに親の敵を助けてしまうなんて、そんな酷い話はない。

しかし、ルナフレーナの答えは、ソルの予想を超えていた。

「私は、皇帝の孫なんて知りません。私の目の前にいるのは、カードゲームが強くて、料理の仕方が大雑把で、ちょっと意地っ張りな、ソルっていう女の子、です」

さっき、ソルが言ったのとよく似た言葉を、今度はルナフレーナが口にした。

「ルーナ……」

「助けを求めている人が目の前にいて、助ける力が自分にあるのに、それを使わないなんて。ここで、あなたと一緒に引き返したら、私は一生、後悔するでしょう」

ビッグスから、母アラネアが先発隊の応援に向かったと聞いた直後、不安のあまり、ルナフレーナに八つ当たりをした。酷い言葉を投げつけた。なのに、ノウムでシガイの群れに囲まれたとき、当たり前のように守ってくれた。

その結果、ルナフレーナのシガイ化は進行した。その責任が自分にもあることをソルは忘れていなかった。

「これ以上、あんたに迷惑は……」

「迷惑だなんて言わないで」

静かな、けれども断固とした口調で、ルナフレーナがソルの言葉を遮った。

「私が助けたいから。さっきも同じことを言いましたよ?」

共に旅をしたのは、わずか数日間。けれども、その間、ルナフレーナの言葉に嘘はなかった。バカ正直で、考えていることが丸わかりだと、呆れもした。でも、嘘がなくて、正直だからこそ、その言葉が強く響く。胸の奥の奥まで、まっすぐに届く。

「ルーナ」

だから、自分も正直になろうと思った。

「ごめん。あたし、あんたの力を借りたい」

ルナフレーナが微笑んでうなずく。

「行きましょう。一緒に」

「うん。ルーナ、ありが……」

みなまで言う前に、ルナフレーナが「ダメです」と遮った。

「それ、死ぬヤツが言うセリフですから」

そして、ふたりで顔を見合わせて、笑った。

＊

遺跡へ向かう道々、ソルは「何もかもなくなった日」、帝都グラレアが壊滅した日のことを話してくれた。

当時、ルナフレーナはすでにオルティシエで「死亡」していたから、初めて耳にする話ばかりだった。アーデンが帝都グラレアを壊滅させたことも、そのとき皇帝イドラが死んだことも、知らなかった。

「あの日、屋敷がシガイの群れに襲われたんだ。あたしを守るためにお母様は……。やだなぁ、お母様だってさ。何だか自分でも可笑《おか》しいけど、そう呼んでたんだよ」

ソルの実の父である皇子と、ソルの母親は正式には結婚していなかった。故に、皇帝も孫娘の存在を長い間、知らなかったらしい。

「今の母さんと出会ったのは、その直後。それからずっと、孤児になったあたしの面倒を見てくれた。血はつながってないけど、あたしにとっては本当の母親みたいな人なんだ」

「だったら、何が何でも助けないと」

「うん。そうだね。絶対に助ける」

それからしばらく、ソルは黙ったまま、バイクを走らせ続けた。しかし、もう気詰まりではなかった。言葉はなくても、同じことを考えている、ふたりして前を向いていると思えた。

＊

ノウムの駅を降り立ったときから、また、その近くにある古代遺跡とソルが言ったときから、もしかしたらと思っていた。その予感は正しかった。

「ここは……ラルムエール」

「そうだけど。来たことあるんだ？」

「ええ。十二歳のときに」

神凪としての修行をしたのがこの場所なのだと説明すると、ソルは目を丸くした。

「古くからある神殿だと教えられていましたが、ソルハイム文明の遺構だったとは知りませんでした」

ラルムエールは、神と人とをつなぐ地と言われ、テネブラエの民が巡礼に訪れ、神凪はその任に着く前に修行をする。そういう神聖な場所だった。

「修行をしたんなら、ここの構造はわかってるってことだよね？」

「ある程度は、ですけど。地下に大きな洞窟があるらしいのですが、そこに入ることは禁じられていましたし」

「抜け道とか、脇道みたいなのってわかる？　気づかれないように、こっそり中に入りたいんだ。ビッグスとウェッジに知られたら、絶対、止められるから」

「もしかして、さっき話をしていた人ですか？」

ソルがうなずいた。母さんを見捨てるの、というソルの悲痛な声を思い出す。

「わかりました。目立たずに入れる場所があります」

ここで修行をしている間は、まだ正式な神凪ではなく、巡礼の人々との接触も制限されていた。故に、彼らの目に触れないように修行場に出入りするための通路があった。

その通路だけでなく、他にも、人目を避けることを目的として造られたと思われる小部屋や隠し階段の類《たぐい》がいくつもある。神凪の言葉や、神凪本人を悪用しようとする不届き者が昔からいた、ということなのだろう。

入り口を見張るハンターたちを避けて、裏へと回った。ルナフレーナにとっては、ひたすら懐かしい。神々を描いた天井画に、歴代の神凪を描いた壁画。

いつの日か、自分自身もここへ加わることになるのだと思う反面、十二歳のルナフレーナにとって、それは遥《はる》か遠い未来の話で、全く現実感がなかった。

神凪として、命懸けで神々との誓約を行い、アーデンに殺された今だからだろうか。同じ壁画でありながら、当時とはまるで別物に見える。

ルナフレーナの母も帝国軍に殺された。他にも非業の死を遂げた神凪はいただろう。どの神凪も、慈愛に溢《あふ》れる笑みを浮かべた顔に描かれているが、その裏にどれだけの涙が隠れていることか。

最奥の絵は、初代神凪だった。さらに、礼拝堂へ続く扉を守るように、同じ神凪の像がある。台座に刻まれた名は、エイラ・ミルス・フルーレ。

「ルーナ？　どうかした？」

ソルが怪訝そうな顔で足を止める。

「いえ、この像……」

「そういえば、ルーナに似てるね。それもそうか。初代神凪って、ご先祖様なんだもんね」

ルナフレーナ、と呼ばれた気がして、像を見上げる。像の両目に涙が溢れているのを見たと思った。像の輪郭が揺らぐ。ルーナと呼ぶソルの声が遠くなる。

『オレは神から授かったこの力で、人々を救いたい』

聞き覚えのある声がした瞬間、周囲の色彩が変わった。古びた壁画も、石の色の床も消えて、ソルの声も聞こえなくなった。視界が黄金色に染まる。麦の穂が風に揺れている。どこまでも、どこまでも、実りの色が広がっている……。

『神はきっと見ていてくださる。信じて成し遂げて』

ああ、初代神凪の声だ。なぜか、それがわかった。ならば、さっきの声は誰？

『アーデン・ルシス・チェラム』

心の中に浮かんだ問いの答えが即座に返ってくる。初代神凪の魂が直接、語りかけてきているのだと、その口調でわかった。

『私の愛した人で……彼はルシスの初代王となるべき人物でした』

あの声がアーデンの？　そういえば、似ている。でも、初代王って？

『アーデンは、星の病から人々を救う力を神に与えられた、唯一の人』

また周囲の色が変わった。シガイに冒された娘が納屋《なや》に寝かされている。そのシガイを吸収し、彼女を救うアーデンの姿。彼女だけではない。夥《おびただ》しい人数がアーデンによって救われていった。

あの力……私と同じ。でも、私はシガイを倒すために力を使った。あんなふうに、人を救うために使えるなんて……知らなかった。

神凪として病の人々を癒したことはあるが、それは本人に備わった治癒力を活性化させ、回復を早めるというもの。シガイそのものを吸い出すやり方とは全く異なる。

質素な服を身に纏い、苦しむ人々のために休む暇もなく治療を施す。民への施策を巡って対立した弟に命を狙われ、やがてシガイに身を蝕《むしば》まれ、それでも民のためだけに生きた。アーデンの姿は聖者そのものだった。

体内で暴れるシガイを抑えつけ、自身が化け物に変貌するのではないか、人間でなくなるのではないかという不安と戦う、あの姿。この数日間のルナフレーナ自身と同じ。

『ですが、アーデンの使命は、アーデン自身が考えていたものとは些か違ってしまったのです』

人々を救い続けたにも拘わらず、否、救い続けたが故にシガイに冒され、クリスタルに拒まれ、ルシスの禁忌、アダギウムとして神影島に幽閉され、憎しみを募らせていったアーデン。目の前で恋人を殺され、人としての幸せと未来を奪われ……。

『オレは認めん！　王家も、神も、真の王も……！』

憤怒と呪詛《じゅそ》に満ちた言葉が辺りを震わせる。

神を信じ、ひたすら使命に忠実であろうとした。なのに、神はアーデンに応えてはくれなかった。それどころか、神が定めた運命は残酷極まりないものだった。

その失望が、今ならわかる。同じ力を与えられ、同じ不安と戦った今だからこそ。

ああ、なんてこと！　私は今まで、何を見ていたのだろう？

『お願いです。アーデンを止めてください』

ルナフレーナの前に、エイラが立っていた。物言わぬ像ではなく、生前の姿で、悲しげな表情を浮かべて。

『二千年もの長きにわたる苦しみから、あの人を救ってあげて』

流れる涙を拭おうともせずに、エイラが訴えかけてくる。アーデンを止めよ、と神は言った。それすら難しく思えるのに、そのアーデンを救う。自分にそれができるのかどうか。

「どうして、私に?」

答えはなかった。気がつけば、エイラは再び物言わぬ像となっていた。目の前には、エイラ・ミルス・フルーレと記された台座。ルナフレーナは元の場所に立っていた。

「ルーナ?」

「私……」

「もしかして、怒った? 大昔の人に似てるとか言われるの、イヤだった?」

そういえば、そんな言葉をソルに言われた。あれから、ずいぶんと時間が経ったように思っていたのに。

「いえ、そんなことは」

「呼んでも答えなかったのは、怒ってたわけじゃないんだ?」

アーデンの過去を見せられ、エイラと言葉を交わしていた時間は、どうやら、ほんのつかの間だったらしい。

「具合が悪いなら、言ってよ?」

「いいえ。大丈夫」

まだ心配そうなソルに、微笑んでみせる。

「急ぎましょう」

たった今、目にしたものは真実なのだろうか。幻だと切り捨てるには、あまりにも生々しく、かといって鵜呑《うの》みにするには事が大きすぎる。確証がほしいとまでは言わないが、どちらなのか、判断するための何かが欲しかった。

礼拝堂の奥には小部屋があり、その中には地下への階段があった。さらに階段を下ると、その先が地下洞窟の入り口だった。

「ここから先は、私にもわかりません。立ち入りが禁止されていましたから」

「ってことは、昔はここって、塞いであったわけ？　金網を張るとか、でっかい岩を並べるとかさ」

「いえ。見張りくらいはいましたけど」

洞窟の入り口も、そこへ至る階段も、昔と全く変わらない。異なるのは、見張りがいなくなったのと、洞窟の奥から光が漏れていることだった。調査隊が照明を持ち込んだのだろう。

「じゃあ、入り放題じゃない」

「まさか。人の身で汚してはならないと、固く戒められていましたし」

「でも、入るなって言われたら、かえって気になったりしない？」

「聖域に立ち入ってまで、中を見たがる者はテネブラエの民にはあまりいないと思います」

盗掘目的の不届き者が全くいないとは思えないが、見張りを立てれば十分と見なされていたのは確かだ。

「とにかく、行きましょう。時間を無駄にはできません」

入り口こそ狭かったが、洞窟の中は思った以上に広かった。声が妙に反響して聞こえるほど、天井も高い。ただ、至る所に崩落が見られた。調査のために掘削されたのではないと一見してわかる、「破壊の跡」だった。

「これは、シガイが？」

「たぶんね。だって、ここにいるのって、巨大兵器だよ？」

「ソルのお母様でも倒せなかった大物……ですか？」

「そう。サファイアウェポンっていう、凶悪なヤツ」

それは、ニフルハイム帝国が開発した巨大シガイ兵器だという。この近くにある研究施設で製造された後、ここに封印されたか、この場所が起動実験に使われたのか……そんなところだろうとソルは言った。

地下洞窟は十分すぎるほどの広さがあったが、サファイアウェポンは、インソムニアを破壊したシガイ兵器と同型だという。高層ビルを叩き折るような兵器が動き回ったのだ。洞窟全体が崩落しなかったのは、むしろ奇跡的なことなのかもしれない。

「……にしても、こんな大穴開けてくれなくてもねぇ」

ひときわ大きな窪みを前にして、ソルが顔をしかめる。殴りつけたのか、蹴ったのか、壁が大きく抉れたようになっている。

「って、何これ？」

ソルの声につられて、ルナフレーナも窪みを覗き込む。ただの窪みだと思っていたが、さらに奥がある。

「何か……埋められてる？」

目を凝らしてみる。人並みの視力しかないソルには識別できなかったようだが、夜目の利くルナフレーナには、それが何なのか、はっきりとわかった。

武器だ。槍と剣が見える。もしかしたら、他にも埋まっているものがあるのかもしれない。

「なぜ、こんなものが……」

「こんなものって？」

ソルの問いかけに、即答することができなかった。槍と剣は、尋常ではない大きさだった。人間どころか、シガイ兵器でさえ持て余しそうなほど、巨大な槍と剣。これを使ったのは、人間でも、シガイでもない。おそらくは二十四使の……オーディン。

「これは、おそらく、魔大戦で使われた武器なのでしょう」

「魔大戦？　それって、ただの言い伝えだよね？」

「いいえ。事実です。私はそれを二十四使から教えられました」

かつて、人間は炎神イフリートに火を与えられ、知恵を養い、高度な文明を築き上げた。ソルハイム文明である。

しかし、それに驕《おご》った人間は神を蔑《ないがし》ろにし、排斥しようとした。怒った炎神は人間を滅ぼそうとした。神と人との争いは、やがて神と神の争いへと変わった。氷神シヴァが人間に味方し、他の神々もそれに追随したからだという。

ところが、神と人の争いにも、神と神の争いにも嫌気が差した剣神バハムートは、五柱の神々もろとも星を滅しようとした。星と共にある神々と異なり、剣神は天と共にある上位神。それだけの力を備えている。

炎神を除く四柱の神々で剣神の一撃を防ぎ、星と人とは無事だった。だが、結果的に六神全てが疲弊し、戦いは有耶無耶《うやむや》のうちに終わった……。

「あたしが知ってる神話と、ずいぶん違う」

ルナフレーナが話して聞かせると、ソルは首を傾《かし》げた。

「魔大戦については、あまり伝わっていませんから」

幼いころ、ゲンティアナにせがんで神々の話をしてもらった。兄のレイヴスはさほど興味を示さなかったが、ルナフレーナはゲンティアナの語る神話が大好きだった。

「魔大戦は、人間が神に逆らったために起きた戦いです。大声で喧伝《けんでん》するようなものではないでしょう」

「むしろ、隠蔽して当然か」

最初に隠蔽しようとしたのが、どこの誰なのかはわからない。ただ、ソルハイムの人々が神に逆らったという事実は、彼らの文明の再興を掲げるニフルハイム帝国にとって、また、神から授かったクリスタルと光耀の指輪を伝えるルシス王国にとっても、好ましい過去ではなかったはずだ。

だから、地下洞窟という地形を利用して、魔大戦の「負の遺産」を埋めた。そこを聖域と定め、神殿を建てて祈りの場としたのも、誰も掘り起こしたりしないように、だ。

「テネブラエの民は信仰心が厚い。聖域と言われれば、まず足を踏み入れません。それを利用したのでしょうね」

「まあ、都合の悪いことを隠すなんて、よくある話だし。ルーナが気にすることでもないんじゃない？　どうせ、昔々の話でしょ？」

「そうかもしれませんけど……」

ソルの言うとおりなのだろう。少なくとも、ここを通った調査隊は魔大戦の痕跡を目にしても、何ら関心を払わなかった。彼らは神凪の一族に連なる者でもなければ、テネブラエの民でもない。

「神に逆らったのも、それを隠したのも人間だけど、神様だって褒められたもんじゃないよね。大喧嘩《おおげんか》をやらかしたあげくに、星を吹っ飛ばすだの何だのと」

むしろ、本当に隠蔽したかったのは、そちらかもしれない。全く益のない諍《いさか》いや、身勝手な破壊。そのような行為をやってのける神々の矮小《わいしょう》さ。

「こんなことを言うのは、神凪として許されないかもしれませんが、神を信じるのが正しいことなのか、私にはわからなくなってきました」

オレは認めん、神も王家も、というアーデンの声が聞こえたような気がした。

いくらも進まないうちに、思わぬ足止めを食らった。シガイではなく、人間に、である。

「こんなところで、何をやってる！」

それを聞くなり、ソルが渋い顔になった。そこへ、もうひとり分の怒鳴り声が加わる。

「ソルか⁉ あれほど来るなと言ったのに！」

その言葉で、このふたりが「ビッグスとウェッジ」だと悟った。ソルが正面から修行場に入るのを避けたのも、こうなることを見越してだった。だが、入り口を塞ぐ作業をしているはずの彼らは、遺跡の最奥にいた。

アラネアを救出したいという気持ちは、彼らも同じなのだろう。だから、入り口を封鎖する作業を進めつつも、ここまで来た。アラネア隊を包囲しているシガイの群れを突破できないか、どこかに脱出路を確保できないか、そういったことを模索していたのだ。

「戻れ。ここから先へは進めない」

「でも！」

反論しようとするソルの肩に手を置いて制し、ルナフレーナは前へ進み出る。

「通してください。神に下された使命に従って、私はここへ来ました」

実際のところは、ソルのためであって、使命云々《うんぬん》とは関係ない。だが、それを馬鹿正直に言ったところで、このふたりがここを通してくれるとは思えなかった。

「しかし……」

「神から与えられた力で、私は人々を救いに来たのです」

どちらがビッグスで、どちらがウェッジかはわからないが、ふたりはそろって困った表情を浮かべ、そろって顔を見合わせている。

「大丈夫。ルーナは信用できる」

きっぱりと言い放ったソルの傍らに並び立つ。

「私に使命を果たさせてください」

ひとりが疑わしげな目を向けてきた後、「勝算はあるのか？」と言った。もうひとりは「本当に大丈夫なんだろうな？」と念を押してきた。

「ええ。私はテネブラエの聖域を守護する者」

ルナフレーナが胸に手を当て、お辞儀をすると、ようやくふたりは道をあけてくれた。

足早にその場を離れる。長居すれば、ぼろが出そうだ。この手の芝居は、決して得意ではない。現に、ソルとのカードゲームでは連戦連敗なのだから。

ふたりから十分に離れてしまうと、ソルが耳許でささやいた。

「意外とやるね。見事な役者っぷりだったよ」

「ええ。私もそう思いました。思ったより、うまくやれたなって」

「自分で言うのかよ……って、おしゃべりはここまでだ」

シガイの群れがいた。アラネア隊を包囲して、身動きをとれなくした元凶どもだろう。

ソルがショットガンを抜く気配がした。もはや、合図も掛け声も必要ない。この程度の敵なら、何も言わなくてもいい。互いにどう動けばいいか、どちらが前に出て、どちらが援護すればいいか、何もかもわかっていた。

密集したシガイの群れを崩していくのは、造作もなかった。黒い壁のような群れを塵《ちり》に変えてしまうと、その先が目的地だった。地下洞窟の最奥は、巨大な空洞になっていた。サファイアウェポンの住処《すみか》である。

地下深くだからか、空気が冷たい。ただ、震えがくるのは、寒さのせいだけではなかった。一見して凶暴とわかる巨体が目の前にそびえ立っている。その威圧感。

ルナフレーナとソルをいっぺんに丸呑みにできそうな口と顎。そのすぐ上、額にあたる部分に、赤い瘤《こぶ》がある。

「あの瘤が……コアですか？」

ここへ来る前に、大型シガイ兵器の特徴をソルに説明してもらった。熱線を放って周囲のものを溶かすことや、その前兆として「コア」が光ること、そのコアこそが弱点であること。

「ああ。あれが光ったら、ヤバい」

小声で話しつつ、サファイアウェポンとの距離を詰めていく。壁に貼り付くようにして静かに移動していけば、存外、近くまで行けるのではないか、と踏んだのだが、そこまで甘くはなかった。

サファイアウェポンが吼《ほ》えた。ここまでか、とソルが忌々《いまいま》しげにつぶやく。

「デカブツを倒すぞ！」

ソルがランチャーを構える。

「ええ。倒しましょう。ふたりで！」

擲弾《てきだん》が発射される音を合図に、ルナフレーナはサファイアウェポンに向かって走った。着弾の音と衝撃が洞穴内を震わせる。だが、たいしたダメージはないのか、サファイアウェポンはその巨体をわずかに傾けただけだった。

まずは、頭部のコアを狙って撃つ。基本中の基本だ。それで効果があれば良し、なければ、別のやり方に切り替える。

「ソル！　右足に攻撃を集中して！」

移動の自由を奪うと、同時に、ルナフレーナがシガイを吸収しやすい箇所にダメージを与えていく。

「ルーナ、左へ避《よ》けろ！」

左前方へ跳び、伏せる。次の瞬間、爆風が背中を駆け抜けていった。サファイアウェポンの右足に擲弾が炸裂《さくれつ》したのだ。

巨大な足が上下に激しく動いている。地団駄を踏むように。本体を包む分厚い殻が壊れてくれればと思ったのだが、まだ足りない。

「もう一発、いくぞ！」

踏みつぶされないように距離を取りながら、再び地面に伏せる。爆風と衝撃。今度は、酷く耳障りな咆哮を聞いた。効いてる、とソルが叫ぶ。

ルナフレーナは飛び起きて走った。シガイ兵器の足を覆っていた殻が剝がれて、腐肉のような色が露出しているのが見える。

いける、と思った。手のひらを向ける。右腕に痺れが伝わるのを感じたところで、跳ね飛ばされた。背中から地面に叩きつけられ、ルナフレーナは呻く。

「ルーナ！　大丈夫!?」

駆け寄ろうするソルを押し止める。

「続けて！　私は平気だから！」

見れば、サファイアウェポンの足は自己修復を始めている。片時も攻撃を緩めるわけにはいかない、ということだ。

「伏せろ！」

転がって体勢を変える。爆風をやり過ごした後、間髪を容《い》れずに着弾点へと向かう。

さっきよりも強く、シガイを吸い込む。腕が食い荒らされていくような気がした。痛みを堪《こら》えつつ、叫ぶ。

「ソル！　止めちゃだめ！　撃ち続けて！」

「無茶だ！　そんなことしたら、ルーナだって危ない！」

「いいから！」

シガイを吸収するだけでは、サファイアウェポンの動きは止められない。加えて、あの驚異的な回復力。

「私が動きを止めてる間に、コアを……撃って！」

サファイアウェポンは想像以上に強い。弱点を攻撃すると同時に、シガイを吸収する。それしかない。

だが、たいして吸収していないというのに、またしても跳ね飛ばされた。

「もう一度、お願い！」

右足への弾着、続いてシガイの吸収。さっきよりも強く。動きを止めるために。

二度、三度と、頭上を擲弾が飛んでいった。衝撃と激しい揺れに逆らうように、ルナフレーナは力を解き放つ。

これまでになく大きな力だった。大量のシガイの粒子が流れ込んでくる。体が悲鳴を上げていた。飛びそうになる意識をつなぎ止め、奔流《ほんりゅう》に耐える。雨に似た音が引っ切りなしに響いている。耳鳴りが酷い。

霞む視界の中、ソルの撃った擲弾がコアめがけて飛んでいくのを見た。止めを刺した、と思った。

唐突に、体が投げ出され、視界が戻る。投げ出されたのではなく、倒れたのだと気づく。聴覚が戻る。ルーナと呼ぶ声がした。触覚が戻る。抱き起こされた。

「ルーナ！　やったよ！　倒した！」

「よかった……」

息切れがした。それでも、無事だった。体内のシガイを抑え込みつつ、サファイアウェポンを仕留めることに成功したのだ。

「ソル、私のことは、いいから。お母様を、早く」

撤収命令を出した後、連絡が取れていないと聞いている。遺跡の最奥でシガイに囲まれ、出るに出られない、とも。だとすれば、この近くにいるはずだった。

「探さないと。急いで」

早くしないと、取り返しが付かないことになる。そんな予感がしていた。いや、予感ではなく、確信だった。

サファイアウェポンと交戦している最中、誰も援護してくれなかった。もしも、ソルの母が近くにいたのなら、真っ先に娘のもとへ駆けつけてくるのではないか？　それがなかった、ということは。

ルーナ、と泣きそうな声を聞いた。棒立ちになったソルの背中が震えている。

「あれ……」

ソルが指さす先を見る。土煙がおさまり、サファイアウェポンの巨体も塵となって消え、見通しがよくなった洞穴内に、シガイがいた。ソルと同じくらいの背格好で、女性だとわかる。槍を背負っているのと、髪の色はソルから聞いていた特徴と同じ。

「母さんが……母さんが……」

ソルがその場に座り込む。やはり、シガイはアラネアその人だった。入り口を封鎖して撤収しろという命令を下したときには、すでにシガイ化が始まっていたのかもしれない。

「任せて」

しばらくは動けないのではないかと思えるほど弱った足に、力が蘇った。ルナフレーナは立ち上がり、シガイ化したアラネアへと向かう。来るな、というつぶやきが微かに聞こえた。まだ自我は残っているようだ。

「任せてって、何を？」

「シガイを吸収するの。まだ間に合う。シガイが抜ければ、元に戻る」

ソルが目を見開いた。ルナフレーナにしても、ここへ来る前であれば、こんな方法は考えもしなかった。だが、初代神凪の像の前で、アーデンの過去を見た。救世主と呼ばれていたアーデンが、ルナフレーナと同じ力を使って、多くの人々を癒すのを目にした。

「けど、あんただって、そんな体で……」

「私は大丈夫。だって、救世主だもの」

泣きべそ顔のソルに微笑んでみせる。十年前、必死で祈るソルに、神は手を差し伸べてくれなかった。神様は何をしていたの、とソルは言った。その問いに答えるときが来たのだと思った。

「ルーナ、ごめん……。頼む。あたしを育ててくれた、この世でたったひとりの母さんなんだ！」

うなずいてみせると、ルナフレーナはシガイ化したアラネアに向き合った。両腕を広げ、アラネアを抱きしめる。全身でシガイを吸い込んだ。息が止まりそうになる。体内に溜まっているシガイが一斉に暴れ始める。獣じみた声を上げそうになって、あわてて歯を食いしばった。

アーデンは何十人も、何百人もの民を救っていた。でも、私は？　私はまだひとりも救っていない。この人だけは。せめて、ソルの大切な人だけでも、救いたい……。

シガイを吸い込む速度が上がった。ルナフレーナ自身の意思とは無関係に、力が加速する。視界が黒く染まる。何もかも、黒く塗りつぶされていく。母さん、と叫ぶ声だけが妙に鮮明に響く。

アラネアの体が離れた。ルナフレーナが自ら離したのではない。手足の制御が利かなくなったのだ。ただ、シガイは全て吸い尽くした。それだけは確かだった。

「ソル？　あたしは、いったい？」

初めて聞く声だった。その声の持ち主を確かめたかったが、もはや首を巡らせることができない。

自分の体が自分のものでなくなっているのがわかる。視線だけを動かしてみると、どす黒く染まり、醜く隆起した皮膚が見えた。見るんじゃなかった、という後悔と絶望とがじわじわと胸の内に広がる。

「ルーナが助けてくれたんだよ！」

だめ、こっちを見ないで、と叫びたかったが声にならない。逃げ出したい、今すぐ、ここから。なのに、手も足もまるで動かなかった。

「ルーナって？」

アラネアが振り返る。恐怖と憎悪が相半ばする目が向けられる。

「母さん！　やめて！　違うんだ！」

ソルの制止を振り払って、アラネアが槍を抜くのが見える。

「化け物！　あたしの娘に近寄るなッ！」

青白い火花が散るのを見た。嫌な音と衝撃とを同時に感じた。

……何もわからなくなった。

＊

シガイだろう、と聞こえた。客室のドアに耳を押しつけ、ソルは中の様子を窺う。ここ、レスタルムのホテルは、今は王の剣やハンターたちが司令部として使っている。

かつて、ここはノクティス王子一行の定宿だったという。その一室で話し合われているのが、よりにもよって、かつての婚約者の処遇についてだと知ったら、王子は、いや、王はどんな顔をするだろう？

「いや、本物だと思うよ？　まあ、シガイだけどさ」

アラネアの声だった。それを聞きながら、もしも、あのとき母さんが「化け物！」なんて叫んだりしなかったら、と苦く思い出す。

いや、自分の説明もまずかったのだとソルは思う。先に、言っておくべきだった。ルーナは母さんのシガイを吸収して助けてくれたんだ、と。或いは「神凪のルナフレーナ様」とでも言えばよかったのかもしれないが、ソルは「ルーナ」としか言わなかった。

それで、アラネアはその場にいるのが、ソルの友であり、味方だとはわからなかった。それどころか、シガイからソルを守ろうと向かっていった。アラネアは、幼い日に家族を奪ったシガイを忌み嫌っている。無理からぬ行動だった。それを必死で止めて、事情を説明した。

ルナフレーナがされるがままに槍の一撃を受けたことや、ソルの形相から、アラネアは誤解に気づいてくれたようだが、それは些か遅きに失した。

アラネアの叫び声を聞きつけた王の剣やハンターたちが踏み込んできたのだ。彼らには、どんな説明も弁解も通用しなかった。

何しろ、その場にいたのは真っ黒な瘴気《しょうき》をまとった人型の「何か」だった。そのときのルナフレーナは、言葉を話すことも、立ち上がることもできなかった。

問答無用で惨殺《ざんさつ》されなかったのは、アラネアが「絶対に神凪ではないと言い切れない以上、上層部の判断を仰ぐ必要がある」と、レスタルムへの移送を彼らに提案したからだ。

ルナフレーナは厳重に拘束され、揚陸艇でレスタルムに運ばれていった。同行が許されなかったソルは、レギーナを全速力で飛ばして後を追った……。

「本物の神凪を殺すなんて、いくらなんでも」

その言葉で、アラネアがルナフレーナを殺させまいとしていることを悟った。自分を救ってくれた恩人が拘束されたことに、少なからぬ責任を感じているのだろう。

ただ、「本物の神凪」をやたらと強調しているのは、周囲を説得するためというより、自分自身を納得させようとしているように思えた。シガイを憎む気持ちと、そのシガイに助けられたという事実に、折り合いをつけるために。

いずれにしても、アラネアの言葉に対する反応は冷たかった。「処分が妥当だ」と切り捨てる声はコルのもの。

「仮に本物だとしても、生き返ったことをどう説明する？　イグニスは神凪が死んだ現場に居合わせたんだろう？」

「ああ。ルナフレーナ様は、確かにお亡くなりになられた。だが」

「だが？」

「ご遺体が、その場から消えたのも見た」

「消えたぁ？」

素っ頓狂な声を上げたのはグラディオラスだった。

「何だ、そりゃ？」

「言葉どおりの意味だが？」

「そういや、ルナフレーナ様のご遺体は発見されなかったな……」

「しかし、本物の神凪であろうと、シガイである以上、処分すべきだろう」

ソルは、そっとドアの前から離れた。このままでは、ルーナが危ない。助けなければ、と思った。

ただ、監禁されている部屋から出すだけでは、だめだ。旧帝国領と違って、レスタルム周辺は人が多い。ぐずぐずしていたら、再び捕まってしまう。やはり、追っ手を食い止める者が必要だ。

インソムニアに行きたいとルナフレーナは言っていた。それなりの装備や食料が必要となる場所だが、幸い、レギーナの給油は済ませてある。装備品と食料も用意した。

こうなる気がしていたのだ。ルナフレーナが手荒に拘束されるのを見た時点で。だから、レギーナにも無理をさせた。休憩らしい休憩もとらずに走り続け、港では半ば割り込むようにして船に乗った。

ルナフレーナは恩人だ。絶対に殺させない。家族を助けてという願いを叶えてくれたのだから、今度は自分が願いを叶える番だと思った。

＊

また夢を見ていた。純白の婚礼衣装を身に纏い、ジールの花束を手にしていた。紙吹雪《かみふぶき》が舞い、歓声が聞こえた。ルナフレーナの手を取っているのは、大好きな人。ずっと会いたくてたまらなかった人。

その顔を一目見ようとしたところで、意識が浮上を始めた。

やっぱり、夢……。そう、私はもう、ノクティス様には……。

きつく目を瞑る。目を覚ましたくないのではなく、目を開けたら涙が止まらなくなりそうな気がしたからだ。

絶対に泣かない。ノクティス様のおそばにいられないのは悲しいけれども、ソルの大切な人を取り戻せた。それは、とてもうれしいこと。だから、私は泣かない。私は、胸を張って生きる……。

「ルナフレーナ」

不意に、懐かしい声が聞こえた。

「ゲンティアナ！」

思わず叫んで目を開ける。

「私、まだ夢を見ているの？」

そこはレスタルムのホテルではなかった。海の底にも似た暗い色の中で、ゲンティアナの姿が揺れている。

「刻《とき》がありません。大切なことだけを言います」

いつになく、ゲンティアナは早口だった。

「ルナフレーナ、剣神を信じないで。あなたに下された新たなる使命は、この星と人とを滅ぼすためのもの」

「えっ？」

「アーデンが神に逆らったために、人の運命が変わったのは事実です。でも、あなたの使命はアーデンを止めることではない。剣神の目的は、あなたに闇を集めること。アーデンの闇もろとも」

「どうして、それが星と人とを滅ぼすことに？」

究極召喚《テラフレア》と、ゲンティアナが言った。

「シガイの力と、依り代としての神凪の力、双方を使ってテラフレアを撃ち、この星を破壊する。剣神はかつて、同じことをしようとした。そのときはまだ、力が足りずに不完全に終わりましたが」

「魔大戦……」

神と人との諍いに嫌気がさした剣神バハムートは、全てを滅ぼそうとした。他の神々がそれを押しとどめ、星は辛うじて守られた。ゲンティアナが幾度となく聞かせてくれた話だった。

『ゲンティアナ、なぜ剣神は、全てを滅ぼそうとしたのですか？ なぜ、そんな酷いことを？』

『他の五柱と違って、剣神バハムートは天に在る上位神。星や人との距離が遠いのです』

『でも、神は星と人とを守護してくださるのでしょう？』

『上位神にとっての人は、人にとっての花と同じ。あなたもそうでしょう？ ジールの花を愛《め》でてはいても、ひとつひとつの花を見分けているわけではない。剣神が神に逆らう人間を滅ぼそうとしたのは、病や虫で傷んだ花を摘み取るようなものなのですよ』

幼いころの会話を思い出し、ルナフレーナは慄然とした。もしかしたら、と思った。

「剣神は、また同じことをしようとしている？」

「ええ。一度は力が足りずに失敗したから、次は確実にと」

「それで、神凪の私にシガイを集める力を与えた？」

ゲンティアナがうなずく。

「そんな……」

自らの手を見る。この手で、この星と人とを滅ぼそうとしていた？

「私の……私たちの敵は、剣神だったということ？」

神への呪詛を叫ぶアーデンの姿を思い出した。使命を信じ続け、裏切られ……神を殺すと誓った男。

「剣神に思い止まっていただくには、どうしたら……」

「それは難しいでしょう」

そうだった。剣神にとって、人を滅ぼすのは、虫のついた花を摘み取るようなもの。

「では、剣神に逆らってでも、止めるしかない？」

「それも、難しいでしょうね。剣神はこちら側の世界と、対をなす世界の両方で存在している神。どちらか片方を倒しても、もう片方の世界に存在している限り、また復活してしまう」

「そんな……」

「ルナフレーナ。お聞きなさい」

ゲンティアナの口調が心なしか速くなった。

「究極召喚は、強大な力を必要とするもの。最初の一撃をしのげば、星と人は失われずにすむ。バハムートを倒せないまでも、生き延びることはできるでしょう」

「魔大戦のときのように？」

不意に、ゲンティアナの輪郭が霞《かす》んだ。

「ああ、剣神に気づかれてしまった。これ以上は、もう……」

「待って！　ゲンティアナ！」

ゲンティアナの姿がみるみる薄れていく。

「あなたは、あなたの未来を生きて」

それきり、ゲンティアナの声は聞こえなくなった。目を開けると、レスタルムのホテルだった。手足を拘束され、身動きもままならない。眠りに落ちたときと、何ひとつ変わってはいなかった。

「剣神が、私たちを滅ぼす……」

想像もしていなかった。神は星と人を守ってくれると信じて疑わなかった。上位神である剣神は、他の神々以上に人間から遠い存在であることを、ゲンティアナに教えられていたというのに。

遠い昔、アーデンに救世主としての力を与えておいて、次には化け物として忌《い》み嫌われる存在へと叩き落とした。そのあまりにも残酷なやり口。剣神はルナフレーナにも同じことをしようとしていた。

アーデンも、自分も、神への信仰心故に、その企《たくら》みに気づけなかった。ただただ利用されるばかりだった。

「許せない……」

怒りが湧いた。だが、そこから先をどうすればいいのか、わからない。ルナフレーナは天井を見つめ、ひたすら考え続けた。

＊

ルナフレーナが監禁されている部屋を探し出すのに手間取っていた。部屋に見張りを立てないはずがないから、それを目印にすればいいと考えたのだが、甘かった。

複数の部屋に見張りが立てられていた。別に、ソルを欺くためではなく、見張りをつける必要のある人や物が複数あった、というだけの話だ。

考えてみれば、ここは作戦司令部であり、自警組織の本拠地でもある。

「なんで、こんな簡単なことに気づかなかったんだか……」

単純すぎる自分の頭が腹立たしい。

「何に気づかなかったって？」

突然、背後から話しかけられて、ソルは跳び上がりそうになった。

「母さん……。な、なんで？　話し合いは？」

話し合いが紛糾している様子だったから、当分、アラネアも王の剣も室内だろうと踏んだ。

彼らさえいなければ、見張りなんて何とでもできると思っていたのに、当てが外れてしまった。まさか、一番の「難敵」に遭遇するすることになろうとは。

「途中退場。椅子、蹴っ倒してね」

アラネアが片目をつぶった。

「……というのは、表向き。そろそろ、うちの跳ねっ返りがコソ泥の真似事をおっ始めるころだと思ってね。案の定だ」

「お願い、見逃して。あたし、ルーナを助けたい。ルーナは、あたしの友だちなんだ」

友だち。そう口にした瞬間、胸の奥に突き刺さるような痛みが走った。そうだ、恩人だからじゃない。何かをしてもらったからじゃない。大事な友だちだから、助けたい。短い間ではあったが、一緒に旅をした。大切な仲間だ。

「こりゃ、参ったね。ほら、泣くんじゃないよ」

鼻にハンカチを押しつけられて、自分が子供のように泣いていることに気づいた。

「だって……母さん、あたし……」

「わかった。わかったから」

頭に乗せられた手のひらが温かい。

「ついといで」

ソルはハンカチで涙と洟《はな》を拭い、アラネアの後を歩いた。見上げていた背中が目の前に来るようになって、ずいぶん経つ。けれども、やっぱり母さんは母さんだ、と思う。

アラネアが足を止めた。見張りがいないドアの前である。この部屋は何なのか、ソルが尋ねようとすると、アラネアは唇に人差し指を当てた。

ノックを四回した後、アラネアは「ご苦労さん」と声をかける。どうやら、それが合図になっているらしく、ドアが開いた。見張りは廊下ではなく、室内にいたのだ。下っ端なのだろう、見慣れない顔の若い男だった。

「悪いね。ちょっと頼まれてくれるかい？」

「はい？」

「手伝ってほしいことがあるんだよ。顔貸しとくれ。ああ、ここの見張りは、この子が代わるから」

涙の跡に気づかれないように、うつむき加減のまま、ソルは小さく頭を下げる。

「じゃあ、ソル。頼んだよ」

アラネアはさりげない仕種《しぐさ》で、ソルのポケットに何かを滑り込ませると、見張りの男を連れて出て行った。ドアを後ろ手に閉め、部屋の奥へと進む。

「ルーナ！　遅くなって、ごめん！」

「ソル！」

ベッドの上に、手足を拘束されたルナフレーナが横たわっていた。ソルは大急ぎでポケットを探る。思ったとおり、解錠装置が入っていた。アラネアが用意しておいてくれたのだ。

「ごめんね。あたしのせいで、こんな……」

「いいの。ソルは私を信じてくれた。それだけで」

ルナフレーナの頬を涙が伝う。ただ、その色は墨のように黒い。袖口や襟から覗くだけだった黒い痕が、手の甲や顔にまで広がっている。

「そんなの当たり前。友だちを信じないなんて、あり得ないよ」

解錠装置を押すと、拘束具が乾いた音で外れた。

「走れる？　見張りが戻ってくる前に、ここを出るよ」

「でも、私を逃がしたりしたら、ソルに迷惑が」

「あたしは、母さんを取り戻してもらった。今度はルーナの番だよ。インソムニアに行くんだろ？」

ルナフレーナがうなずいた。迷いの色など微塵もない、強い決意の表情で。


レギーナを停めてある場所まで、ふたりで走った。ルナフレーナが監禁されている部屋こそ知らなかったが、レスタルムの街中ならソルの庭のようなもの。近道はどこか、どこを走れば人目に付かないか、知り尽くしている。

「食料も装備も、全部、レギーナに積んである。地図も入れといた。あとは、ひとりで行けるよね？」

そう言って、ソルはルナフレーナの頭にヘルメットをかぶせた。

「ソル、ありがとう」

ゴーグルを掛けながら、ルナフレーナが言った。ソルは鼻の頭に皺を寄せる。

「あのねえ、それ、死ぬヤツのセリフだって」

「知ってる」

「じゃあ、なんで……」

「私は死なないから。絶対に。だから、ありがとう」

「そっか。じゃあ、あたしも死なない。戻ってきたら、また紅茶を淹れてよね。待ってるからさ」

ルナフレーナが何と答えたのか、レギーナのエンジン音のせいでわからなかった。ソルは大きく手を振り、遠ざかるサイドカーを見送った。

すぐに回れ右をして、武器を抜く。誰にもルナフレーナの邪魔はさせない。

レスタルムの街に、非常事態を告げるサイレンが鳴り響き始めた……。

＊

途中、シガイとの交戦はあったものの、追っ手が掛かることはなかった。拙い運転技術だったが、王都は着実に近づいていた。王都陥落の日、避難民に紛れて歩いた道を逆走していると思うと、何やら不思議な気がした。

王都へ渡る橋の手前で休憩を取り、ノートに最後のメッセージを記した。アンブラには、それがわかったのだろう、ルナフレーナが呼ぶ前に姿を見せてくれた。

「アンブラ。これをノクティス様に渡して。そのときが来たら」

心得た、とでも言いたげな様子で尾を上げると、アンブラは闇の中へと姿を消した。

全ての準備が終わった。気持ちの整理もついた。ルナフレーナは、静まりかえった王都城の中を足早に歩いた。

あの日、城内はどこも、爆発音や銃弾、魔導エンジンの音がひっきりなしに響き渡っていた。硝煙と血の臭いと。ただ、それらは生きている人々がいた証《あかし》だった。今、ここにいるのは、シガイばかり。ひたすらに静かで、血の臭いもしない……。

ゆっくりと、最後の扉を開けた。

玉座の間も、やはり様変わりしていた。実際には十年という歳月が流れているとはいえ、ルナフレーナ自身の感覚では、ここに足を踏み入れたのは、わずか数ヶ月前のこと。

「残念なお知らせです」

アーデンの声が降ってくる。これが少し前なら、我が物顔で玉座に腰を下ろすアーデンを腹立たしく思ったのかもしれない。今は違う。お行儀の悪い格好で腰掛ける姿さえ、道化師のように見えて悲しい。

「君が会いたい人は、ここにはいない」

どうやら、アーデンは、ルナフレーナがノクティスに会うためにここへ来たのだと思ったらしい。

「しかし、また会えるとはね。ルナフレーナ様」

その口調に驚きの響きはない。自らの手で殺した相手が生き返っているというのに。

「私が会いたかったのは、あなたです」

ノクティス様がここにいらっしゃらないことは、もう知っているからと、声に出さずに付け加える。まだ会えない、今はそのときではない、ということもわかっている。

「あなたに、お話ししたいことがあります」

少しだけ、アーデンの表情が動いた。

「話す？　神の傀儡《くぐつ》の神凪が何を？　てっきり、オレを殺しに来たのかと思ったよ」

いいえ。なぜなら、神の傀儡だったのは、あなたも同じ。そして、それを返上しようとしているのは、私も同じ……。

だから、ここから先は、賭けだ。

「私に、協力していただけませんか？」

ルナフレーナは、まっすぐにアーデンを見つめた。

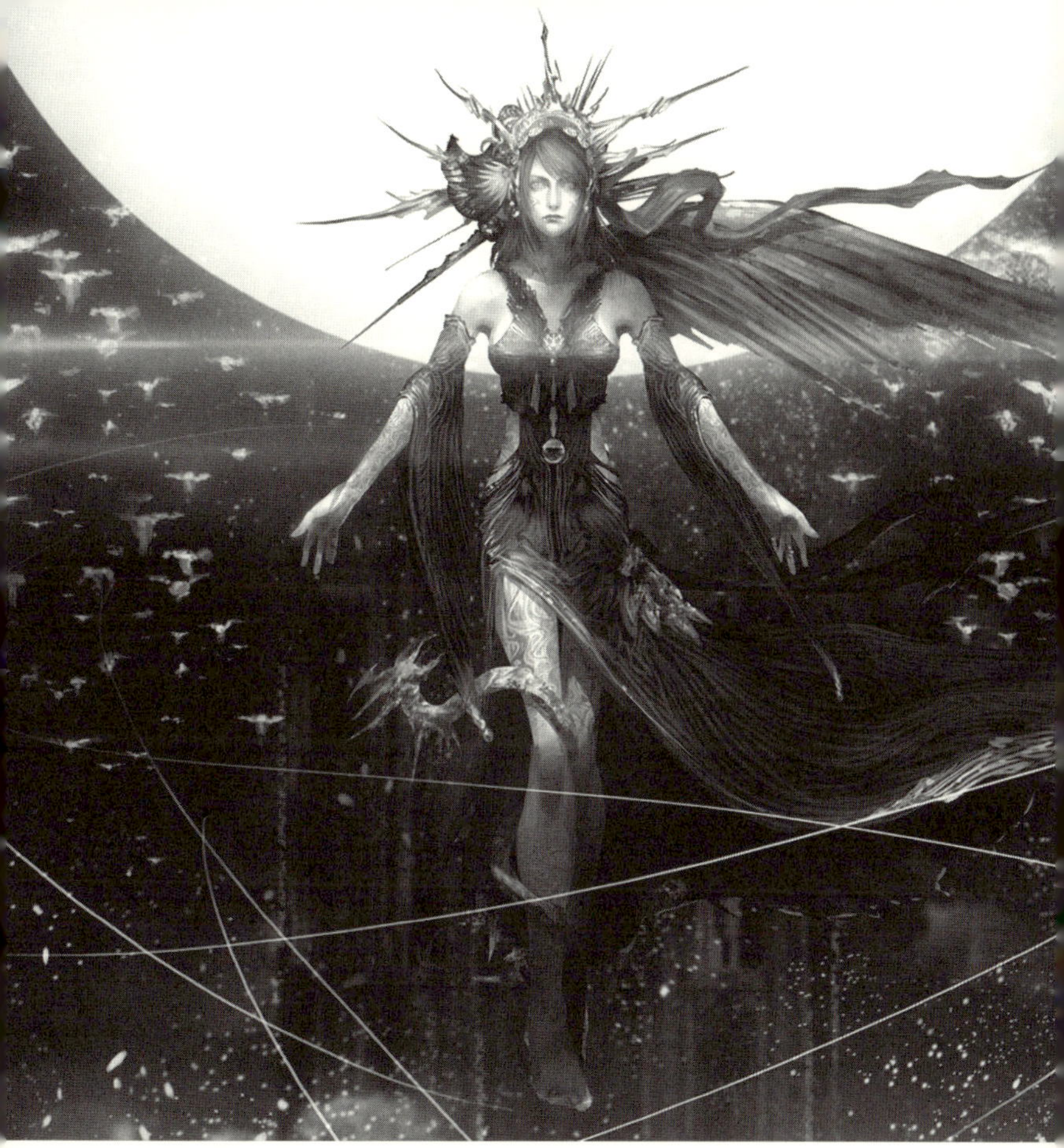

最後の剣

FINAL FANTASY XV -The Dawn Of The Future-

王都城前の広場を敵が埋め尽くしていた。

冷ややかな夜の中を無数の影が蠢《うごめ》いている。しかし、驚きも戸惑いもなく、まして恐怖など微塵《みじん》もなかった。

数多《あまた》の銃口がやかましく火を噴く。ゆっくりと階段を下りながら、群れを成して飛んでくる銃弾を避ける。まるで羽虫の群れだ。武器を召喚し、駆け上がってくる敵へと向ける。造作も無かった。鈍色《にびいろ》の鎧《よろい》が耳障りな音で倒れ、転がり落ちていく。いくつも、いくつも。

ふと違和感を覚えた。在るべきはずの何かが、無い。

なんで、オレはひとりで戦っている？

記憶をたぐり寄せる邪魔をするかのように、耳許《みみもと》を弾がかすめた。お構いなしに向かってくる敵を斬り飛ばす。また違和感があった。

こいつらは……いったい何だ？

黒光りのする金属で作られた、鎧。闇の色に紛れて気づくのが遅れたが、魔導兵のものではなかった。瘴気《しょうき》にも似たものを漂わせている姿は、どこか亡霊めいて見える。何より、きつく鼻の奥を刺す硝煙の臭い。ニフルハイム軍は、こんな臭いのする銃は使わない。

銃を乱射しながら、向かってくる複数の敵。魔法《シフト》と攻撃を繰り返し、潰していく。倒れる音、転がり落ちていく音は、魔導兵のそれと明らかに異なる。変わらないのは、どちらも、うんざりするほど執拗《しつよう》だということ。

赤みを帯びた光が弾ける。立て続けに、二度。遅れて響く、銃火器特有の轟音《ごうおん》。そんなもの、かすりもしない。

ここは、どこだ？

自分の知る王都城とは、微妙に異なる。ああ、そうか。色がない。無彩色の冷たさだけがある。しかし、それだけではないように思えた。まだある。決定的な違和感を生み出しているものが。

踵《きびす》を返す。確かめなければと思った。追いすがる敵を薙《な》ぎ払い、たった今、下りてきたばかりの階段を上る。

そうか、と唐突に気づいた。

イグニスがいない。グラディオも、プロンプトも。なぜ、当然のように、あいつらの不在を受け入れていたんだろう？　おかしい。ここは、何かが。

城内に足を踏み入れてみる。人の気配がない。そして、暗い。違和感ばかりが募る。知っているようで、知らない、城。

王座の間の扉を開く。両の手で、力任せに。これまでになく濃い闇と、淡い光。闇の中の玉座に、光が射《さ》している。吸い寄せられるように、腰を下ろす。

これは、オレのモノじゃない。けれども、他人のモノでもない……。

どこからともなく、声がした。人ならざる者の発したものだと、瞬時に悟った。それほどまでに圧倒的な気配があった。

これは、可能性のひとつ。ヒトが夢と呼びしもの。

ヒトの運命は神によって定められ、選ぶことができる道はただひとつ。

しかし、その可能性は、記憶となり、聖石に刻まれる。

可能性？　夢？　ああ、道理で。既視感と違和感とが相半ばする光景も、共に戦う仲間たちの不在も、夢だからか。

此処《ここ》は聖石の中、星の魂が宿る処《ところ》。選ばれし王たるお前が、力を得るための場所。

聖石に刻まれし記憶を得、使命を果たせ——

使命、という言葉を耳にした瞬間、記憶が巻き戻った。帝都グラレア、ジグナタス要塞。倒しても倒しても、どこからともなく涌《わ》いてくる魔導兵と、シガイ。

『らちが明かねえな』

『少しも減ってないよ！』

『ノクト。ひとりで先に行け。クリスタルの力が得られれば、この状況を何とかできるかもしれない』

『だな！』

『うん、待つよ！　オレたちで何とか踏ん張る！』

そして、仲間三人にその場を任せ、ひとりでクリスタルのもとへと走った。走って、走って、ひたすら走って……。

闇よりも濃い暗黒が光を塗り潰す。音が消える。自身の呼吸さえも聞こえない。視覚と触覚ばかりか、五感の全てが頼りない。ただ、落ちていく感覚だけがある。あり得ないほど緩慢な速度で。

力を貸してくれと願い、手を伸ばし……。

思い出した。ここはクリスタルの内部だ。抗《あらが》いようのない強い力で、取り込まれた。最後に見たのは、思い出すのも腹立たしい顔。アーデン・イズニア。

『アーデン・ルシス・チェラム、正式名』

ルシス・チェラム？　そうだ、あれはどういう意味だったんだろう？

沸き上がる疑問に答えるかのように、闇が消え、クリスタルの煌《きら》めきが視界いっぱいに広がる。煌めきはやがて、空の色となり、大地の緑となり……全く見覚えのない風景へと変貌を遂げた。

これは……クリスタルが星にもたらされたときの？

クリスタルを安置するための聖堂、その周辺に広がっていく家々、麦畑。森が切り開かれ、荒れ地は耕され、人が増え……そんな光景が、ノクティスの周囲を駆け巡っている。人々の生きる喜び、悲しみまでも。

途轍《とてつ》もない分量の情報が、あり得ない速さで伝わってくる。それでいて、全てが明快に頭に入ってくるのは、ここがクリスタルの内部だからなのだろう。

聖石に刻まれし記憶、という言葉が思い出された。おそらく、王としての使命を果たすためには、クリスタルに記憶されている全てが必要なのだろうな、と考える。クリスタルと光耀《こうよう》の指輪がもたらされた、この始まりの地の記憶が。

不意に、聞き覚えのある名を持つ者が現れた。アーデン。ソムヌス。チェラム家の兄弟。彼らの両親は、共にふたりが助け合い、この地を治めることを望んでいた。羅刹の剣と夜叉王《やしゃおう》の剣、二振りで一となる剣を兄弟に授けたのは、その願い故。

しかし、彼らの両親が相次いで世を去った後、ふたりは対立するようになった。一言で言えば、統治者としての考え方の違い、だ。弟は兄を欺き、兄は弟を憎む結果となった。

こんなことが……あったのか。

あのアーデンが。良心など微塵もないだろうと、憎んでも憎み足りないと、そう思っていたアーデンが、ただただ民の苦しみを救うためだけに行動していたことに、ノクティスは戸惑っていた。

何より驚いたのは、アーデンにも愛する者がいたということ。初代神凪《かんなぎ》となったエイラ・ミルス・フルーレ。エイラと語らい、笑い合うアーデンは、聖者でもなければ、極悪人でもない、どこにでもいそうな男に過ぎなかった。

『エイラ。ずっと、一緒にいてくれ』

世界も神も関係ない、ささやかで平凡な願い。誰にでも許されるはずの幸せだから、手に入ると信じて疑わなかった……。

だから、ルーナを殺したのか？　それがどれだけオレを苦しめることになるか、身を以《もっ》て知っていたから？

許せないと思った。たとえ過去の行動が善であろうと、愛する者を目の前で失っていようと。相手を苦しめるためだけに、無関係の者の命を奪う。それは、決して許されることではない。

国を建てるために嘘と策略でアーデンを陥れ《おとしい》、結果的にエイラを殺《あや》めたソムヌスもまた、ルナフレーナが殺される遠因を作った。

ならば、オレは？　オレは、許されるのか？

ルナフレーナの命を削ったのは、神々との誓約《うけい》。それは全て、王が啓示を受けるため。アーデンが何もしなかったとしても、ルナフレーナは長くなかったのではないか……。

ただ、それを、この星の闇を払うためには致し方ないと見なすなら、建国のために犠牲は已《や》むなしと考えたソムヌスと同じ。彼らを断罪する資格が、果たして自分にあるのかどうか。

ノクティスの動揺をよそに、クリスタルの記憶は巡る。神影島に幽閉されたアーデン、大規模なシガイ駆除に乗り出すソムヌス。民の暮らしは安定し、ルシスは国として発展を続けた。

ソムヌス以上に苛烈な王もいた。優しすぎる王もいた。生涯、顔を隠して生きた王もいた。在位中に神凪を亡くし、その遺志と共に逆鉾《さかほこ》を預かった王もいた。途方もなく長い治世を敷いた王もいた。即位のその夜に弑逆《しいぎゃく》された王もいた。

そんなルシス以外にも、新たな大国が現れた。チェラム家と同様、神から力を与えられた神凪の血筋であるフルーレ家が治めるテネブラエ、ソルハイムの遺物を継承し、魔導文明を再建したニフルハイム帝国、通商国家であるアコルド自由都市連合。

どの国でも、人々は同じように笑い、悩み、争い、そして、幸せになりたいと願った。全く同じ人間が存在しないように、誰とも異なる人間、特別な人間も存在しないと知った。誰もがどこか似ていて、少しずつ違う。

人々の生きた時間は容赦なく流れ、抜け殻だけが残り、積もっていく。彼らの思いは跡形もなく消えてしまったけれども、彼らは確かに、生きて、そこにいた……。

濁流の中から流木が浮かび上がるように、不意に見知った顔が現れた。ルシスの建国からおよそ二千年、神影島からアーデンが連れ出されたのだ。結果、ニフルハイムは魔導兵の量産技術を得て、急速に領土を拡大していく。同時に、それはシガイを操るアーデンが力をつけていく、闇が拡大していく過程でもあった。

その闇が遠からず星を覆い尽くすと思われたころ、レギスが歴代王のひとりとなることが決定した。時期を同じくして、ノクティスが誕生し、歴代王たちはこれを真の王にふさわしいと判断した。

待ち受ける運命も知らずに、父の腕に抱かれて眠る自分自身を見た。涙をこらえて我が子を抱く父を見た。

もしも、ヴァーサタイルが神影島の潜入に失敗していたら、今もアーデンが神影島に幽閉されたままだったとしたら。


ヒトの運命は神によって定められ、選ぶことができる道はただひとつ。

しかし、その可能性は、記憶となり、聖石に刻まれる。


石牢《いしろう》に繋がれたままのアーデンと、沈黙を守るクリスタル。星が闇に覆われるという「その時」は未《いま》だ遠い。

その時期ならば、レギスが歴代王のひとりとなることが決定したとしても、真の王は選定されなかっただろう。ノクティスは単なる王位継承者に過ぎず、レギスも我が子の運命を嘆くこともなかった。だが、八歳のノクティスがシガイに襲われて重傷を負うこともなく、テネブラエで療養することもなく、ルナフレーナと共に過ごすこともなかった。

それだけではない。ルナフレーナとの婚姻のためにアコルドへ向かう旅もなく、イグニスやグラディオラスとの関係は、全く違ったものになっていた。ヴァーサタイルは魔導兵の量産に成功しておらず、プロンプトはこの世に存在していなかった。

先代の神凪は健在で、レイヴスとルナフレーナはフェネスタラ宮殿でつつがなく暮らしていた……。

此処は聖石の中、星の魂が宿る処。選ばれし王たるお前が、力を得るための場所。

『神凪は死しても、その使命から解放されることはない。それすら後悔しないのだ、こいつは』

レイヴスの声が聞こえた。水神によって破壊されたオルティシエの光景が広がる。崩れかけた船着き場に立ち尽くすレイヴスがいた。その傍《かたわ》らにはイグニス。そして、意識をなくして横たわる自分自身の姿が。

死んだはずのルナフレーナが起き上がり、水辺へと歩いていく。ただ、その足は地を踏みしめてはいなかった。神凪にとって死は消滅ではない。その魂は神格を得て、死後も神凪であり続ける。故に、その骸《むくろ》は現世に残ることはなく、埋葬されることもない。

『逝《い》くな、ルナフレーナ!』

血を吐くような、という言葉そのものの叫びだった。骸を抱いて泣くことも、弔うことも許されない。ただひとりの肉親にとって、死別よりも残酷な喪失……。

さらに、ルナフレーナの辿《たど》ってきた道に目を凝らす。フェネスタラ宮殿が見えた。襲撃事件の直後だった。

『私は自由に外へ出ることができなくなりました。でも、あなたの主、氷神シヴァとの誓約は神凪として必ず果たさなければなりません。外へ出られるよう、帝国の方々にこれからお願いするつもりです。許可をもらえたら、そのときにはきっと、誓約に臨みます。だから、どうか待っていてくださいと、氷神シヴァへお伝えください』

『聖石に選ばれし王、ノクティスのため、いつか来たるべき時のために、神凪は氷神との誓約を望む……』

『はい、もちろんです』

『了承した』

ゲンティアナの姿が変貌を遂げる。ルナフレーナが大きく目を見開く。あなたが氷神、というつぶやきが漏れる。ゲンティアナが氷神であったと知ったときの自分も、あんな顔をしていたんだろうか、と思う。

『神凪との誓約をここに行う』

『人を愛する優しき氷神に感謝します』

ルナフレーナの頬が紅潮するのを見た。神凪としての務めをひとつ果たした誇りと、六神の一柱が幼いころから見守ってくれていたという喜びとが伝わってくる。

その後、神凪の修行場ラルムエールに入り、正式に神凪となり、各地を巡って病の人々を癒し、慰霊の儀式を行う、その多忙な日々。同じころ、自分は何をしていたかを思い出すだけで、ノクティスは居たたまれない気持ちになる。

そして、王都陥落の日。ルナフレーナはレギスに指輪を運ぶように頼まれた。とある王の剣に導かれて王都城を脱出し、炎上するインソムニアを駆け抜け、崩落する道を走り、倒壊寸前のビルの狭間《はざま》を掻い潜り……。まさに決死の脱出行だった。

ごめん。ごめんな、ルーナ。オレ、知らなかった。

長い夜の後、ルナフレーナがたったひとりでアコルドへ向かっていたとき、自分は何をしていたか。気心の知れた仲間たちと、初めて目にする「外の世界」に驚き、はしゃいだ。故障したレガリアをハンマーヘッドまで交代で押した。ぶつぶつ文句を言いながら。だが、それすら、心のどこかで楽しんでいたような気がする。

『選ばれし王が、こうも無力で愚かだとは！』

レイヴスの怒りも、今ならわかる。血を分けた妹が己の命を削っているというのに、それをさも当たり前のように受け取っていた、王と名の付くだけの愚か者。

あまりにも未熟で、無知だった。差し伸べられた手に、支えてくれる手に、気づこうともせずに、ただ自分ひとりが理不尽な思いをしていると不貞腐《ふてくさ》れていた。

『いつまで守られる側でいる⁉』

『いい加減、腹くくれ！』

コルの、グラディオラスの叱咤の言葉に内心で反発した。自分なりに一生懸命やっているのに、と。だが、やっているつもりになっているだけだった。自分なりにというのは、所詮、自分に都合よく楽をしているに過ぎない。彼らにはお見通しだったのだろうが、それでも寄り添い、共に戦ってくれた。

『最初から決めていた。何があろうと、ノクトは最後まで守り抜く！』

オルティシエで、アーデンの魔手からノクティスを守るために、光耀の指輪の力を使ったイグニス。王を守るという目的の正当性を認め、歴代王たちはイグニスに手を貸したが、その代償として視力を奪った。

その事実を、イグニスは決して明かさなかった。言えば、ノクティスが負い目に感じる。それで、頑なに口を閉ざした。その気遣いさえ理解していなかった……。

『お供が護衛じゃねえってのは、そういう意味なんだ。頼れよってな』

シドの言葉の難しさ。相手がどんな思いで、何を犠牲にして、それでも手を差し伸べようとしているのか。それを理解した上で力を借りる。それが頼るということだ。何も考えずに助けてもらうのは、ただの甘えに過ぎない。

甘えて、拗《す》ねて、駄々をこねて……。子供だった。そんな自分を助けてくれた人々に、何を返せるだろう？　彼らが差し出してくれたものは、あまりにも尊く、あまりにも重い。

聖石に刻まれし記憶を得、使命を果たせ――

視界が猛烈な速さで巡る。闇の化身と成り果てたアーデンと戦う自分自身が見える。

これは……未来？　そうだ、少なくとも過去ではない。過去の可能性のひとつでもない。歳《とし》を重ねた自分自身の姿が未来だと示唆していた。来るべき日を、クリスタルが指し示しているのだ。

王都城でアーデンを倒した後、「対をなす世界」にある彼の魂を滅するために、玉座で光耀の指輪の力を使い、歴代王の魂を呼び出し……。

力を求めよ。選ばれし王、ノクティス。

聖石の力を蓄え、真の王の力を得よ。それが我、剣神バハムートの啓示。

バハムートの声と共に、信じ難《がた》い光景が目の前で繰り広げられていた。歴代王たちによって命を奪われる己の姿と、強烈な光を放つ指輪と。肉体から解き放たれた存在となり、「対をなす世界」へ。そして、アーデンの魂を滅した後に、跡形もなく霧散した。……他ならぬ自分自身が。


歴代王の剣と、聖石の魔法、六神をも超越した力で全てを浄化する。

おまえが玉座で命を捧《ささ》ぐほか、この力を解放する術《すべ》はない。

おまえの命と引き替えに力を解き放てば、全てが終わる。

偽りの王は、闇と共に滅び、世界には夜明けがもたらされよう。

人として生きる喜びを捨て、王の使命を全うするのだ。

さあ、力を求めよ。真の王の力を。


気がつけば、王の椅子に座っていた。王都城の玉座ではない。クリスタルの内部に設《しつら》えられた玉座だった。

夢じゃなかった……。

立ち上がり、歩く。足許がふわふわと頼りない。どれだけの時間が経ったのだろう？　わからない。ほんのつかの間のようでもある。が、そのつかの間に、二千年の時を見た。

数え切れないほどの人々と、彼らが生きて死んでいく様を見た。彼らの思いの全てを見た。

闇が星を覆い尽くせば、星の命は尽きる。星が死ねば、人が存在したという痕跡さえも消えてしまう。

オレが、命を懸ければ……この星は。

闇を払い、星を守れば、人の世はこの後も続いていく。数え切れないほどの喜びや悲しみが、この先も。しかし。

死ぬのか？　オレが？

両の手を見る。この手で、アーデンを倒せばいいのだと思っていた。光耀の指輪を使ってクリスタルの力を引き出す。それは、ただ強くなれることだと単純に考えていた。

死ぬ。消える。言葉にすれば、たったそれだけのこと。それが怖い。つらい。逃げたい。考えたくない。

逃げられねぇよな。あんなの見せられたら。逃げたくても、逃げられねぇ……。

クリスタルが記憶していた夥《おびただ》しい人々。世界という短い言葉には、彼らの生きた日々が、そして、これから生まれてくるであろう命が、全て詰まっている。

もしも、オレが投げ出したら、その全てが消える……。

だが、ノクティス自身もまた、「世界」に生きる人間のひとりでもある。両親に望まれて生を受けた。母を早くに亡くしたものの、それを補ってあまりある愛情を父から与えられた。

ずっとそばにいて、あれこれと世話を焼いてくれたイグニスがいた。時に壁のように立ちはだかり、時に厳しく接し、いずれノクティスの盾となるべく己を鍛え続けてきたグラディオラス。王子という身分を忘れさせてくれた友、プロンプト。彼らとの旅は、まだまだ続くと思っていた。

あれが……全部無しになる？

いやだ、と思った。死にたくない。平和になった世界で、生き続けたい。しかし、それは絶対に叶《かな》えられない。自分が死ななければ世界に未来はなく、世界に明日が来れば自分は死ぬ。

あり得ねえ……そんなの。いやだ……いやだ……いやだ……！

クリスタルの記憶、数多の生と死の感覚がまざまざと蘇《よみがえ》る。逃げるに逃げられない、投げ出すに投げ出せない、その重さが。

ふと、光を感じた。視線を上げると、そこには懐かしい顔があった。

「親父……」

父レギスだった。最後に会ったときと同じ姿で、ひと振りの剣を手に立っていた。優しい、けれども、どこか悲しげな表情には、見覚えがある。陽射しが流れ雲に遮られるように、ほんのわずかな間ではあったが、父の笑顔に垣間見《かいまみ》えた表情を、ノクティスは覚えていた。

「知ってたんだよな……。何もかも」

ノクティスが真の王であると告げられたあの日の父の姿。クリスタルに刻まれた記憶を思い出す。

「全部、知ってて、オレを……育てた」

息子に甘過ぎる父親だと、周囲に言われ続けてきたことを知っている。王子の教育機関として一般の学校はいかがなものか、という意見が出たことも。ノクティスがひとり暮らしを始めたときも、非難囂々《ひなんごうごう》であったらしい。

ノクティス自身も、それらが単なる甘やかしだと思っていた。限られた時間の中で、精一杯、人としての喜びを享受できるようにという父の気遣いに気づくこともなく。

「だから、笑って送り出してくれたんだな」

時間を要する車での旅。同行者は、わずか三人。これは、王子という身分を忘れて、広い世界を見て、友との絆《きずな》を育んでほしいという願いが込められていたのだろう。あの笑顔は、餞《はなむけ》だった。その旅に幸あれ、と。たとえ、旅の終わりが人としての生の終わりであったとしても。

「オレ、何も知らなかった。なんで笑って送り出したりしたんだよって……怒ったりしてた。ごめん。つらかったよな」

レギスが微笑《ほほえ》んで首を横に振る。

「子を気遣い、憂うのは、親として当然のことだ。子が親を気遣い、憂う必要などない。子はただ親に甘えていればいい。時に、悩まされ、嘆いたとしても、それすら親には後に喜びとなる」

「親父……」

「だが、おまえはもう、甘えるだけの子供ではなくなった。大人に……なったな」

昔から、惜しまず褒めてくれる父だった。幼いころから、何度も褒めてもらった。だが、これより誇らしい褒め言葉はなかった。

レギスの口許から笑みが消え、口調が改まったものへと変わる。

「王とは、絶対に立ち止まってはならないものだ。どれほどの犠牲が出ようとも、前に進み続けなければならない」

レギスが剣を差し出した。

「……大切な人を、大切な人たちを、守るために」

剣を受け取る。ずしりと重みを感じた。選べ、と言われた気がした。下された使命に従うのではなく、自らの考えで未来《みち》を選べ、と。

選択肢は決して多くはない。選択の余地すらないかもしれない。けれども、熟慮に熟慮を重ねた上での決定であれと、父は言いたいのだろう。

「わかった」

ノクティスの答えを待っていたかのように、レギスはうなずき、消えていった。

守りたいものがある。大切な人たちと、彼らにつながる全て。父から受け継いだルシス王国。旅の途中で出会った人々。彼らの住まう地。そのどれもが、今の自分にとってかけがえのないもの。どれかひとつが欠ければ、誰かが悲しむ。誰もが誰かとつながっているから、誰ひとりとして忽《ゆるが》せにできない。

何より、ルナフレーナが命を削ってまで果たした神々との誓約を、無駄にしたくなかった。本当は誰よりも守りたかった。生きていてほしかった。それが叶わないのなら、せめて、彼女の生きた証《あかし》を守りたい。それを未来に残したい。

父王から与えられた剣を手に、玉座に腰を下ろす。考えろ、と自らに命じる。考えろ。選ぶために。

これより長き時を費やし、聖石の力を指輪に蓄えよ。

その全ての力が指輪に集まりし時、真の王の力は完成する——

＊

遠雷が聞こえた。雷神の夢を見たと思った。だが、目を開けてもなお、暗い。まだ夢を見ているのだろうか？

視線を巡らせ、ここが神影島の石牢だと気づく。アーデンが幽閉されていたのと同じ場所だ。聞こえたのは、遠雷ではなく海鳴りだった。

いつから眠り込んでいたのだろう？　クリスタル内部の玉座にいたつもりだったのに、いつの間にか、冷たい石の上に座っていた。

立ち上がる。自分の体なのに、他人の体を借りているような、奇妙な違和感がある。だが、その感覚もほどなくして消えた。石牢を出るころには、かつてと同じように、否《いな》、それ以上に四肢が自在に動いた。

石牢から外への道のりは、頭の中に入っていた。アーデンが幽閉されたとき、そしてヴァーサタイルによって連れ出されたときの光景を覚えている。その二回で記憶できる程度のわかりやすい構造だった。

外へ出るなり、強い潮の匂いがした。だが、暗い。闇が世界を覆っているのだ。臆するな、と自分に言い聞かせる。この闇を払うために、戻ってきた。真の王として。

岩だらけの坂道を下り、入り江へと向かう。船が停泊しているのが遠目にもわかる。

近づいてみると、よく知っている船だった。カエムの岬からオルティシエに向かった際に乗った船だ。昔なじみと再会した気分だった。誰かがきちんと手入れをしていたのだろう、シドが整備をしてくれたあの船が、少しも変わらぬ姿で目の前にある……。

昔なじみは船だけではなかった。懐かしい声を聞いた。甘えたように鼻を鳴らす音も。

「アンブラ！」

気がつけば、アンブラが足許にいた。首の周りの毛を手のひらで撫《な》でてやろうとしたら、アンブラはいやいやをするように首を振った。

「どうした？」

アンブラがしきりと首の後ろを擦《こす》りつけるような仕種《しぐさ》をしている。見れば、かつてルナフレーナとの間を行き来していた手帳の代わりに、何かを携えていた。

不意打ちのように、胸の奥が痛んだ。最後に手帳を受け取ったのは、カエムの岬だった。まさに、この船に乗る直前で、手帳を開くと『オルティシエでお待ちしています』と書かれていた。あのときは、もうすぐ会えると信じて疑わなかった。文字だけのやり取りではなく、これからはずっと、ふたりでいられるのだ、と。

あのときの高揚感をはっきりと覚えている。それだけに、つらい。あの手帳が形見となったと知った瞬間が思い出されて。

しかし、アンブラはお構いなしに体をぐいぐいと押しつけてくる。まるで、早く受け取れと言わんばかりに。

「わかったよ」

よくよく見れば、それは小さなノートだった。開いてみて瞠目《どうもく》した。驚きと戸惑いとが同時にやってくる。

「どうして……」

見覚えのある文字が並んでいた。それも、一言二言ではなく、ページいっぱいに書き連ねられている。次のページも、その次のページも。

「ルーナが？　生きてる？　まさか？」

しかし、それはルナフレーナの筆跡だった。見間違えるはずもない。「私は無事です」という走り書きは、よほど急いでいたのだろう、彼女にしては珍《めずら》しく字が乱れている。

文字の間から息づかいが聞こえてくるようだった。十二年もの間、手帳のやり取りをしてきたからこそ、それが読み取れる。同じ手帳でなくても、ルナフレーナが書いたものだと確信できる。

新たな使命を与えられて生き返ったこと、昼がなくなってレスタルム以外に人が住めなくなったと聞かされて驚いたこと、人ならざる力を得て、シガイを倒しながら旧帝国領を旅していること、ソルという女友だちができたこと……。途中から、視界が滲《にじ》んで読めなくなった。

「ルーナ……生…きて……」

誰よりも守りたかったのに、守れなかったと思っていた。この命と引き替えに取り戻す明日に、ルナフレーナがいないことが残念でたまらなかった。そのルナフレーナが生きている。

「ほんと…に……」

よかった、という言葉が涙声になって掠《かす》れた。ノートの文字を指でなぞってみる。紛れもなく、ルナフレーナが綴った文字だった。

手の甲で涙を拭い、改めて文章を読み直す。ところどころ、小さく日付が記されている。

「766」という数字に仰天した。旅の始まりは、M.E.七五六年だった。クリスタルの中で見た光景も、同じ七五六年までのものばかり。過去の光景なのだから、当然だ。

剣神は、ノクティスがアーデンを滅するという未来の光景を見せてくれたが、それが何年の出来事なのかまでは教えてくれなかった。

「十年……」

クリスタルの力を指輪に集めるために要した時間が、そんなにも長かったとは。そんなにも長い間、仲間たちを待たせていたとは。彼らはまだ待ってくれているだろうか？

もしも、彼らが今でも待っていてくれたなら、急いで合流しなければと思った。再び、仲間たちと共に戦う。そして、今度こそ守る。ルナフレーナだけでなく、この星に生きる人々全てを。誰ひとり欠けることなく、夜明けを迎えられるように。

もう誰も失わない。二度と、ルナフレーナが自らの命を削ったりしないように。たとえ、それが神凪のつとめであったとしても。

「オレは……誰かが犠牲になる世界なんて、絶対に認めない」

ノートには、ルナフレーナの「新たなる使命」が何なのかまでは、書かれていない。だが、それが命を捧げるような使命なら、何が何でも阻《はば》む。そんなものは、この手で断ち切る……。

最後のページは「王都城でお待ちしています」という言葉で終わっていた。その少し前に、些《いささ》か気になる文章が綴られていた。「人ならざる力」という言葉も気になった。その力を使うことに対する不安も綴られている。これは、何を意味しているのか？

それを尋ねる返事を書こうとして、ペンを持っていないことに気づく。

「困ったな……」

いや、返事を書くまでもなかった。自分の行き先もまた王都城なのだから。

「アンブラ。ルーナには自分で渡すよ。ありがとな」

わかったという意思表示なのか、アンブラが一声鳴いた。その首の周りを存分に撫でてやり、ノクティスは船に乗り込んだ。

アンブラと共に桟橋に降り立つなり、つぶやかずにいられなかった。

「やっぱり……誰もいないのか」

かつてのガーディナ渡船場《とせんじょう》は、休暇を楽しむ人々で昼夜問わずにぎわっていた。昼は空と海の青が目にまぶしく、夜はいくつもの灯《あか》りが闇を照らす。そんな場所だった。

しかし、今は灯りひとつなく、ただただ暗い。釣り人の姿が絶えなかった桟橋も、ノクティスとアンブラの足音が響くばかりである。

神影島《みかげじま》の石牢を出た時点で、世界が自分の知るそれとは違ってしまったであろうことは予期していた。夜の闇とは異なる闇を目にしたときから。ルナフレーナも「レスタルム以外に人が住めなくなった」とノートに綴っていたから、頭ではわかっているつもりだった。

とはいえ、ここまで人の気配が途絶えていると、この世界から自分以外の人間が消滅してしまったかのような気がしてくる。そんなはずはないと否定してみても、不安が募る。聞こえてくるのは、波の音ばかりなのである。

不意に、アンブラが吠《ほ》えた。敵意のある声ではなく、知っている誰かが来たときの吠え方だった。

「王様！」

人の声だ。空耳ではない。ノクティスは声のほうへと目を凝らす。誰かが走ってくる。

「あんた、王様だよね？」

一見したところでは、二十歳前後か。背中に銃を背負い、他にも武器を携帯しているのだろう、金属がぶつかり合う耳障りな音が響く。

「へえ。思ってたよりイケメンだね」

無遠慮に顔を覗《のぞ》き込まれて、もしかしたらと思った。

「あんたは？」

「あたしはソル」

当たり、だ。ノートにあった「歩く武器庫みたいで、カードゲームが強くて、料理が大雑把な女の子」が目の前にいる。

「あんたをずっと待ってたんだよ」

「ここで、か？」

人っ子ひとりいない、うら寂しい場所で、か？　シガイを恐れるような女性ではなさそうだが、それでも、ここが物騒であることに変わりはない。

「ずっとって言っても、四六時中、ここにいたわけじゃないよ。一日二回とか三回、様子を見に来てただけ」

いいタイミングだったよ、とソルは笑った。が、にわかに真顔になって言った。

「ルーナは生きてる」

これを聞かされたのがノートを読む前だったら、さぞ驚き、戸惑ったことだろう。そんなはずがないと頭から決めつけて、信じなかったかもしれない。しかし、アンブラが疑いようのない真実を運んでくれた。

「ああ。知ってる」

「へ？」

ソルがきょとんとした顔になる。それもそうか、と思う。手帳をやり取りしていたことは、誰も知らない。言葉にして約束したわけではないが、いつしか、ノクティスとルナフレーナとアンブラだけの秘密になっていた。もしかしたら、ゲンティアナだけは気づいていたかもしれないが。

「なんだよ。もっとビックリするかと思ったのに」

「そいつは悪かった」

「王様は何でもお見通しってわけ？　まあいいや。それより、車まで移動するよ」

ソルに先導されるまでもなく、駐車場の場所はわかっていた。乗船所の建物を抜け、海に掛かる細い橋を渡り……。ただ、記憶にある景色のような鮮やかな色彩は望むべくもなく、暗い無彩色が続くばかりではあったが。

橋を渡りながら、「疑わないんだね、あたしを」とソルが言った。

「疑う？　なぜ？」

不思議に思って尋ねると、ソルが面食らったような顔になる。

「だって、見ず知らずの人間だよ？」

「疑う必要なんかない。ルーナの友だちなんだろ？」

それだけで、十分すぎる理由だった。

「信じるよ」

それに、いつの間にか、アンブラの姿が消えている。まるで、ソルのところまで導く役目を果たして帰っていったかのようだ。いや、実際のところ、そうだったのだろうと思う。

ソルが何か言い掛けたところで、スマートフォンが鳴った。耳慣れた着信音だったが、妙に懐かしく響く。

「何だよ。なんで、計ったみたいなタイミングで掛けてくるわけ？」

ソルがちらりと視線を投げて寄越す。もしかして、とまた思った。

「そう。王様と一緒。代わる？」

間違いない。イグニス、グラディオ、プロンプト。三人のうちの誰だろう？　そう思ったものの、仲間の声を聞くことはできなかった。

「え？　あ……わかった」

ソルが小さくため息をついて、スマホをしまい込んだ。

「今のは？」

「グラディオ。客が来たから電話に出られないけど、ハンマーヘッドで合流しようって。あ、客ってのは、シガイのことね」

グラディオらしい言い方だな、と思う。大きな剣を縦横に振り回していた姿が目に浮かぶ。

「三人とも……無事なのか？」

銃の扱いを得意とするプロンプトにとって、この闇はさぞ戦いにくいことだろう。イグニスがまだ視力を失ったままだとしたら、シガイの跋扈《ばっこ》するこの世界で生き抜くのは生やさしいことではない。もしや、ふたりのどちらかが、と嫌な想像をしてしまう。だが、ソルは「当たり前じゃない」と笑った。

「プロンプトは、せっせとシドニーの護衛と荷物運びやってるし、イグニスなんて、暗闇じゃ見えてたって同じだ、とか言ってるし」

どうやら、ソルはあの三人とも懇意らしい。

「三人とも、ううん、三人だけじゃない。みんな、喜ぶよ。王様が帰ってくるのをずっと待ってたんだから」

みんな、待っていてくれた。十年も。この日、この時を信じて。

「あたしたちも急ぐよ。ほら、乗って乗って」

急かされて助手席に乗り込むと、ソルは即座に車を発進させた。

車を走らせながら、ソルはルナフレーナと出会ったときのことを話してくれた。

「バイク走らせてたら、いきなり目の前に転がり落ちてきたんだよね」

「転がり落ちて？」

「たぶん、土手の上で足を滑らせたんだと思う。相当、焦ってたみたいだし」

ソルがあわててブレーキを踏むと、ルナフレーナはいきなりサイドカーに乗り込んできたのだという。シガイに追われていたと、ソルは事も無げに言った。

「こっちは年代物のサイドカーだからさ。思うように逃げらんなくて。余計な荷物を積んでるせいでスピードが出ないって皮肉ったら、ルーナってば、何をしたと思う？」

「さあ？」

「荷物を捨てればいいんですねって言って、食料の袋をポイって」

思わず噴き出すと、ソルは「笑い事じゃない」とぼやいた。

「貴重な食料だよ？　もう泣きたかったよ。次の日、拾いに戻ったけど」

暗闇の中、地面に這《は》いつくばるようにして缶詰を探すのは大変だったと、ソルは運転中にも拘《かか》わらず、身振り手振りを交えて説明した。ルナフレーナのほうが探し出すのが早かったことも。

「初っ端《しょぱな》からそんな感じだったからかな。ルーナには、ビックリさせられっぱなしだったよ。

死んだ神凪と同じ名前だって言ったら、本人だっていうし。おしとやかなお姫様みたいな顔してるくせに、戦ったらバカみたいに強いし」

「強い……んだ？」

ソルとふたりでシガイを倒しながら旅をしていると書いてあったが、まさか「歩く武器庫のような女の子」に強いと言われるほどだったとは。

「強い強い。カードゲームは激弱だけどね。あ、でも、アレは神業だったな。ファイヴ・フィンガー・フィレット」

「ナイフでカッカッカッてやる、あれか？」

片方の手のひらを広げてテーブルに置き、指と指の間をナイフで突き刺していくゲームだ。イグニスはあまりいい顔をしなかったが、旅の間、何度かやってみた。

「あたしより速いくせに、初めてやってみたとか、言ってくれちゃってさ。ルーナの兄貴が得意だったらしいね。それの見様見真似《みまね》だって言ってたよ」

レイヴスにそんな一面があったとは意外だった。初対面のときから、レイヴスには生真面目で、近寄り難い印象しかなかったからだ。身内だけで過ごすときの顔は、全く異なるものだったのかもしれない。或《あ》いは、彼らの母親、先代の神凪が生きている間は。

「でも、一番ビックリしたのは、あのアーデンと戦うって言ったときかな。使命だからって」

思わず、ソルの横顔を見る。

「その話、本当なのか？」

別の言葉と聞き違えたのかと思った。それは、ノクティス自身がクリスタルの中で剣神バハムートに命じられたことだ。

「そんなしょうもない嘘ついて、どうすんのさ」

ソルが不愉快そうに鼻の頭に皺《しわ》を寄せる。

「悪かった。驚いただけだ」

「まあね。わかるよ。あたしも言ってやったもの。壮絶な冗談だって」

引っかかるのは、あのノートには一言も「アーデンを倒す」とは書かれていなかったことだ。むしろ、その逆だった。ルナフレーナは「アーデンと話し合ってみたい」と書いていた。最後のページに綴られていたのは、ラルムエールで初代神凪の魂と出会い、アーデンを救ってほしいと頼まれた、という話だった。

『これまでアーデンがしてきたことを思えば、ノクティス様はご不快かもしれません。でも、私はアーデンと話し合ってみたいのです。もしかしたら……いえ、この続きは、お会いしたときに。王都城でお待ちしています』

オルティシエで、ルナフレーナはアーデンに刺されて死んだ。度重なる誓約によってその命は尽きる寸前であったとはいえ、止《とど》めを刺したのはアーデンだった。その男に復讐《ふくしゅう》するどころか、話し合いたいというのだから、よほどのことが起きたのではないだろうか。

しかも、アーデンを倒すという使命を与えられたのなら、それに逆らうことにもなる。神への祈りと信仰に生きたルナフレーナにとって、それは許容し難い行為のはずだ。

そもそも、剣神はなぜ、ルナフレーナにそんな使命を与えたりしたのだろう？　何のために、同じ使命を別々の人間に与えたのか？　光耀の指輪こそがアーデンを倒す唯一の力であるならば、それを持たないルナフレーナに同じ使命を与えるなど、正気の沙汰ではない。

そこで、思い出した。随所に出てきた「人ならざる力」という言葉を。ルナフレーナはその力を使うことへの不安を書き記していた……。

「なあ、ルーナの力について、何か知ってるか？」

人ならざる、という部分は敢えて省いた。何となく抵抗を覚えて、口に出せなかった。

「……知ってるよ」

まっすぐに前を見つめたまま、ソルが答えた。

「シガイを吸収する力」

息が止まりそうになった。同じ力を持つ男を知っている。クリスタルに記憶されていた、二千年前の悲劇は、その力が発端となったようなもの。

「アーデンと戦うために、神様からもらったんだってさ」

「神様って……剣神？」

「そこまでは知らない」

六神の誰なのかということよりも、なぜ、アーデンと同じ力をルナフレーナに与えたのかが気になった。なぜ、同じ力でアーデンを倒せと命じたのか？

しかも、ルナフレーナは不安を覚えていた。当然だろう。あの力は、シガイを吸い取るだけで、消し去るわけではない。使えば使うほど、シガイが体内に蓄積されていく。その途上の苦しみを、ノクティスは目《ま》の当たりにしてきた。

ルーナが同じ苦痛を？　あり得ない。神は何を考えている？　それに、アーデンを倒すのは、オレの役目だ。ルーナじゃない……。

「王様はどこまで知ってるの？」

「ルーナの力のことか？　まあ、だいたいは」

いや、全てを把握しているに等しい。ルナフレーナ以上に知っているかもしれない。二千年前、アーデンの身に起きたことの一部始終を見てきたのだから。

そこで、気づいた。ノートには、ラルムエールで初代神凪の魂に出会ったとあった。ルナフレーナはエイラから、二千年前の真相を知らされたのではないか？　だから、自分を殺した張本人であるアーデンを憎みきれなくなった。同じ力を持つ者として、話し合ってみたくなった……というのは、的外れな推理だろうか？

「ねえ、王様」

不意にソルが車を止めた。

「だいたいは知ってるって言っても、ルーナが今、どうなってるのかは知らないよね？」

うなずいてみたものの、想像がついてしまった。なぜ、ソルはわざわざ運転を止めたのか。なぜ、すぐにその先を口に出せずにいるのか。答えはひとつだ。

「ルーナが……シガイに？」

ソルが泣き出しそうな顔でうなずいた。

「ごめん。あたしのせいなんだ。ルーナは、あたしの母さんを救うために……。王様に会いたいって言ってたのに。王様と笑って暮らしたいって。なのに……ごめん」

「あんたのせいじゃない。助けを求めてる人が目の前にいて、助ける力が自分にあったら、後のことなんか考えないで、助ける。ルーナなら、絶対にそうする」

泣き出す寸前の顔が、驚きの表情に書き換えられていく。どうして、というつぶやきがソルの口から漏れる。

「ルーナが言ってたのと同じ。なんで、わかるの？」

「わかるさ」

幼い日に別れたまま、直接会うことは叶わなかった。けれども、ささやかな文字のやり取りで、ずっとつながっていた。

いや、自分のほうはそれに甘えていた。わかってもらうばかりで、わかろうとはしなかった。ルナフレーナのつらい気持ちに寄り添えなかったことを、喪《うしな》った後で悔いた。同じ過ちは繰り返したくない。

「ソル。グラディオたちに伝えてくれ。オレはこのまま王都に行く」

「待たないの？　ハンマーヘッドで」

「ああ。ルーナが会いたいって言ってたんだろ？　だったら、行かないと」

オルティシエでは間に合わなかった。お待ちしています、という言葉に応えることができなかった。今度は待たせない。今度こそ、応える。

「わかった。グラディオたちに伝えとく。きっと、すぐに追いつくと思うよ」

どうすれば、ルナフレーナを守れるのか、シガイと化した彼女を救う術があるのかどうか、問題は山積みである。ただ、誰ひとり、失わないと決めた。手探りであっても進み続けるしかない。

いや、ひとりの犠牲も出さないというのは、過ぎた望みなのかもしれない……。

神はこれまで、必ずと言っていいほど犠牲を要求してきた。星の病から民を救う使命を帯びたアーデン。六神との誓約に命を削ったルナフレーナ。そして、ノクティス自身も、星を闇から救うために玉座で命を捧げよと告げられた。

それでも、神は全員を救ってくれるとは限らない。少なくとも、アーデンが我が身を犠牲にしても、救われない民もいた。救われる者と救われない者がいることを良しとしなかったソムヌスは、シガイ化した民の全員を殺すことで公正であろうとした。もしも、最初から神が全員を救ってくれていたら、と思わずにいられなかった。

今、自分が為すべきことは、使命を果たすことではないと気づいた。ただ闇を払っただけでは足りない。全員を、等しく救うこと。ひとりの犠牲も出さないこと。神は全員を救ってはくれない。だからこそ、人である自分がそれを成し遂げる……。

王都へ。それが自らの考えで選んだ道、父との約束の道だった。

＊

「私に、協力していただけませんか？」

まっすぐに、アーデンを見上げる。そのときになって、玉座の周囲に大きな人形が数体、吊《つる》されていることに気づいた。レギスそっくりのもの、ルシスの重鎮だった人々を模したものまである。胸が痛んだ。もしも、これをノクティス様がご覧になってしまったら、と。

目を背けたくなる気持ちに逆らって、前を向く。

「はぁ？　なんで、オレが？　協力？」

アーデンは小馬鹿にした表情で肩をすくめるばかりである。

「自分を殺しに来た相手に協力？　おめでたいにも程があるでしょ、それ」

「確かに、私は剣神から、あなたを殺すよう命じられました。この命と力は、その使命のために与えたと」

「ほーら、やっぱり」

「でも！　私は殺したくないんです！」

「ふうん。殺したくない？　使命なのに？　ああ、なるほど。私に協力してくださいってのは、殺したくないから、自分で死んでくださいってこと？　いやいや、おとなしそうな顔して、酷いことを言うねぇ」

「違います！　本当に殺したくないんです！　あなたを殺したら、剣神の企てが成功してしまうから」

アーデンは相変わらず薄笑いを浮かべている。

「神の傀儡《くぐつ》がなぜ、神の成功を喜ばない？　理解に苦しむなぁ。ま、理解するつもりなんて、これっぽっちもないんだけどね」

「バハムートの目的は、この星を覆う闇ごと、全てを滅ぼすこと。人も、シガイも、何もかも全部。そのために、私に闇の力を集めさせて……」

「全てを滅ぼす？　いいねぇ。願ってもない話ってヤツ？　オレも便乗させてもらおうかな」

「でも、それじゃ、あなたは救われない」

「救ってもらう必要がどこに？」

聞く耳を持たないとは、このことかと思う。難しい。協力してもらうどころか、まともに話を聞いてもらうことすら、ままならないとは。何をどう言っても、アーデンには伝わらないのではないか、と弱気の虫が頭をもたげる。

「ルナフレーナ様、いい加減、自分が招かれざる客だってことに気づいてほしいんだけど?」

「お願いです! 聞いてください!」

「人の話を聞くの、嫌いなんだよね」

アーデンが玉座から立ち上がる。

「そろそろ、お引き取り願おうかな。次の客が来る前に、ね」

アーデンの右手が上がるのを見た。交渉決裂かと思ったときだった。お願い、という声を聞いた気がした。お願いです、あの人を救ってあげて、というエイラの声が。そうだった。ここで諦めるわけにはいかない。

「エイラ・ミルス・フルーレに頼まれたんです! あなたを救ってほしいと!」

アーデンが動きを止める。口許から笑みが消え、おどけた口調が押し殺した声へと変わった。

「……その名を口にするな」

一切の表情が、アーデンの顔から抜け落ちた。今なら聞いてもらえると思った。ルナフレーナは、さらに声を張り上げる。

「私は、ラルムエールでエイラの魂に出会いました! 彼女は……」

「黙れ!」

アーデンの怒声は初めて耳にするものだったが、この表情には見覚えがあった。

「黙りません！　今でも、エイラは苦しんでいるんです！　悲しんでいるんです！　あなたが救われなければ、エイラだって救われない！」

「黙れと言っている！」

視線がぶつかる。怒りに燃える眼《め》が恐ろしい。でも、目を逸《そ》らすわけにはいかない。少しでも逃げを打てば、また話を聞いてもらえなくなる。ルナフレーナは、瞬《まばた》きするのも忘れて、アーデンを見つめる。

先に目を逸らしたのは、アーデンのほうだった。この像、ルーナに似てるよね、というソルの言葉を思い出す。エイラを思わせる面差しを見つめ続けるのが苦痛になったのだろうか。

「来い！　炎神！」

不意に目の前に火の手が上がった。思わず後ずさる。そういえば、剣神に見せられた光景の中に、シガイ化した炎神イフリートを従えるアーデンの姿があった。

「悪いけど、オレ、忙しいんだよね。神凪のお相手は、神様に任せるからさ」

アーデンが今、どんな表情を浮かべているのか、炎に包まれた巨体に遮られて、わからない。ただ、ふざけた口調とは裏腹に、その顔に苦しげな表情が浮かんでいるような気がしてならなかった。

「火傷《やけど》したくなかったら、帰れば？」

やはり、アーデンにとって、唯一の弱みはエイラだった。だから、オルティシエで自らの手にかけた相手であっても、二度めの今は、ためらいを覚えた。それで、炎神を召喚せざるを得なくなった……。

「いいえ！　帰りません！　まだ話は終わっていませんから！」

絶対に、退《ひ》かない。何が何でもこの場に止まる。炎神をけしかけられたのなら、排除するだけの話だ。ここでは抜くつもりのなかった槍《やり》を構える。傍らにソルがいないのが少しばかり心細くはあるけれども、戦わなければと思った。

＊

ハンマーヘッドでソルを降ろし、そのまま車を借りてインソムニアに向かった。王都城の真ん前まで車で乗り付け、城門を開けた。施錠はされていなかった。

旅立ちの日、ここからレガリアに乗り込んだときには、まだ門は兵士によって守られていた。快晴だった。父が生きていた。仲間たちがいた。何より、行き交う人々がいた。

この十年で失われたものを思えば、その大きさに呆然《ぼうぜん》としてしまう。取り戻せるのかという不安もよぎる。

『王とは、絶対に立ち止まってはならないものだ』

耳に蘇る父の声に励まされ、ノクティスは足早に広場を横切った。暗いせいで無彩色に見えるこの光景には、見覚えがあった。クリスタルに取り込まれて、最初に見た「夢」に。

広場を埋め尽くす見知らぬ敵と戦っていた。たったひとりだった。夥しい敵の姿こそないもののの、今もひとりだ……。

どうやら、この場所で、敵と戦うというのは定められた出来事らしい。突然、目の前に何かが地響きをたてて落ちてきた。とっさに飛び退《の》く。見れば、広場の敷石に剣が突き刺さっている。遅れて、剣の持ち主が現れた。あたかも、魔法《シフト》を使ったかのように。だが、シガイである。全身を覆う鎧に、シガイ特有の黒い粒子がまとわりついている。

「まさか、歴代王？」

武器を投げた先への転移、鎧の紋様はノクティスにとって見知ったもの。しかし、その問いへの答えは与えられなかった。

問答無用で剣が振り下ろされる。咄嗟に武器を召喚して弾き返す。すぐに次が来る。反応が速い。何度か斬り結んだだけで、目の前のシガイが歴代王の英霊だとわかった。正確には、石像を依り代にして歴代王の魂を降ろしたもの。故に、これまでに戦ったどのシガイよりも手強《てごわ》い。格が違う。

空中へ転移しての斬り合い、落下の勢いを使った一撃、一気に間合いを詰め、或いは大きく後退しての回避……。これが、王の力を備えた者との戦いか。持てる力の全てを振り絞り、ノクティスは剣を振るう。

ノクティスの一撃に続いてくれるグラディオがいない。後方から援護射撃をしてくれるプロンプトがいない。瞬時に戦術を練ってくれるイグニスがいない……。

仲間の不在をこれほど痛烈に感じたことはなかった。聖石が見せた「夢」の自分は、彼らの不在にいかなる感慨も抱いていなかったが、現実の自分は違う。彼らはかけがえのない存在だった。

ただ、ひとりであっても戦える。「夢」の自分はそう教えてくれた。王である以上、ひとりで立ち向かわねばならないときもある。仲間に背中を守られていることに甘えず、むしろ仲間を背に庇《かば》う。そんな戦い方もできるのだと、あの「夢」から学んだ。

身の丈ほどもある大剣を弾き飛ばす。わずかに生じた隙に乗じて、敵の懐《ふところ》に飛び込む。全身を覆う鎧の継ぎ目を狙って、剣を突き立てる。瞬時に離脱、そして跳躍。上からの一撃。

無機物同士がぶつかり合う、耳障りな音が響きわたる。続けて、亀裂が走る音が。敵が膝をつく。反撃に備えて身構えたが、敵はもう立ち上がろうとはしなかった。

鎧の輪郭がぼやけた。それはやがて霧となり、それが晴れるかのように人の姿へと転じた。その顔を見たノクティスは驚いた。

「夜叉王……ソムヌス!?」

クリスタルが記憶していた顔だった。ルシスの初代王にして、アーデンの弟。第一魔法障壁として現世にあった彼は、一度はアーデンに破壊された。その後、レギスによってソムヌスの石像は再建されたが、あろうことか、アーデンはそれをシガイ化したらしい。王都城へ戻ってくるであろうノクティスと戦わせるために。

「許してほしい。酷似した容貌を備える我らを戦わせ、互いに傷を負わせ、それを愉《たの》しまんとした我が兄の罪を」

「アーデンが考えそうなことだよな」

同じ血筋なのだから、自然なことなのかもしれないが、ノクティスの顔はソムヌスの顔とよく似ていた。だが、アーデンにとって、それは運命の符号のように思えたのだろう。倒すべき真の王が、憎んでも憎み足りない弟と同じ顔だった、ということは。だから、そのふたりを戦わせた。

「兄を憎悪の権化と変えたのは、私の罪だ。それは重々承知している。その上で頼みたい。兄を……止めてくれ」

ソムヌスの双眸《そうぼう》に苦悩の色を見た。

「怒りと憎しみにまみれたまま、不死の身となり、片時の安息もなく生き続けた。その永き呪縛から、兄を解き放ってほしい」

幼少のみぎり、睦《むつ》まじい兄弟であったが、考え方の違いから対立し、その関係は修復不能となり、ついには実の兄をその手に掛けた。生涯、ソムヌスがそれを悔いてきたことをノクティスは知っている。

「わかった」

「……感謝する」

悲しみの残る口許に微《かす》かな笑みを浮かべ、ソムヌスの姿は消えた。

ふと疑問が湧いた。なぜ、神はシガイを取り込む力をアーデンひとりに与えたのだろう？

ひとりにしか与えられない力、というわけではない。アーデン以外の何者にも与えられなかった、というわけでもない。神は、同じ力をルナフレーナに与えたのだから。

もしも、神が同じ力をソムヌスにも与えていたとしたら、考え方が異なったとしても、ふたりは歩み寄ることができたかもしれない。

或いは、その力をアーデンでもソムヌスでもない、全く別の誰かに与えていたとしたら、双方がその力を持たなかったとしたら。仮にふたりが対立しても、それが命の奪い合いにまで縺《もつ》れ込んだとしても、その憎悪がこれほど長きにわたることはなかっただろう。ふたりの死とともに、全てが忘れられていったに違いない。

相容《あいい》れない兄と弟、そのひとりだけに力を与えた。たったそれだけだ。たったそれだけが、世界に闇をもたらした。考えれば考えるほど、神の不手際《ふてぎわ》に思えてならない。或いは、不手際を不手際とも思わぬ傲慢さ。

もしや、ルナフレーナも今、その神の傲慢さに振り回されているのかもしれない。いや、振り回されるなど生易しいことではなく……苦しめられているのではないか？

神への疑念が拭いきれないまま、ノクティスは王の間へと急いだ。

＊

無茶なことをしている、と頭の片隅で思った。シガイ化した炎神から、その元凶たる異物を全て吸い取るなど、無謀としか言いようがない。それでも、やるしかないと、ルナフレーナは思った。自分にはこの戦い方しかないのだから。

「アーデン!!　あなたが本当に憎んでいるのは、剣神なのではないですか!?　その剣神の企てに荷担する結果になっても良いのですか!?」

シガイを取り込みながらも、ルナフレーナはアーデンに向かって、必死に叫んだ。伝えなければ、と思った。黒い力が体内で暴れ回っている。口を開けば、獣のような唸《うな》り声を上げてしまいそうだった。

「星が消える？　人が滅ぶ？　願ってもないね。それこそがオレの望み。黒幕の剣神まで殺せれば、完璧だ。復讐は完成する」

アーデンの口許に歪《ゆが》んだ笑みが浮かぶのが見えた。戦っているうちに、玉座の間近にまで来てしまったらしい。

「剣神を殺すことはできません！　なぜなら、対をなす世界と、こちら側の両方に存在しているから！」

アーデンの目が、ほんのわずかに大きくなった。

「剣神は殺せないんです！　でも、力を使わせて眠らせるだけなら……」

魔大戦のときのように。究極召喚《テラフレア》は、二度は撃てないとゲンティアナは言った。最初の一撃さえ凌《しの》げば、人は生き延びることができるはず、と。

剣神が闇の力を集めてテラフレアを撃てば、世界から闇の力は消える。シヴァ、ラムウ、タイタン、リヴァイアサンの四柱は魔大戦でテラフレアから星を守った。今度も同じように守ってもらえれば……。

「だから、あなたの闇の力をください！　使命に従って、あなたを倒したふりをさせ……てください……」

それ以上、声を出せなくなった。息が止まる。苦痛のあまり涙が滲んだ。歪む視界の中、炎神もまた苦悶《くもん》の表情を浮かべている。

ゲンティアナから聞かされた神話を思う。その正体が氷神だと明かされた後に語ってくれた、ささやかな話を思い出す。言葉は控えめであったけれども、人への慈愛に溢《あふ》れていた。

ああ、思い起こせば、星と共にある神々は、なんて人に似ているのだろう！　その怒りや憎しみさえも近しく感じるほどに。

ようやく炎神の顔から苦痛の色が消えた。対してルナフレーナの中の苦痛が何倍にも膨れ上がった。それでも、炎神をシガイから解き放つことに成功したのだ。

炎神が玉座のアーデンを振り返った。再び怒りの表情が浮かぶ。人間風情《ふぜい》が、と吐き捨てるのを聞いた。自我を奪われ、使役されていたことへの怒りだ。

「待って！」

締め上げられるような苦しさに逆らって、叫んだ。ここでアーデンと炎神を戦わせるわけにはいかない。この星と人とを滅ぼそうという剣神の企みを阻むには、アーデンの協力が必要なのだから。この星の未来を守るためには。

「炎神！　どうか誓約を！」

燃えさかる拳を止め、炎神が振り返る。自分で口にしておいて、自分の言葉に驚く。炎神とアーデンとの戦いを避けるための方便を口にするつもりが、よりにもよって誓約とは。

「あなたをシガイから浄化した私に免じて……誓約を。聖石に選ばれし王に、力をお貸しください！」

立っているのがやっとだった。見開いた両の目から涙がこぼれた。その色がすでに黒く染まっているであろうことをルナフレーナは知っている。

「王に、啓示をお授けください！」

まだ炎神との誓約は成っていなかった。それが成る以前に、ルナフレーナはオルティシエで死んだ。それが悔いとなって心のどこかに残っていたからこそ、考える前に口をついて出てきたのだろう。

「どうか……」

炎の熱さと、シガイの苦痛と。その狭間で、長い長い時が流れたような気がした。実際には、さほどの時間ではなかったのかもしれない。けれども、ルナフレーナには永遠の業苦かと思えるほどの長さだった。

炎神の表情が穏やかなものへと変じた。

「了承した」

素っ気ない答えだったが、十分だった。にわかに冷たい風が吹きつけ、炎神が去ったことを知った。

その場に座り込みそうになるのを、辛うじて堪《こら》えた。今、膝を折ってしまったら、二度と立ち上がれない。それがわかっていたから、ルナフレーナは耐えた。すでに両足の感覚はほとんどない。残っているのは、痛覚ばかり。

手を叩く音が聞こえた。

「いやぁ、面白いものを見せてくれるねえ、ルナフレーナ様」

アーデンが玉座から立ち上がり、芝居がかった仕種で拍手をしている。さっき、ほんのわずかに見えた戸惑いは微塵も残っていない。

「その上、神様を騙すって?」

うまく声が出せなくて、ルナフレーナはただ首を縦に振る。

「で、戦って、負けたフリをしろって？　でもさぁ」

アーデンが笑っている。笑っているように見えるだけで、本当にそうなのかどうかは、わからない。

「フリとか、そんな余裕ないんじゃない？　もう、限界でしょ？」

アーデンの顔が消える。視界が黒くなった。獣の咆哮《ほうこう》が聞こえた。自分の声だと気づくのと同時に、意識が闇に塗り潰されていった。

＊

獣じみた絶叫を聞いた。今、まさに開けようとしている扉の内側から発せられた声だった。

ノクティスは力任せに扉を開け放ち、玉座の間へと飛び込んだ。同時に足が止まった。目の前に真っ黒な獣がうずくまっていた。その全身からは、シガイ特有の黒い瘴気が立ち上っている。

「残念なお知らせです」

玉座からアーデンの声が降ってくる。

「一足、遅かったねぇ」

「アーデン……！」

「彼女、もう待てないってさ」

黒い獣が顔を上げた。両手両足を床についたままで。

「ルーナ！」

変わり果てた姿になっていても、ルナフレーナだと一目でわかった。一方、ルナフレーナのほうはノクティスの声に全く反応しない。どこを見ているのか定かではない、虚《うつ》ろな瞳。

「アーデン！　何をした⁉」

「オレは別に何も」

「ふざけるなッ！」

「彼女が勝手にこうなった。勝手に炎神のシガイを吸い取って、ね」

ルナフレーナが、ゆらりと立ち上がった。ノクティスが駆け寄ろうとすると、人間離れした速さで跳躍し、転がっていた槍を拾う。

「ルーナ……」

信じられなかった。ルナフレーナが手にした槍の穂先は、ノクティスのほうへと向けられている。

「やめてくれ！」

問答無用で突き出されてくる穂先を辛うじて避ける。殺意を感じた。ルナフレーナの繰り出す槍は、ノクティスの命を狙っていた。

「ルーナ！　オレがわからないのか⁉」

槍の柄を摑み、押さえつける。とにかく槍を取り上げなければと思った。このままではルナフレーナを傷つけてしまうかもしれない。

そこまで考えたところで、天地が逆転した。背中から床に叩きつけられ、ノクティスは呻《うめ》いた。ノクティスが柄を摑んだままであるにも拘わらず、ルナフレーナは易々と槍を振り回したらしい。考えられない力だった。

「頼む……目を覚ましてくれ……！」

起き上がり、再びルナフレーナに近づこうとしたときだった。目の前に巨大な剣が突き刺さった。

真の王の役目は、すでに終わった――

剣神バハムートの声だった。ただ、姿は見えない。巨大な剣と、声だけがある。

星を正常化すべく、人に力を与えた。星を覆うシガイを消滅させるために。

だが、人は増長し、かつての愚行を繰り返した。もはや保護するに能《あた》わぬ。

この星を浄化するため、生きとし生けるもの全てを消し去る。

これも、定められし運命。受け入れよ。

「消し去る？　運命？　何を……」

何を言われたのか、すぐには理解できなかった。命と引き替えに星から闇を払うという使命を与えたのは、他ならぬ剣神バハムートだったはずだ。その剣神がなぜ？

しかし、ノクティスの理解を待つことも、答えを与えることもなく、剣神は一方的に告げた。


さあ、力を開放せよ、シガイの王！

ルナフレーナがふわりと宙に浮いた。だが、そこまでだった。その先を確かめる前に、ノクティスの意識は消えた。吹き飛ばされた、という感覚が最後の記憶だった。

＊

目を開けると、黒い空があった。玉座の間でも、王都城の中でもない。気がつけば、地べたにひっくり返っていた。無様だ。

「やれやれ。参ったね」

アーデンは頭を振って起き上がった。ルナフレーナが闇の力を解放し、吹き飛ばされたところまでは覚えている。そこで意識が途絶えた。

「とんでもないこと考えてくれるよねえ、神凪ってヤツは」

見上げれば、その神凪、剣神の言葉を借りれば「シガイの王」と化したルナフレーナが上空に浮かんでいた。その周囲には、真っ黒な霧が渦を巻き、鳥とも翼竜ともつかない何かが飛び回っている。

　よくよく見れば、剣神バハムートと同じ形をしている。剣神の分身なのだろう。大きさこそ小さいが、どれも闇の色をして、禍々《まがまが》しいことこの上ない。もっとも、ルシス王も同じ色を身にまとっているわけだが。そのルシス王家の色の敵が数十体、ルナフレーナの周囲を守るように飛んでいる。

「まるで、闇の女神って風情だねえ」

　王都城上空だけ、他より闇の色が濃い。この星を覆う暗闇の元凶、闇の力を全て集めようとしているらしい。

「究極召喚《テラフレア》の支度中……ってわけ？」

　ルナフレーナの言っていた剣神の企てとやらには、さしたる驚きはなかった。剣神ならやりかねない、と思っただけだ。ただ。

『剣神は殺すことはできません！　なぜなら、対をなす世界と、こちら側の両方に存在しているから！』

　あの言葉には心底驚いた。それが意味するところを誰よりも知っているのは、対をなす世界に魂を囚《とら》われているアーデン自身だった。

　こちら側で何度殺そうと、あちら側に魂が残っていれば何度でも復活する。その厄介さもまた誰よりも知っている。加えて、剣神は魂だけが囚われているわけではなく、「両方に存在」しているという。

シガイ兵器に敗れるような氷神や、シガイ化されて自我を失うような炎神のようには行かない、ということだ。

「だから、テラフレアを撃たせて力を使わせ、眠らせる……ねえ。そう簡単にいくかな？」

魔大戦の再現をすればいいと考えたのはわかるが、今回も同じようにいくとは限らない。何しろ、星を覆い尽くすほどの闇の力があるのだ。

それに、魔大戦の後、他の五柱はこの星の上で眠りについたが、果たして剣神もそうだったのかどうか。剣神だけは行方《ゆくえ》不明とされていて、どこで何をしていたのか、定かではない。天空で眠りについていたとも言われているが、それを実際に見た者はいない。

「そんな博打《ばくち》みたいなやり方より、もっと確実な方法があるんだけどなぁ」

眠らせるなどという生ぬるいやり方ではなく……。

そこまで考えたときだった。突然、地面が大きく揺れた。

「おっと……今度は何だ？」

地響きと共に、壊れかけの王都城が揺れている。いや、ただ揺れているだけではない。めりめりと何かが裂ける音がした。轟音が辺りを震わせる。王都城が大きく上下に揺れたように見えた。

「これはこれは……人間どもには手の届かないところへ、クリスタルを運ぶって？　剣神も意外といじましいねえ。いやいや、意外じゃないな。やりそうなことだ」

土煙を上げて、王都城が浮上し始める。ルナフレーナが力を放出した際、壁や天井は吹き飛ばされてしまったらしく、玉座の間が剥き出しになっている。

王都前の広い道路が引きちぎられ、瓦礫《がれき》が飛散する。飴細工《あめざいく》のようにねじ曲がった門扉《もんぴ》をぶら下げたまま、王都城は上昇していく。

「まあ、こっちにも好都合か。城にくっついていれば、連れてってもらえるわけだからねえ。便利なエレベーター、だ」

魔法《シフト》を使って、王都城へと向かった。あれが上空へ、ルナフレーナの許へ向かっているならば、ノクティスも必ず来るだろう。

「空の上で待ち合わせと洒落込《しゃれこ》もうかね。今度は、待たせないでくれよ？」

アーデンは王都城の広場に立つと、地上を見下ろし、ひとり、笑った。

＊

意識がぼんやりと戻り始めた。背中に揺れを感じた。大地の奥底から突き上げてくるような揺れは、カーテスの大皿を連想させる。

そうだ、あのときは巨神タイタンの啓示を受けて……ルーナが誓約を……ルーナ？

そこまで思い出した瞬間、記憶が一気に巻き戻った。ノクティスは飛び起きる。

「ルーナ！」

玉座の間ではなかった。王都城の中でもない。視線を上げれば、王都城がある。まるで空に吸い寄せられていくかのように、城全体が浮上していたのだ。さっきの揺れは、城が地面から引き抜かれたことによるものだったのだろう。

そして、城の上には、今までになく濃い闇に覆われた空。漆黒の中に浮かんでいるのは、ルナフレーナ……であったもの。ノクティスの知るルナフレーナとは似ても似つかない、シガイだった。

シガイ化したルナフレーナが大きく両手を広げ、歌っていた。聞いたこともない歌だった。テネブラエで療養していたころ、ルナフレーナがテネブラエに伝わる古い歌を歌ってくれたことがあるが、その穏やかで素朴な調べとは全く違う。

闇に突き刺さるような甲高い声が響くなり、空が揺らいだ。次の瞬間、ルナフレーナの周囲に光の輪が現れた。武器召喚の際の光に似た、真っ白な光が空に魔法陣を描き出す。

「まさか、あれが……？」

剣神は「これより星を浄化するため、生きとし生けるもの全てを消し去る」と言っていた。あの魔法陣から、この星を消し去るようなものを呼び出す、ということではないのか？

「そんなこと、させるか！」

あの魔法陣を止めなければ。何より、あんなものが発動したら、ルナフレーナもただではすまないだろう。ノクティスは高度を上げていく王都城へ向かって走った。

動揺しているのが自分でもよくわかる。情けないほどに焦り、うろたえていた。覚悟を決めて帰ってきたつもりだった。クリスタルの中で見た光景は圧倒的だった。あれだけのものを見たのだから、多少のことでは動じないと思っていた。

なのに、動揺している。冷静でいられない。またルナフレーナを失うかもしれないと思うと、耐えられない。いや、オルティシエで意識を取り戻した直後、ルナフレーナの死を告げられたときの心臓を斬り裂かれるような痛みを覚えているから、尚《なお》のこと、怖い。

ひたすら走る。魔法《シフト》で上昇していく王都城に取り付き、そこから上空を目指すことにした。空を飛ぶ手段を持たない身では、それが最短にして唯一の道だ。

しかし、そんなことは剣神も承知しているらしい。何かが翼を鳴らして襲いかかってくる。飛行型のシガイかと思ったが、違った。

「剣神!?」

その姿は、剣神そっくりだった。ただ、大きさだけが違う。ノクティスよりふた回りほど大きい体に、幾振りかの剣を翼とし、しなる鞭《むち》にも似た尾を持つ。そして、手には大剣。

剣神の分身なのか、手先なのか、それが数十体。整然と隊列を組んで襲ってくる様子は、帝国の兵士たちを連想させる。剣神兵……とでも呼ぼうか。シガイの群れのような烏合の衆とは違う。

「くそっ！　行かせないつもりか！」

大きさこそ本体には及ばないとはいえ、剣神兵たちの動きは速い。武器を召喚して応戦したが、劣勢なのは明らかだった。

「く……っ」

刃の翼がノクティスの腕を切り裂こうとしてくる。手にしている剣だけでも厄介なのに、その体全てが攻撃手段になるとは。回避しきれない。二の腕に鋭い痛みが走る。これで利き腕をやられたら、剣を握ることすら難しくなる……。

ようやく一体倒したが、敵は複数。焼け石に水とはこのことだ。むしろ増えたかのように感じてしまうのは、その動きに翻弄され、疲弊してきたせいだろう。

こうしている間にも、王都城は高度を上げていく。このままでは、魔法《シフト》を使っても届かなくなってしまう。

これ以上、長引かせたくない。とはいえ、この数。この強さ。何より、この整然とした動き。どうしたらいいのか……。

そのときだった。懐かしい声を聞いた。ノクト、と呼ぶ声を。同時に、目の前に迫る剣が音を立てて弾け飛ぶ。銃弾が命中したのだ。もちろん、誰が撃ったのか、ノクティスにはわかっていた。

「プロンプト！」

振り返るより先に、背後で大剣が唸りを上げた。遅れて、どさりと何かが倒れる音が続く。

「グラディオ！」

ノクティスの背後の敵を斬り払ったグラディオラスが、大剣を担ぎ上げ、「ずいぶんと遅かったじゃねえか」と笑う。

「そっちもな」

だが、またも風を切る嫌な音が響いた。続けざまに三体、敵が迫る。

「再会を喜んでる場合じゃなさそうだ」

そう言って、真っ先に身構えたのはイグニスだった。視力は戻っていないが、その分、聴覚が鋭敏になっているのだろう。反応が誰よりも速い。

「イグニス、指示！」

十年前と同じ言葉を叫んでみる。

「一気に行くぞ！」

イグニスがすかさず戦法を指示してくる。十年経ったとは思えない、何の違和感もない動きで、仲間たちが陣形を整える。まるで昨日の続きのような戦いだった。

違う。ノクティスにとっては昨日の続きでも、三人の仲間たちには十年の歳月が流れていた。プロンプトの射撃はより速く、より正確になっていたし、グラディオラスの剣は明らかに威力を増している。イグニスに至っては、視力を失っているとは思えない動きである。

この十年間、彼らがどう過ごしてきたのか、言葉にせずともわかった。共に戦ってみれば、その日々を共に過ごしたかのように思えた……。

ただ、状況は悪化の一途をたどっていた。

「らちが明かねえな」

グラディオラスが忌々《いまいま》しげに吐き捨てた。剣神兵は後から後から現れる。おそらく剣神が召喚し続けているのだろう。

「少しも減ってないよ」

プロンプトがうんざりしたように言う。

「って、前にも同じこと言ってなかった?」

「言ってたな」

ジグナタス要塞で、シガイに囲まれたときだ。ひとりで先に行けとイグニスに言われ、ノクティスはその場を離れ、クリスタルが安置されている場所へと向かった。

あのときも、十分すぎるほど危機的状況だったが、今はそれ以上なのではないか。何より、ルナフレーナが……。

『みんな、伏せてっ!』

上空からソルの声がした。拡声器特有のひび割れたような声だった。言われるままに身を伏せる。爆発音が聞こえ、熱風が背を駆け抜けていくのがわかる。揚陸艇からの爆撃だった。

『乗って！』

揚陸艇が急降下してくる。ほとんど地面に突っ込むかのような、無謀な着陸だ。とはいえ、この場から離脱できるのはありがたい。

「相変わらず無茶苦茶だな」

グラディオラスが苦笑しながら立ち上がる。相変わらず、ということは、操縦士をよく知っているのか……などと考える暇もなかった。ハッチが開き、ソルが顔を覗かせる。

「王様、助けに来たよ！」

早く早くと急《せ》かされ、揚陸艇に乗り込んだ。機内には、ノクティスにも見知った顔が並んでいた。

「アラネア……あんただったのか」

「久しぶり、王子。じゃなくて、王様。うちのわがまま娘が世話になったね」

アラネアの視線がソルへと向く。ソルの言っていた「母さん」、シガイ化が進むのを承知の上でルナフレーナが助けた相手が、アラネアだったとは。

「いや、世話になったのは……」

オレのほうだ、と返そうとするノクティスをアラネアが遮った。

「話は後だ。舌、噛むよ」

その言葉どおり、背中と後頭部が勢いよくシートにぶつかった。揚陸艇は急加速で上昇しているらしい。見れば、操縦桿《そうじゅうかん》を握っているのはウェッジで、ビッグスがその隣に座っている。

「ウェッジ！　このまま一気に上だ！」

「了解」

体が押し潰されそうになる。が、そこでいきなり横揺れが来た。激しい衝突音と共に。直後、けたたましくアラートが鳴る。

「左舷損傷！」

何が起きたのかは、明らかだった。モニターを見るまでもない。剣神兵が上空まで追ってきて、体当たりをかけてきたのだろう。撃ち落とそうにも、上空にはルナフレーナがいる。アラネアたちもそれがわかっているから、反撃できずにいる。

当然のことながら、揺れは一度きりではなかった。幾度となく機体が揺れ、衝突音が響く。

「お嬢、これ以上は無理だ！」

アラネアが舌打ちをした。

「しょうがないね。いったん降りるよ」

あそこへ、とアラネアが指さしたのは、浮遊する王都城の広場だった。門扉や塀は崩れ落ち、敷石も不自然に波打っているが、とりあえず揚陸艇が不時着できる程度の広さはある。

「あんなとこ、降りて大丈……っ」

揺れのせいで舌を噛んだらしく、プロンプトが痛そうに口を押さえる。縦横お構いなしに揺れがやってくるのだから、無理もない。グラディオラスもイグニスも、ソルさえも、しっかりと口を閉じている。平気でしゃべっているのは、アラネアたちだけだ。年季の入り方が違うというのがよくわかる。

「口しっかり閉じて、頭押さえてな！」

アラネアの言葉が終わると同時に、ビッグスが「三、二、一」と数え始める。

墜落したのではないかと思うほどの揺れと衝撃の後、揚陸艇が止まった。機関部を損傷したのか、機内に不快な臭気が漂う。

「ここまで、か。悪いね、王様」

アラネアがため息交じりに言った。

「いや。十分だ」

すでに王都城は相当な高度に達している。揚陸艇がなかったら、ここまで来ることすらできなかった。

それに、剣神はクリスタルを安置している王都城を傷つけたくないのではないか。ここへ着陸した途端に、剣神兵たちは追ってこなくなった。

「ありがとな。助かった」

モニターに目をやれば、王都城が映っている。その真上にはルナフレーナがいる……。

「屋上からなら、あそこまで届くんじゃねえか？」

グラディオラスの言葉に、プロンプトが「だね」と同意を示した。

「ひとまずは城内だ。今は攻撃が止んでいるが、いつまた襲ってくるか、わからない」

イグニスが続けた。モニターの映像は見えずとも、グラディオラスとプロンプトの言葉で状況を把握したのだろう。もしも、剣神兵が再び襲いかかってきても、飛行型の敵には広場より城内のほうが有利に戦える。

「じゃあ、あたしらは船の修理だ」

アラネアが肩をすくめた。ビッグスとウェッジが機関室へと向かう。

ソルにハッチを開けてもらい、外にでてみると、揚陸艇の損傷は酷いものだった。よく途中で墜《お》ちなかったものだ。船尾から黒い煙が上がっているのを見れば、不時着できたことさえ、幸運に思える。

「王様、ごめん。あたしもここまでだ。船の修理を手伝うから」

「わかってる。後は任せろ」

剣神の目的は、おそらくノクティスをルナフレーナに近づけさせないこと。だとすれば、別行動を取れば、アラネアたちは揚陸艇を修理して、この場を離脱できるはずだ。

「それより、頼みがある。船の修理が終わったら、レスタルムに引き返せ」

「えっ？」

「レスタルムの人たちを避難させてほしい」

生きとし生けるもの全てを消し去る、という剣神の言葉が頭に引っかかっていた。地上を災厄が見舞う、というところまでは想像がつく。ただ。

「どこへ逃げればいいかまでは、わからねぇけど……」

「状況が分かり次第、連絡すればいいだろう」

やはり、この手のことはイグニスの守備範囲だった。

「すぐに動けるように、準備だけはしておけ」

イグニスの指示に、ソルは「わかった」と短く答え、ノクティスへと向き直った。

「王様。絶対、ルーナを助けて」

「ああ。必ず助ける」

それは、何度も自分に言い聞かせてきた言葉だった。


揚陸艇から離れ、城へと向かった。やはり、クリスタルに害が及ぶのを嫌ってか、剣神兵は姿を現さなかった。

ただ、広場ははっきりわかるほど傾いている上に、隆起や窪《くぼ》みが至るところにあって歩きづらい。おまけに、まだ上昇を続けているせいで、不規則な揺れがある。

「大丈夫か？　オレ、歩くの速すぎないか？」

イグニスが失明した直後、その足取りの覚束《おぼつか》なさ、遅さに、ノクティスはなかなか慣れることができなかった。歩くのが速すぎると、グラディオラスやプロンプトに、叱られてばかりだった。

イグニスも、当時のことを思い出したのか、くすりと笑って「問題ない」と答えた。実際、これほど足許が悪いにも拘わらず、イグニスは早足で歩いていた。

『どうせ暗闇だから、見えなくても同じだろうって』

ソルから聞いたときには、そんなものかと思ったが、これほど自然に動けるようになるまで、イグニスはどれだけの努力を重ねたことか。視力の代わりに聴力や嗅覚といった他の感覚を研ぎ澄ませるまでに、どれほど時間がかかったことか。

「オレは大丈夫だ。先を急ごう。早くルナフレーナ様を……」

そこで、イグニスは言葉を切った。ノクティスも足が止まるのを感じた。城への長い階段の上に、誰かがいる。気配のせいだろうか、暗くても、それが誰なのか、はっきりとわかった。

「待ってたよ、ノクト」

アーデンがゆっくりと階段を降りてくる。ここは通さないとでも言いたいのか、両腕を大きく広げて。

「そこをどけ！」

「オレを倒すんじゃなかったっけ？」

少し前までは、そう考えていた。アーデンを倒すことが使命だと思っていた。しかし、状況が変わった。

「おまえの相手をしている暇はない!!」

「ふうん、急いでるんだ？　もしかして、助けに行かなきゃとか思ってる？」

アーデンが人差し指を上に向ける。王都城の真上に浮かぶルナフレーナへ。

「けど、邪魔しちゃ悪いんじゃない？　だって、あれ、ルナフレーナ様ご本人の計画なんだからさ」

「計画……？」

「なんだ、知らない？」

「ノクト、こんな野郎の言うことなんか聞くんじゃねえ。どうせ、また大嘘に決まってんだろ」

力ずくで通るぞ、とグラディオラスが剣を抜いた。

「いやだなあ、本当本当。ルナフレーナ様が御自ら会いに来てくれたんだって。私に協力してくれませんか……ってさ」

「ルーナが⁉」

アーデンにはさんざん騙されてきたが、今度ばかりは強《あなが》ち嘘ではないのかも、と思った。例のノートの最後のページには、アーデンと話し合いたいと書かれていた。

「答えろ！　ルーナは、何をすると言った⁉」

「ノクト！」

非難の声を上げたのは、プロンプトだった。テネブラエへ向かう列車の中で、プロンプトはアーデンの「なりすまし」によって、酷い目に遭っている。……酷い目に遭わせたのは、他ならぬノクティス自身でもあるのだが。

「究極召喚。ファントムソード・テラフレアってヤツを撃って、剣神に眠ってもらうんだって。アレだよ、アレ」

アーデンは闇の空に描かれた魔法陣を指さした。すでに、そこには巨大な剣が数本、放射状に召喚されている。王家の力を使った武器召喚に、確かに似ている。そして、究極の文字にふさわしく、より強力なものであることも一見しただけでわかった。

「剣神ってのは、こっちの世界とあっちの世界の両方にいるから、殺せない。眠らせるしかできない」

あっちの世界、というのは、対をなす世界のことだろう。剣神によって見せられた光景の中にあった。そこに魂を囚われているから、アーデンは不死。剣神を殺せないというのは、そういう意味だ。もっとも、アーデンと違って、剣神は囚われているわけではないだろうが。

「だから、私にあなたの闇の力をください、なーんて言われちゃってね」

無謀すぎる、というつぶやきを漏らしたのはイグニスだった。

「そう思うよね？　だよねえ、オレも同じ意見」

アーデンが、うんうんと首を縦に振る。

「だってさ、剣神がおとなしく眠ってくれるとは限らないよね？　テラフレアを撃たせて大丈夫なのか、とか。ルナフレーナ様は神様たちに守ってもらうって言ってたけど、一番アテにならないのが神様ってヤツだし。だからさ」

にわかに早口になったと思ったら、不意にアーデンは言葉を切った。その口許に邪《よこしま》な笑みを見た。

「その指輪、くれないかなぁ？」

階段上のアーデンが消える。

「みんな！　避けろ！」

咄嗟に叫ぶ。三人がその場から飛び退くのと同時に、ノクティスも魔法《シフト》を使う。

「あーれれ？　避けられちゃった？」

今の今までノクティスが立っていた場所にアーデンがいた。召喚した剣を手にして。間一髪だった。

「アーデン！　てめえ……っ！」

「待て、グラディオ」

今にも飛びかかりそうな形相のグラディオラスを制する。

「手を出すな」

今は先を急いでいる。数に物を言わせて、さっさとここを突破するのが賢明なのだろう。それは、わかっている。だが、ノクティスの中で、何かがそれを押し止めた。

「オレが決着をつける」

剣神が人を滅ぼそうとしている今、アーデンを倒せという使命は意味も意義も失っている。だが、使命に関係なく、アーデンと決着をつけなければならないと、ノクティスは考えていた。その過去を見て、その歩んできた道を見て、そう思った。

「これは、王の戦いだ」

プロンプトを振り返る。わかった、とうなずくのが見えた。イグニスも「従おう」と答えた。

「へえ。王……って言ってくれちゃうんだ？　いいのかなぁ？」

かつてアーデンにその資格があったことを知っている。それが如何《いか》にして失われたか、ということも。その後、アーデンが数え切れないほどの人を殺め、償いきれないほどの罪を犯したとしても、確かに在ったものを無かったことにしたくない。だから。

「始めよう」

ノクティスは剣を召喚した。

剣と剣とがぶつかり合う音が甲高く響く。思えば、アーデンと正面から剣を交えるのは、これが初めてだった。オルティシエの一件以降、アーデンはノクティスへの敵意を剥き出しにしてきたが、それでも、剣と剣とで戦おうとしたことはなかった。

ノクティスと同じ武器召喚の力を使って、アーデンは攻撃してくる。シガイに冒されようと、その身を憎悪と悪意で染め上げようと、アーデンはルシス王家の血を持つ者だったと、今更のように思う。

そのアーデンが光耀の指輪を奪おうとした。ルシスの血筋なら指輪の力を引き出せると踏んでのことだろう。

アーデンは、対をなす世界へ行き、剣神を倒すつもりなのだ。剣神は、こちら側とあちら側の両方に存在しているから倒せないと、さっき言っていた。そして、人の身では、対をなす世界へ行けない。行けるのは、玉座で光耀の指輪を使い、肉体から解き放たれた者だけだ。

アーデンの魂もまた対をなす世界にあるが、おそらく魂だけでは剣神と戦えないのではないか。剣神に見せられた「あるべき運命」で、あちら側のアーデンは、ほとんど抵抗らしい抵抗もできずに、ノクティスに倒されていた。

肉体があっては対をなす世界に渡れないから、歴代王の力で肉体を離れる。対をなす世界に渡っても、魂だけでは戦えないから、歴代王の力で戦う。どちらの世界にあっても、光耀の指輪の力が必要となるのだろう。

「これが、真の王の力？」

アーデンが腹立たしげに言う。

「剣神から与えられた力？　この程度の力が？」

ぶつかり合う剣と剣は、ほぼ互角。それがアーデンには物足りないのかもしれない。二千年の間に積もった怨恨《えんこん》を晴らすには。

「これっぽっちの力しか持たない王に倒されろだと？　笑わせるな！」

クリスタルの内部で見た、アーデンの姿が脳裏をよぎる。血を吐くような叫びを思い出した。

『真の王とやらに、殺されるためだけに生きる……だと？』

『それが……神が与えた運命だと言うのかっ⁉』

『使命？　そんなもの、クソ食らえだ。オレは、神の傀儡にはならん』

『オレは認めん。王家も、神も、真の王も』

『オレは、生きる』

『そして、神を殺す』

あれほどの憎しみに満ちた顔を見たことはなかった。二千年に及ぶクリスタルの記憶にも、あれ以上の憎しみは刻まれていなかった。

「若造がっ！　たかが十年程度で、オレを超えたと思うな！」

手加減しているわけではない。だが、アーデンをただ斬ればいいというわけではないのだ。

ノクティスにはノクティスなりの思惑がある。狙った場所だけを的確に斬り、刺し、抉《えぐ》る。ただアーデンの力を殺《そ》ぐためだけに。

「オレがどれだけ闇の中で生きてきたと思ってる⁉」

アーデンが苛立《いらだ》った様子で叫ぶ。知ってるさ、とノクティスは返した。

「おまえが二千年生きたというのなら、オレは二千年の全てを見た。おまえを含めた世界の全てを見てきた！」

剣神が膨大なクリスタルの記憶を見せたのは、真の王としての使命から逃げられないようにするためだったのだろう。あの重さを背負ってしまったら、放り出せなくなる。命を失う恐ろしさ以上の強さで、見た者を縛る。

ただ、神は神。人間のことを完全に理解しているわけではない。過ぎた荷を負わされ、その場を動けなくなったとき、人は全く別のやり方で歩き出そうとすることがある。背負ったものを力に変える、それができるのが人間だ。父から剣を受け取ったとき、ノクティスにとっての重荷は、恐れずに前へ進む力へと変わった。

「指輪を奪い、剣神を倒せば、おまえは救われるのか⁉」

「うるさい！」

アーデンが不快そうな表情を浮かべ、力任せに剣を叩きつけてくる。

「どいつも、こいつも……ッ！」

誰かに同じようなことを言われたのか、そして、それがよほど不愉快だったのか、攻撃がひどく雑になった。攻撃だけではなく、防御もだった。さっきまで一分の隙もないほどだったのに、今はどこもかしこもがら空きに見える。

「救われるとか、救われないとか、そんなことはどうでもいい！　オレは……」

アーデンに皆まで言わせず、父から譲り受けた剣を召喚する。まっすぐに突っ込んだ。剣は狙いを過たなかった。手応えがあった。そのまま勢いを乗せて押し倒した。アーデンが仰向けに倒れる。ついに、その手が剣を離した。

「なぜ……殺さない？」

荒い息をつきながら、アーデンがノクティスを見上げてくる。

「急所を……外したのは、なぜだ。使命を……果たすんだろう？　歴代王たちも、それを望んでる……。みんな、準備万端……だってさ」

いつの間にか、広場を歴代王たちの魂が取り囲んでいた。光耀の指輪が使われるときが来たことを悟ったのだろうか。

「オレは、おまえを倒すつもりで、戻ってきた。おまえを倒せば、闇が消えて、世界に夜明けが訪れるって信じてた」

気持ちの上では容易《たやす》くないが、行為としては単純明快だと思っていた。自分の命を差し出せば、アーデンの肉体も魂も滅び、闇は消える。それだけでいいはずだった。

「でも、違ってた。剣神によって星と人は滅ぶ。おまえを倒したところで、それは変わらない」

剣神によって与えられた使命が意義を失った瞬間に気づいた。自分が為すべきことは、未来を取り戻すこと。クリスタルの内部で見た数多の生命、数多の人生、この世界に生きる全ての人々のために。

アーデンに突き立てていた剣を引き抜く。真の王としての力で傷をつけたせいなのか、シガイ特有の粒子が立ち上ることも、たちどころに傷がふさがることもない。もしも、急所を外さずに突き刺していたら、こちら側のアーデンは死んでいた……。

「もしも、おまえが指輪を奪って、対をなす世界に行って、剣神を倒せば、星と人は救われるんだろう」

「そういうことになる……かもねぇ。オレには、どうでもいい話だ……けど……さ……」

結果的にであっても、アーデンの犠牲によって世界が救われることになる。しかし。

「オレは、誰かの犠牲によって成り立つ世界なんて認めない。たとえ、それがおまえであっても」

ルナフレーナを殺したアーデンを憎んだ。心底、殺してやりたいと思った。しかし、だからこそ、そのアーデンを利用したくなかった。

「おまえがオレの仲間にしたことを忘れるつもりはない。ルーナを殺したことだって。正直、おまえを許せない。憎んでる。けど、オレは全部、救いたい。今のオレにとっては、おまえも救うべき世界の一部なんだ」

アーデンの頬がびくりと震えるのを見た。その目に、怒りでも憎しみでもない、形容し難い色がよぎるのも見た。それに、とノクティスは続ける。

「それに、夜叉王にも頼まれた。兄を救ってくれってな」

永き呪縛から、兄を解き放ってほしい、とソムヌスは言った。アーデンを縛り付けているのは憎悪と憤怒だけではない。死ねない体、それもまた、長年にわたってアーデンを苦しめてきた……。

「誰も犠牲にしたくない。でも、これで、あんたが救われるなら」

光耀の指輪を外す。アーデンが苦痛に顔を歪めつつも上体を起こす。ため息とも苦笑ともつかない息を吐く。

「やだねぇ。王様らしくなっちゃってさ。いや、真の王……か」

広場に集う歴代王たちに、ノクティスは叫んだ。

「ルシスの王たちよ！　この者に光耀の指輪を貸し与えることを認めてほしい！」

ノクティスたちを取り囲んでいた王たちの魂は沈黙している。

「剣神を倒そうとするアーデンに力を貸すことは、神に逆らうことだ。神によって力を与えられた、あなたがたが渋るのもわかる。けど、剣神は人を滅ぼそうとしてる。あなたがたが守ってきたルシスだって消されるんだ。それでも、神に従うのか!?」

そのときだった。十三体の魂のひとつが動いた。

『我からも乞おう。我が兄、アーデン・ルシス・チェラムを指輪の行使者として認めんことを』

夜叉王の魂は在りし日の姿へと形を変える。アーデンが目を見開いた。

「兄上。せめてもの謝罪のしるしだ」

「ソムヌス……」

「無論、許されるとは思っていないが。それでも、謝罪する。何度でも」

アーデンの表情は変わらない。だが、かつてアーデンは、ソムヌスから同じ言葉を聞いて激怒した。これが彼ら兄弟の和解なのだろうとノクティスは思った。

王たちの魂が口々にアーデンに問いかけた。

『しかし、シガイに蝕《むしば》まれた身は、もはや人とは言えず』

『我らの力を受ければ、その場で塵《ちり》と化すやもしれぬ』

『或いは、生きながら身を灼《や》かれるやもしれぬ』

『死にも等しい苦痛に苛《さいな》まれるやもしれぬ』

『それでも』

『我らの力を求めるか？』

アーデンが立ち上がった。ふらつきながらも足を踏みしめ、王たちに向かって両手を広げる。満身創痍《まんしんそうい》となっても、この芝居じみた動作だけは変わらないらしい。

「塵になる？　身を灼かれる？　さんざん痛い目にあってきたんだ。今更、どうってことないね」

　王たちがアーデンの周囲をゆっくりと巡る。

『ならば』

『力を貸そう』

『指輪を携え、来るがいい』

『玉座の間へ』

『待っているぞ』

　最後に、父レギスの魂が無言のままにうなずいた。それを合図にしたかのように、王たちの魂は消えた。

　ノクティスは、光耀の指輪をアーデンに差し出した。

「こういうときは、何て言うんだろうねぇ。忘れちゃったよ、二千年も経つとさ」

　相変わらず芝居がかった動作で肩をすくめると、アーデンは道をあけた。

「お姫様が待ってるんだろ？」

　うなずいて、走り出す。こうしている間にも、ルナフレーナの周囲に描き出された魔法陣は輝きを増し、新たな剣がまた召喚されていた。

＊

その後も、クリスタルを安置している城を傷つけたくないのか、城内に剣神兵は現れなかった。戦闘行為に時間と体力を割かずにすむのは助かったが、別のものに時間と体力を奪われた。移動、である。

城内の動力系統は、当たり前だが全て停止している。灯りもなければ、セキュリティシステムによって施錠されているドアも動かない。手動で開閉できるドアを探し、暗い通路を手探りで歩くのは、思いのほか時間を要した。

それだけではない。

「なんで、エレベーターが使えないわけ？　全部、階段とか、あり得ないでしょ」

はぁ、とプロンプトが大きなため息をこぼす。

「んなもん使えるかよ。城ん中だが、空の上だぞ？」

そう答えるグラディオラスも、息が上がっていた。非常用の階段を延々と上っている最中だった。

「まーねー。ってか、イグニス、大丈夫？」

「イグニスにかこつけて、休もうとしてんじゃねぇ！」

「あー。バレた？」

「バレバレなんだよ」

「ていうか、休む気ないし」

「そっちも、バレバレだ」

ふたりのやり取りを聞いていると、決して楽観できる状況ではないのに、覚えず口許が緩む。焦りも不安も変わらずにあるのに、のしかかってくるものが少しだけ軽くなる。

振り返れば、四人でのあの旅は、最初から思うに任せないことばかりだった。いつもいつも、和気藹々《わきあいあい》としていたわけでもない。むしろ、ぶつかり合ったり、険悪になったりといったことが多かった。

それでも、旅を止めなかったのは、もちろん王としての責任を感じていたこともあるが、それ以上に、信じていられたからだ。悪いことばかりが続くわけじゃない、と。どんなに苦しくても、必ず明日はやってくる。大ゲンカをしても必ず仲直りできたように。

「ノクト」

イグニスの手がノクティスの背中を軽く叩いた。

「大丈夫だ。きっと間に合う」

そう、その実感を与えてくれたのは、仲間たちだった。

「わかってる」

短く答えて、ノクティスはイグニスの背を叩き返した。

最上階から屋上へと上ったときには、闇は息苦しいほどに濃くなっていた。闇の力が集まっているのを肌で感じる。

ルナフレーナの歌は絶え間なく響き、魔法陣が不規則に明滅を始めている。テラフレアの発動が近いのは、誰の目にも明らかだった。

「どうやって止めるわけ？」

プロンプトが遠慮がちに訊《き》いてくる。

「わかんねえ。けど、やるしかねえだろ？」

「すんなり行かせてくれなさそうだけどな」

グラディオラスの言葉が終わるか終わらないかのうちに、刃《やいば》が風を切る音が間近に迫った。剣神兵だ。ここなら、多少荒っぽく戦っても、クリスタルに影響はないと判断したのだろう。

「雑魚《ざこ》に構うな！　ここは任せろ！」

イグニスが叫ぶ。

「わかった！」

ノクティスは、滑空する敵めがけて剣を放った。ルナフレーナのいる場所まで行くには、魔法《シフト》を使うしかないが、些か距離がある。

飛び石を渡るように、次々に剣を投げて移動していく。刃の翼に触れるたび、痛みが走る。だが、構っていられない。止まれば落ちる。

「ルーナ！」

あと少し、という焦りが隙を生んだ。捉えたはずの敵が身を翻す。振り落とされた、と思ったときには耳許で風が轟々と唸りをあげていた。

再度、魔法《シフト》を使おうにも、急激に落下しているせいで狙いが定まらない。こんなところで終わるのかという悔しさがこみ上げる。終わりたくない、と強く思ったときだった。

「聖石に選ばれし王よ。神凪との約束を果たし、力を与えよう」

突然、周囲に炎が渦を巻き、落下が止まった。

「炎神……イフリート？」

なぜ、ここに炎神がと疑問を抱くより早く、炎神に対峙《たいじ》するルナフレーナの姿が頭の中に映し出された。神から啓示を受けるとき、いつも誓約に臨む姿が見えていた。これが見えるということは、またルナフレーナが助けてくれた、ということだ。

ルナフレーナは玉座の間で真っ黒な獣のような姿に変わり果てていたが、誓約に臨んだときはまだ自我が残っていたらしい。「王に啓示をお授けください！」と叫んでいるのが見える。

『あなたをシガイから浄化した私に免じて……誓約を。聖石に選ばれし王に、力をお貸しください！』

声を限りに叫ぶルナフレーナの足が震えている。立っているのがやっとなのだとわかる。いつも、そうだった。ルナフレーナは持てる力の全てで支えてくれた。今度こそ失わない、今度こそ助ける、と心の中で誓う。

「これが、我、イフリートの啓示！」

炎神の力に支えられ、体が上空へと引き上げられていく。ルナフレーナの許へと。

見れば、炎神の傍らには氷神シヴァの姿がある。

「我ら、神凪の求めにより約せし王に、助力す」

巨神タイタン、雷神ラムウ、水神リヴァイアサンが姿を現した。闇の空に五柱の神々が集う。

「ルーナ！　今……助ける！」

あと少しでルナフレーナに届く。そう思ったときだった。

力は満ちた――

剣神の声が空と地とを揺るがす。ルナフレーナを取り囲む魔法陣と、召喚された十二振りの剣とが重なり合う。剣がひときわ強い光を放ち始める。その一振り一振りが、白昼の太陽へと姿を変えたかのように。

愚かしき人間どもを滅せよ、我が剣！

間に合わなかった。ノクティスは呆然として、十二の巨大な光球が地上へと降り注ぐ様を見つめる。光球はさらに明るさを増し、目を開けていられなくなる。

「今こそ、我らの力を！」

氷神の声が聞こえた。地鳴りが、雷鳴が、激流と業火の音が響きわたる。視界が真っ白に塗りつぶされているせいで、何が起きているのかわからない。ただただ巨大な何かがぶつかり合い、せめぎ合っているのが感じられるだけだった。

五柱の神々が剣神の放った災厄と戦ってくれている。それがわかっても、ノクティスは呆然としていた。間に合わなかった。その無念さだけがある。全身から力が抜けていくような気がした。

静寂は突然だった。かき消すように、音が消えた。視界が戻り始める。遠くに見える崩れた山。熔岩の赤さでラバティオ火山だとわかる。もう少し手前に広がる平地は、おそらく、カーテスの大皿だった場所だろう。削り取られたような平地が続く先にあるものは……レスタルムの街。

魔大戦では、四柱の神々がテラフレアから地上を守ったという。だが、今は五柱の神々が力を合わせても、被害を完全に防ぐことはできなかった。いや、神々は十分に守ってくれたと言えるのかもしれない。ただ、光球の威力がそれを遙かに上回っていただけで。

その五柱の神々は、地上に倒れ伏していた。それを嘲笑うかのように、剣神の声が降ってくる。

愚かな……。人に味方し、自らの力を使い果たすとは！

何という愚かしさか。

ならば、良かろう。人と共に滅してくれよう！


少しも弱っていないのがわかる、力強い声だった。テラフレアの発動によって力を使わせ、眠らせるというルナフレーナの目論見は外れた。そんな生易しい相手ではなかった。

いつの間にか、ノクティスは再び王都城の広場にいた。

「ルーナは!?」

ついさっきまで魔法陣があった場所へと目をやれば、ルナフレーナがいた。闇の力を使い果たしてシガイが抜けたのか、その肌は痛々しいほどに白い。生気までが抜けてしまったかのようだ、などと不吉な考えが脳裏をよぎり、ノクティスはあわててそれを頭から追い払う。と、ルナフレーナの体がぐらりと傾いた。

「ルーナ！」

落下を始めたルナフレーナのほうへと走る。テラフレアさえ撃てば用済みだと言わんばかりの剣神に、怒りが滾《たぎ》る。使い捨てるかのように、落下するに任せるとは……。

浮遊する王都城から空中へと跳ぶ。届け、と念じて手を伸ばす。ルナフレーナに手が触れた。腕に力を込める。不意に全身が重くなった。受け止めた。だが、このままではふたりとも落ちる。

再び王都城へ向けて、魔法《シフト》を放つ。無理な体勢で放ったせいか、行き先がわからない。

ルナフレーナを抱える両腕に力を込めたところで、どこかに叩きつけられた。意識が飛んだ……。

＊

ルーナ、と叫ぶ声を聞いた。あれは、誰の声だろう？

ジールの花が風に揺れている。見渡す限りの花畑に、ルナフレーナはひとり、佇《たたず》んでいた。

明け方にも似たほの暗さ。けれども、足許の花は少しも夜露に濡《ぬ》れていなかった。香りもなく、ただ見慣れた花びらだけが揺れている。

これは、夢。たぶん、夢だから。

不意に目の前が明るくなった。まるで、その人の笑顔が光に変わったかのように。

「ノクティス様！」

ルーナ、と呼ぶノクティスの姿は八歳のころのもの。ルナフレーナ自身も十二歳の姿に戻っていた。

「会いに来てくださったんですね」

「約束したからね」

大好きな笑顔。思い出の中の、この笑顔が心の支えだった。いつも、ずっと。

「みんなが僕をここに連れてきてくれたんだ」

少しだけ得意げにノクティスが言った。良いご友人に恵まれたのですね、と言おうとして、ルナフレーナは自分もまた良い仲間に恵まれていたことを思い出す。

「私も……私も、みんなのおかげで、ここまで来ることができました」

一陣の風がジールの花びらを散らした。視界が花の色と光とで埋め尽くされる。まぶしい。反射的に目をつぶる。風が消えた。目を開ける。

「ノクティス様……」

目の前に、大人の姿のノクティスがいた。会いたかった。話したいことが山のようにあった。でも、その時間が残されていないことも、わかっていた。

「私は今まで、神凪として、使命に従って生きてきました。でも、ソルに出会って、短い間でしたけど、一緒に旅をして……気づいたんです。本当は自分が何を望んでいるのか。だから」

ノクティスがうなずく。その先を聞かせてくれ、と言っているかのように。

「だから私は、使命のため、誰かのために死ぬのではなくて、自分のために生きることができました」

「ルーナ……」

ああ、ノクティス様のお声。大人になったノクティス様とお話ししたことはないのに。不思議。どうして、私は知っているの？

「これが、本当のお別れになるかもしれないから、言わせてください」

理由なんか、どうだっていい。目の前に大好きな人がいて、気持ちを伝える機会が与えられた。ただそれだけで。

「ノクティス様。私は、あなたと、生きたい」

ジールの花々が輪郭を失っていく。花びらは溶けて揺らいで……ルナフレーナは水の底へと沈んでいく。

「ノクティス様！」

手を伸ばす。オルティシエで死んだ、あのときのように。

「ルーナ！」

声が聞こえる。あの日と違って、はっきりと。

「オレと一緒に生きよう！」

ルナフレーナは目を見開いた。精一杯、手を伸ばした。離れたくない。今度こそ。

必死に伸ばした指先が、温かい何かに触れるのを感じた……。

＊

オレと一緒に生きよう！

叫んだ自分の声で、目が覚めた。ルナフレーナとジールの花畑で会った。その後、オルティシエのときと同じ、水の中でルナフレーナへと手を伸ばした。

『私は、あなたと、生きたい』

あの言葉。何もかも、夢だったのだろうか？　今度こそ、ルナフレーナの手を掴んだと思った。手首の細さ、柔らかさを覚えている……。

「ノクト、大丈夫？」

目を開けると、プロンプトが心配そうに覗き込んでいる。その肩越しにグラディオラスとイグニスの顔が見えた。

「ああ。おまえらも、大丈夫か？」

「誰に訊いてんだ。決まってんだろ」

横からグラディオラスが口を挟んだ。

体を起こそうとして、ルナフレーナをしっかりと抱えていたこと気づく。

「ルーナ!?」

首に手を触れる。弱々しく、不規則ではあるものの、脈動を感じた。生きている。血の気のない顔で目を閉じているが、ルナフレーナは意識を失っているだけだ。

安堵感《あんどかん》が全身を満たした。間に合った。今度こそ、取り戻した。

「立てるか？」

「ああ」

いつまでも座り込んでいる場合ではなかった。ルナフレーナをそっとその場に横たえ、ノクティスは立ち上がった。

「グラディオ、プロンプト、イグニス」

三人とも、傷だらけだった。さっき、大丈夫かと尋ねたら、グラディオラスは「誰に訊いてんだ」と答えたが、少なからず強がりが入っていたに違いない。剣神兵たちとの戦いは、そんな生易しいものではなかったはずだ。

「ルーナのこと、頼んでいいか？」

まだ終わったわけではない。眠りもしなければ、力を使い果たした様子もない剣神バハムートがいる。ただ、剣神兵たちの姿が消えているところをみると、剣神もそれなりに力を削られたのだろう。

「いいけど……ひとりで大丈夫？」

ここから先の戦いは、空の上になる。魔法《シフト》が使えるノクティスしか戦えない。プロンプトはそれを心配してくれたのだ。

ノクティスは大きくうなずく。

「任せろ」

それに、ルナフレーナとの約束がある。テネブラエで共に過ごした幼い日、真の王だけが星を脅かす敵を倒すことができる、という話をしたときに交わした約束が。

『やってみる。僕が必ずやっつける！』

ルナフレーナはうれしそうに微笑んでくれた。あの約束を守りたい。そして、一緒に生きるという約束も。

ノクティスは、未だ上空に居座っている剣神バハムートを見据えた。

＊

「皮肉なもんだねぇ、人生ってのは」

玉座への階段を上りながら、アーデンはつぶやいた。王として、ここへ座ることはなかった。生涯、それが許されないとわかっていたからこそ、血塗られた闇で生きる道を選んだ。

ノクティスの帰還を待つ間、玉座に居座り続けたのも、ここが己の場所ではないからだ。所詮、こんなものはただの椅子に過ぎないのだ、と言いたいがために。

まさか、今になって、玉座に就くことになろうとは。

「それも、真の王に許されて……とは。いやはや、二千年生きても、予想できないこともあるわけか」

玉座に腰を下ろす。

「許せなくても、憎んでいても、救う……か。あの頼りない王子が育ったもんだ」

ガーディナで出会ったときとは別人のようなノクティスの顔が浮かぶ。

『正直、おまえを許せない。憎んでる。けど、オレは全部、救いたい。今のオレにとっては、おまえも救うべき世界の一部なんだ』

あの言葉は堪《こた》えた。ノクティスが「若造」であればあるほど、二千年経ってもそこへ辿り着けなかった己の不甲斐《ふがい》なさを思い知らされる……。

しかし、今更、善人の真似事をしようとは思わない。どこまでも自分勝手な理由で、この指輪を使う。復讐のために、とつぶやいて指輪を嵌《は》める。

「ルシスの王よ……集え！」

剣を突き立てる。歴代王たちの魂が現れ、それぞれの武器を手にアーデンへと向かってくる。

炎が身を貫いたように感じた。さんざん痛い目にあってきた、などと偉そうに言ったが、それまでに味わったどの痛みとも違う。剣神の作り出したエイラの幻影に刺されたときでさえ、これほどの痛みはなかった。

突き刺されるたびに、意識が消えそうになった。その場で塵になるかもしれぬという言葉が脅しではなかったと悟った。だが、まだ消えるわけにはいかない。

「それ…でも……オレは……」

目を見開き、顔を上げる。夜叉王がいた。

「ソム……ヌス……来い！」

夜叉王の剣に貫かれる瞬間、アーデンは「兄上」というささやきを聞いた。

＊

空は未だ闇だった。究極召喚《テラフレア》を放つには、闇の力がいる。ならば、放った後は闇が消えるのかと思っていた。

テラフレアが未完成だったのか、或いは、それを放ってもなお残るほど、この星の闇が濃いのか、それはわからない。

薄闇の空に、剣神の声が響く。


まだ抗うか、愚かなる人間よ――

所詮、神の施しに過ぎぬ力で、他ならぬ神に刃を向けるか？

ただひとり、その脆弱《ぜいじゃく》なる身で、為せるものがあるとでも？

剣神の嘲りに、ノクティスは剣を握りしめ、叫ぶ。

「この力、自分ひとりで手に入れたとは言わない。でも、神の施しなんかじゃない！」

指輪を作ったのは、確かに剣神かもしれない。しかし、そこに集まる力は、ルシスの王たちのもの。人が生きて、鍛えて、受け継いできた力だ。

「人間を舐《な》めんな！」

たとえ神ほどの強大な力を持たずとも、人間は決して脆弱ではない。とても勝てないと思えた敵でも、何度も何度も挑み続け、いつしかそれを凌駕《りょうが》する力を得る。

「負けねえ！　絶対に！」

剣神そのものに狙いを定め、魔法《シフト》を放つ。オルティシエで、こうして水神に取り付き、啓示を受けたことを思い出す。まだ力が足りずに、しがみつくのが精一杯だった……。

剣神の肩口に、剣が深々と突き刺さる。だが、水神よりも遙かに強い力で振り払われた。その速さ、強さは、躱《かわ》すことも、受け流すこともできなかった。

地面に叩きつけられるとわかっていながら、何もできない。間に合わない……。諦めが兆《きざ》した瞬間、体が止まった。

いつの間にか、炎神が起き上がり、その力でノクティスを受け止めていた。見れば、倒れ伏していたはずの神々が再び起き上がっている。

「我らは、この星を守護する神。星に害をなす者を許しはせぬ！」

テラフレアを受け止めるために、五柱の神々は持てる力の大半を使った。人間のノクティスの目にも、彼らが弱っているのがわかる。それでも、立ち上がり、力を貸してくれた。

「ノクティス、行きなさい」

氷神が空に無数の氷を撒《ま》いた。それを足がかりに魔法《シフト》を使い、ノクティスは剣神へと向かう。剣を叩き込んでは離脱し、氷の足場から跳んでは剣を叩き込む。剣神が足場を薙《な》ぎ払うと、水神の背を借りて跳ぶ。

雷神の放つ一撃と共に突進し、巨神の拳を盾に剣神の刃を防ぐ。剣神の鎧を炎神の業火が舐め尽くす。そして、また氷の足場から跳ぶ……。

五柱の神々の力を借りて、攻撃を放つ。何度も、何度も繰り返す。魔法《シフト》を続けたせいか、疲労の蓄積が早い。それでも、ノクティスは攻撃を緩めようとは思わなかった。

持てる力の全てで。そう自分に言い聞かせ、幾度目だったか。度重なる攻撃に耐えかねたのか、ついに剣神の仮面に亀裂が走った。チャンスだ。

「氷神！　炎神！　頼む！」

極寒の風と灼熱の炎とを剣に乗せ、同時に叩き込む。嫌な音をたてて亀裂が広がる。突然、仮面が割れ、剥がれ落ちた。その顔を見たノクティスは、絶句した。

「な……っ!?」

仮面の下の素顔は、ソムヌスに、そして、ノクティスによく似ていた。

「何もかも……仕組まれて、いた？」

剣神は最初から、己と同じ顔を持つ男を初代王に据えるつもりだったのか。それとも、チェラム家の次男がたまたま己と似た容貌を持つ男に成長したから、気を変えたのか。

神の考えることはわからない。ただ、最初の王と最後の王は、剣神と同じ顔を与えられた。

その事実があるだけだ。

「これ以上……好き勝手させるかよ！」

人間を遊具や道具同然に扱う神など、誰が信じるというのか。剣神を倒す。倒さなければならない。ノクティスは、自分と同じ顔を持つ神へと剣を向けた。

＊

ここを知っている、と思った。対をなす世界でノクティスに殺される未来を、剣神によって見せられたためではない。アーデンの魂はここに囚われていたのだ。肉眼で見たことがなくても、知っている。当然だ。

ゆっくりと降りていくのがわかる。実際に降りているのか、そんな気がするだけなのかは知らない。

目の前に、剣神がいた。対をなす世界にいる、もう一柱。

何故、ここに居る？　ここは、おまえの来る場所ではない――

「そんなの知ってるさ。百も承知」

アーデンは、指輪を嵌めた手を握る。拳を静かに前に出す。

目の前が揺らぎ、歴代王たちの魂が現れる。ソムヌスもいる。ソムヌスは無言で、しかし、当然のようにアーデンの隣に立った。

「まさか、おまえの力を借りることになるとはな」

「兄さん……」

懐かしい呼び方だ。ふたりでチェスに興じていたころの。ソムヌスはいつもアーデンの後をついてきて、周囲からは、ふたりが別々にいるのを見たら雨が降るとまで言われた。

「これで、全部終わりだ」

睦まじい兄弟であった記憶も、見解の相違から対立した記憶も、その後に続く憎悪の記憶も、何もかも、消える。

歴代王たちの力が指輪を通してアーデンの中に流れ込み、アーデンの魂を食い破るようにして噴出し……剣神バハムートへと、まっすぐに向かう。その力は鋭い槍となり、一直線に飛ぶ矢となり、獰猛《どうもう》な弾丸となる。剣神の鎧を打ち砕き、貫く。

剣神が身じろぎをしたときには、全てが終わっていた。一瞬の出来事だったのか、こちら側の世界にある魂は思うように動けないのか、どちらなのかはわからない。

馬鹿な……我を滅ぼせば、クリスタルは消え、六神全てが滅ぶ！

それでも……


「知った……こっちゃない……ね……」

神が消えようが、クリスタルが消えようが、己が消えようが。

「むしろ……好都合」

意識もろとも、魂が、燃えている。粉々になって、消えていけばいい。誰からも忘れられてしまえばいい。

「いいえ。みんなが忘れても、私だけはずっと覚えているわ」

「エイラ!?」

ああ、また幻か。想像の産物。いや、偽物だろうが、本物だろうが、どうでもいい。エイラはエイラだ。風に揺れる金色の髪、海の色の瞳。この世界の中で、アーデンの目に最も好ましく映る色。

「エイラ。ずっと、一緒にいてくれ」

塵となって消える最後の瞬間、アーデンはエイラの答えを聞いた。

＊

闇が割れた。割れるはずもない空に亀裂が走り、落ちるはずもない天が落ちてくる。

「これは……!?」

星が、世界が、鳴動していた。ひび割れた空の向こう側に透けて見えているものがある。

知っている色だった。

「対を…なす世界……」

おそらく、対をなす世界に存在しているほうの剣神を、アーデンが倒したのだろう。

愚かな……何という愚かしさ！
これが、己を害するに等しいと承知の上か!?
導く者なくば、斯様《かよう》な愚行に走るか、人間よ――
剣神の声が轟《とどろ》く。だが、ノクティスにはそれが瀕死《ひんし》の者が漏らす断末魔のように聞こえた。
人はこれまで、神の庇護《ひご》の許に生き、導かれてきた
神の導きを以てしても、人は互いに殺し合い、星を穢《けが》す
そのような人のみで、神無き世を生きること能うと思い上がるか

いつ手のひらを返され、一方的に消されるかわからないのなら、神の庇護など要らない、と思う。道具のように使われ、用が済めば捨てられる。その身勝手が導くということなら、人だけで生きていくほうがいい。

「人間は確かに愚かかもしれない。過ちを繰り返すこともあるかもしれない。でも、同じ場所に止まっているわけじゃない。人は必ず前へ進む！」

きつく剣を握り、叫ぶ。魔法《シフト》を放つ。剣神へ向かって、跳ぶ。

強い手応えを感じた。仮面が割れたときと同じように、鎧に亀裂が走った。刃が止まりそうになる。力任せに柄を押し込む。剣神が吼《ほ》える。押し返してくる力に逆らう。

突然、刃が軽くなった。急速に剣神の体が薄れ、崩れ始めている。漆黒の体が音をたてて大地に落下した。抗うかのように体を痙攣《けいれん》させ、もがいていた剣神は、やがて静かになった。

そのときだった。王都城へとシガイの闇が集まり始めた。その向かう先が強い光を放っている。クリスタルだ。闇を吸い込み、光を放ちながら、王都城が激しく揺れ始める。

「まさか、王都城が……墜ちる？」

揺れはますます激しくなる。城の前の広場には、ルナフレーナと仲間たちがいる。もしも王都城が墜ちれば、彼らは……。墜ちなかったとしても、このままでは振り落とされてしまうかもしれない。

「巨神！　力を貸してくれ！」

こうしている間にも、闇が濁流のように城へと流れ込んでいく。クリスタルは星を覆う全てのシガイを吸い込もうとしているのか……。

王都城を突き壊して、クリスタルが天空へと上昇を始める。闇の奔流を吸い込んでいるというのに、クリスタルは強烈な光を放っている。光が膨れ上がり、闇が凝縮していく。

闇と光。その全てがひとつになった次の瞬間、クリスタルが砕け散った。闇の粒子と光の欠片《かけら》が混ざり合い、溶けて、消えていく。対をなす世界と、こちら側の境界線が揺らぎ、薄れ、見えなくなる。

音をたてて王都城が崩れ始める。建物が、階段が、瓦礫となって地上へ零《こぼ》れ落ちていく。

「みんな！　こっちだ！」

巨神の手のひらから広場に飛び降り、ルナフレーナを抱き上げる。プロンプトが飛び乗り、イグニスを引っぱり上げる。グラディオラスがそれに続く。

魔法《シフト》で巨神の手のひらに戻った瞬間、広場が崩落した。

ノクティスたちは巨神の手によって運ばれ、地上へ降ろされた。無人の王都城は、わずかにその形を止めたまま、落下した。

間一髪の脱出だったからか、しばらくは誰も言葉を発しようとしなかった。グラディオラスはきつく唇を引き結んでいたし、口数が多いはずのプロンプトでさえ、言葉を忘れたように落下した王都城を見つめている。イグニスはその様子が見えなくとも、音で察したのだろう。まるで、祈っているかのようにうつむいている。

ルナフレーナの意識はまだ戻っていない。このまま二度と目を開けないのではないかという不安が頭をもたげてくる。ルナフレーナは剣神の力で生き返った。その剣神が死んだ今、ルナフレーナはまた死んでしまうのではないか……。

「ノクティス」

氷神の声がした。振り返ってみると、そこに立っていたのは、ゲンティアナの姿をしたシヴァだった。

「お別れです。これからは、クリスタルもなく、神もない、人だけの世界となる」

「ゲンティアナ……」

「でも、あなたがたなら、きっと」

ふと思い出したように、ゲンティアナが言葉を切った。その白い手が優しくルナフレーナの瞼《まぶた》を撫でる。

「ノクティス。私からの、最後の贈り物です。……友への祝福を」

ゲンティアナの言葉と共に、ルナフレーナの瞼がゆっくりと動いた。

「ルーナ！」

ルナフレーナが目を見開く。

「ノクティス……様」

よかった、と言おうとしたが声にならない。ノクティスはただルナフレーナを抱きしめる。

幸せに暮らしなさい、というささやきが聞こえたが、すでにゲンティアナの姿はなかった。

テネブラエで、幼いノクティスにゲンティアナは「神凪と王は、常に共にあるべきふたり」と微笑んだ。あの優しいまなざしを、今も覚えている。

「ありがとな……今まで」

ルナフレーナの目に涙があふれた。

「ゲンティアナ、ありがとう……」

星を守る神としてではなく、友として、ゲンティアナは何にも代え難い贈り物を残してくれた。ノクティスはルナフレーナの手をそっと握りしめる。何があっても手放すまい、二度と失ったりしないと、心に決めて。

「あっ！　あれ、見てよ！」

不意にプロンプトが叫んだ。まっすぐに指さす先を見て、ノクティスはまぶしさに目を細める。白い光が大地の向こうに見える。最初は細い線のように見えたその光は、徐々に膨らみ、まぶしさを増していく。

「あれは……？」

ルナフレーナの言葉にノクティスが答えるより先に、グラディオラスが「夜明けだ」と言った。

「先に言ってんじゃねーよ」

わざと拗ねた声で言ってみる。イグニスがくすりと笑う。何だか自分でも可笑《おか》しくなって、ノクティスも笑う。プロンプトも、グラディオラスも、ルナフレーナも。

数年ぶりに迎える朝の光の中、明るい笑い声が響いた。

【M.E.76*年】

世界に夜明けが訪れ、この星から闇は去った。六神とクリスタルの消滅とともに、ふたつの世界はひとつになり、人に与えられた不可思議な力は消えた。

インソムニアは今、巨大な窪地となっている。十年前の王都陥落後、長らく無人であったため、人的被害は皆無だったのは不幸中の幸いではあるが。陸地と橋で結ばれているだけという特殊な地形もあり、復興は未だ手つかずである。

神々とクリスタルがこの世界から消えた今、王都の存在意義もまた消えた。故に、当面は他の地域の復興が優先される。インソムニアが再建され、再び人が戻るのは、何十年も先の話になるかもしれない。また、人が戻ったとしても、かつてとは全く異なる姿の街となるのだろう。
窪地の外れには、落下した王都城の残骸がそびえ立ち、海を隔てたリード地方からも視認できる。その姿は、あたかもルシス王国の墓標のように思えてならない。

十年の間、さらなる人口密集地となっていたレスタルムは、テラフレアによって街の一部に被害が出たものの、迅速な避難誘導が功を奏し、住民の多くが難を逃れた。発電所が無事だったこともあり、順調に復旧が進んでいる。

旧ニフルハイム帝国領は、氷神が去ったためか、テラフレアがかすめたためか、雪と氷が溶け、雪原の多くは湿地帯へと変わった。この先、人が増えれば、それらの土地は有効に活用されることになるだろう。

被害らしい被害のなかったテネブラエは、どこよりも早く、かつての姿を取り戻した。真っ先に整備されたのが、フェネスタラ宮殿であった辺り、信仰厚きテネブラエの民らしい。

美しき水の都オルティシエは、水神によって半壊した後、昼無き十年による荒廃、加えてテラフレアによる異常水位と、度重なる災厄に見舞われた不運の都市であった。

しかし、その復興の速さは驚異的だった。決壊した水路の整備、建築物の修復、再建。また、街の至る所にある橋の架け替え。世界に夜明けが訪れてから、半年足らずの間に、オルティシエの人々はそれら全てを成し遂げた。

それを可能にしたのは、アコルド自由都市連合のカメリア・クラウストラ首相の手腕によるところが大きい。

ただ、十年前、同地で行われるはずだったノクティス・ルシス・チェラムとルナフレーナ・ノックス・フルーレの結婚式が、改めて執り行われることが決定したのも、オルティシエの人々を奮い立たせる一助となった、と解釈するのは、親の欲目であろうか？


婚礼衣装は、十年前のものと同じデザインのドレスが製作された。オルティシエの工房の主が、ドレスの型紙を避難先のレスタルムにまで運び、大切に保管していたのである。

また、ウェディングケーキは、ガーディナ渡船場のレストラン「コーラルワール」料理人、カクトーラ・アルンド考案のレシピによって調製されることとなった。

挙式当日、アルテメリア教会の外には、多くの人々が詰めかけた。オルティシエの住民は言うに及ばず、テネブラエやグラレア、レスタルムから、遠路はるばる訪れた人々がふたりの門出を祝う。

式に列席しているのは、ノクティスとルナフレーナの縁の人々。その多くが、インソムニアからオルティシエまでの旅の途上、ノクティスを支えてくれた。

フェネスタラ宮殿でフルーレ家に仕えていた人々の姿もある。あの若い女性は、誰だろう？　十年前といえば、まだ子供だったはずだが。まるで自分の結婚式のように頬を紅潮させて、涙ぐんでいる……。

レイヴスに尋ねてみようかと思ったが、彼もまた感無量なのか言葉少なだ。妹御の花嫁姿は、やはり胸に迫るものがあるのだろう。尋ねるのは、またの機会に。語らう時間は、この先、いくらでもある。

花嫁の手を取り、歩いていくノクティスを……この日を見ることができたのは、望外の喜びだ。ふたりを祝福してくれる人々がこんなに大勢いたことも。

コル、王都を守り続けてくれて、ありがとう。王都警護隊のおかげで、インソムニアはシガイの巣と化さずに済んだ。長く苦しい十年間だったと思うが……心から礼を言う。

シド、旅慣れないノクティスを導いてくれて、ありがとう。早く昔のように、飲み明かしたいところだが……もう少し、そちらでノクティスを見守ってくれるとうれしい。

シドニー、レガリアを蘇らせてくれて、ありがとう。ノクティスも喜んでいたようだが、私からも礼を言いたい。

グラディオラス、君は煙たがられることも厭《いと》わず、ノクティスに厳しく接してくれた。イグニス、君は友として、兄として、ノクティスを支えてくれた。プロンプト君、王子という身分にこだわらず、いつも隣に並んでくれた。君たちには感謝している。本当に……ありがとう。

ルナフレーナ。息子に指輪を届けてくれて、共に未来を取り戻してくれて、ありがとう。知ってのとおり、頼りなかった息子だが……最高の息子だ。どうか、よろしく頼みます。この先も、末永く。

そして、ノクティス。おめでとう。ふたりの未来に、幸多からんことを。

著者 **映島　巡**

1964年生まれ。福岡県出身。主な著書は『小説ドラッグオンドラグーン3ストーリーサイド』『FINAL FANTASY XIII Episode Zero』『FINAL FANTASY XIII-2 Fragment Before』『小説ニーア オートマタ』シリーズ(スクウェア・エニックス)など。また永嶋恵美名義の著書に『あなたの恋人、強奪します。―泥棒猫ヒナコの事件簿』(徳間文庫)などがある。2016年、「ババ抜き」で第69回日本推理作家協会賞(短編部門)を受賞。

GAME NOVELS

FINAL FANTASY XV

-The Dawn Of The Future-

原作　『FINAL FANTASY XV』

著者　映島　巡

原案・監修・協力
『FINAL FANTASY XV』開発・宣伝チーム

口絵執筆・編集
株式会社キュービスト

デザイン・DTP
株式会社キュービスト

2019年 4 月25日　初版発行
2025年 1 月17日　10刷発行

発行人　松浦克義
発行所　株式会社スクウェア・エニックス
〒150-6215　東京都渋谷区桜丘町1番1号
渋谷サクラステージSHIBUYAタワー

印刷所　TOPPANクロレ株式会社

＜お問い合わせ＞
スクウェア・エニックス サポートセンター
https://sqex.to/PUB

定価はカバーに表示してあります。

ISBN978-4-7575-6108-3 C0293